La pivoine de jade

WAYSON CHOY

La pivoine de jade

ROMAN

Traduit de l'anglais par Hélène Rioux

XYZ
éditeur

Catalogage avant publication de Bibliothèque et Archives nationales du Québec et Bibliothèque et Archives Canada

Choy, Wayson, 1939-

[Jade peony. Français]

La pivoine de jade : roman

Traduction de : The jade peony.

ISBN 978-2-89261-498-5

I. Rioux, Hélène, 1949- . II. Titre. III. Titre : Jade peony. Français.

PS8555.H665J3414 2007 C813'.54 C2007-941695-0

PS9555.H665J3414 2007

La publication de cet ouvrage a été rendue possible grâce à l'aide financière du ministère du Patrimoine canadien par l'entremise du Programme d'aide au développement de l'industrie de l'édition (PADIÉ), du Conseil des Arts du Canada (CAC) et du ministère de la Culture et des Communications du Québec (MCCQ) par l'entremise de la Société de développement des entreprises culturelles (SODEC).

Édition originale : *The Jade Peony*, Douglas & McIntyre Ltd., 1995

La traduction de cet ouvrage a été rendue possible grâce à une aide financière du Conseil des Arts du Canada.

XYZ éditeur
1781, rue Saint-Hubert
Montréal (Québec)
H2L 3Z1
Téléphone : 514.525.21.70
Télécopieur : 514.525.75.37
Courriel : info@xyzedit.qc.ca
Site Internet : www.xyzedit.qc.ca

et

Wayson Choy

Dépôt légal : 3e trimestre 2007
Bibliothèque et Archives Canada
Bibliothèque et Archives nationales du Québec
ISBN 978-2-89261-498-5

Distribution en librairie :

Au Canada :
Dimedia inc.
539, boulevard Lebeau
Ville Saint-Laurent (Québec)
H4N 1S2
Téléphone : 514.336.39.41
Télécopieur : 514.331.39.16
Courriel : general@dimedia.qc.ca

En Europe :
DNM – Distribution du Nouveau Monde
30, rue Gay-Lussac
75005 Paris, France
Téléphone : 01.43.54.49.02
Télécopieur : 01.43.54.39.15
www.librairieduquebec.fr

Droits internationaux : André Vanasse 514.525.21.70, poste 25
andre.vanasse@xyzedit.qc.ca

Conception typographique et mise en pages : Édiscript enr.
Maquette de la couverture : Zirval Design
Photographie de l'auteur : Robert Mills
Illustration de la couverture : Figurine funéraire en céramique vernissée, ca. 200 av. J.-C.-900 apr. J.-C., Royal Ontario Museum

Pour mes tantes, Freda et Mary,
Et en mémoire de Toy et Lilly Choy

Tohng yahm Gaai était l'expression par laquelle nous nommions autrefois l'endroit où nous vivions — « rue des gens de la Chine ». Plus tard, imitant le parler des démons, nous nous sommes contentés d'écrire *Wah Fauh* — « quartier chinois ». La différence saute aux yeux : les gens ont disparu.

— Wing Tek Lum, « Traductions »

Avant-propos de l'auteur

J'ai trouvé dans quatre livres l'information essentielle m'ayant permis d'écrire les souvenirs de mon enfance dans le Chinatown de Vancouver. Ces ouvrages sont : *Saltwater City* de Paul Yee, *The Enemy That Never Was* de Ken Adachi, les histoires orales rassemblées dans *Opening Doors Vancouver's East End* de Daphne Marlatt et Carole Itter et *Vancouver's Chinatown* de Kay J. Anderson. J'aimerais exprimer à ces auteurs toute ma gratitude.

Ce livre est une œuvre de fiction. C'est donc dans un but purement littéraire que j'ai parfois mentionné des événements ou des lieux historiques réels ; de même, toute ressemblance avec des personnes, qu'elles soient mythiques, vivantes ou décédées, est entièrement accidentelle. J'ai également tenté de donner des équivalents anglais à certaines expressions chinoises et à certains termes exprimant les liens de parenté, et j'ai adopté différentes règles pour l'orthographe des mots chinois.

Je remercie l'*UBC Chronicle*, le *Toronto Star* et le *Malahat Review* qui ont fait paraître, dans des versions légèrement différentes, certains passages de ce livre.

PREMIÈRE PARTIE

Jook-Liang
Unique sœur

Un

Le vieil homme nous rendit visite pour la première fois en 1933 ; j'avais cinq ans. À l'époque, je n'avais que deux frères pour m'embêter : Kiam et Jung, respectivement âgés de dix et de sept ans. Sekky n'était pas encore né, mais il était en route. Grand-mère, ou Poh-Poh, allait régulièrement au temple de notre famille, celui de l'association Tong, prier pour que le nouveau-né soit un garçon.

Des décennies plus tard, notre voisine, Mme Lim, a dit que je voulais absolument que ce soit une autre fille, afin d'équilibrer la situation, mais belle-mère me répondait que ces choses étaient entre les mains des dieux.

À son arrivée au Canada, belle-mère avait à peine vingt ans, une douzaine d'années de moins que père. Elle n'avait fait aucune étude et parlait le dialecte d'un village aussi pauvre qu'elle. Les filles étaient souvent abandonnées. Belle-mère avait eu de la chance, car une famille s'était intéressée à son sort. Mon visage était rond comme celui de mon père, et j'avais ses yeux à elle, sa bouche délicate, son front haut — mais pas ses pommettes saillantes.

Cette femme mince aux traits fins et à l'allure distinguée avait sept ans quand, dans une Chine déchirée par la guerre, des bandits assassinèrent presque toute sa famille. On la retrouva cachée entre deux malles de vêtements et on la conduisit à la mission, puis le clan du village la réclama et on la renvoya. On finit par la vendre à la famille de mon père, des marchands de Canton. Pendant des années, on la nourrit, on lui enseigna les tâches domestiques, puis on la mit enfin à bord d'un bateau en partance pour le Canada. Venue pour s'occuper de Poh-Poh et pour jouer auprès de père le rôle d'une femme, elle devint bientôt pour lui davantage une épouse qu'une concubine, et davantage une belle-fille qu'une servante pour grand-mère. Quelques années plus tard, ils eurent un enfant, moi, Jook-Liang. À l'époque où commence mon récit, dans notre maison louée, elle était enceinte d'un autre enfant.

Poh-Poh comptait parmi les rares vieilles Chinoises de Vancouver et ce statut lui permettait d'agir comme l'arbitre des usages traditionnels. Au Canada, décréta-t-elle, il fallait simplifier les termes indiquant nos liens de parenté, et c'est ainsi que ma mère devint « belle-mère ». Les deux garçons l'avaient toujours appelée comme ça, car Kiam était le premier fils de la première épouse de père — morte en Chine dans des circonstances mystérieuses. Quant à Jung, le deuxième fils, notre famille l'avait adopté. Ma mère accepta le nom que lui donnaient les garçons. Ce nom de « belle-mère » gardait les choses simples, en ordre. Poh-Poh en avait décidé ainsi. Père ne protesta pas. La femme mince et jolie qui était ma mère ne sembla pas protester non plus, mais elle dut jeter un coup d'œil à l'Aïeule et décider d'attendre son heure. C'était ainsi que les choses se passaient en Chine.

« Ce qui sera, sera », comme le disaient les traditionalistes de Chinatown. « À la Montagne d'or, le simple est le mieux. »

D'ailleurs, il y avait des histoires d'immigration clandestine à cacher, des secrets à garder.

Assise sur une chaise de cuisine, belle-mère m'aidait à habiller ma poupée Raggedy Ann ; je touchai son ventre proéminent. Je voulais le nouveau bébé pour moi toute seule. Les deux garçons brandissaient des épées jouets autour de nous, les dirigeant à tour de rôle vers trois têtes découpées dans une planche d'Isorel, posées sur la table. Le jeu consistait à faire voler les têtes plates dans les airs de façon à ce qu'elles retombent sur une carte de la Chine déroulée sur le plancher. Chlac ! Le jeu avait été fabriqué à Hong Kong et il s'appelait « Les ennemis de la Chine libre ».

La tête d'un ennemi sauta et claqua sur le linoléum, à trois pieds de la cible. Jung commençait à jurer quand père, qui écrivait avec son pinceau dans l'autre pièce, leva les yeux. Père voyait tout ce que nous faisions dans la cuisine. Assise à l'autre bout de la table, Poh-Poh regardait avec plaisir Kiam et Jung jouer à leur nouveau jeu. Il y avait des sacs d'épicerie sur le comptoir en prévision des préparatifs du souper.

« Il faut que ce soit un bébé fille parce que j'ai besoin d'une esclave », dis-je, me rappelant les histoires que racontait Poh-Poh sur l'époque où, dans l'ancienne Chine, elle-même avait une fille pour l'aider dans la cuisine humide, envahie de vapeur, de la riche et cruelle famille Chin. Les Chin étaient des réfugiés qui avaient fui la Mandchourie quand les Japonais s'étaient emparés du territoire. Poh-Poh n'avait rien trouvé de mieux à faire que de traiter la fillette, son assistante à la cuisine, aussi durement qu'elle-même était traitée ; les femmes de la riche famille Chin qui « possédaient » Poh-Poh se servaient du fouet et des verges de bambou pour châtier leurs quatorze servantes de la même façon qu'elles le faisaient avec les bœufs et les cochons.

« Souvenir trop mauvais », disait Poh-Poh, et, au milieu de son histoire, elle interrompait soudain son récit du passé. Elle prenait une expression pitoyable et se lamentait : ses artères étaient douloureuses, tout la tourmentait. « *Ahyaii, ho git-sum !* Grosse crampe au cœur ! » Beaucoup plus jeune que Poh-Poh, Mme Lim acquiesçait pourtant en hochant la tête et toutes deux agrippaient leur côté gauche en signe de sympathie mutuelle. On faisait aussi ce geste dans les opéras chinois que Poh-Poh nous emmenait voir, mes frères et moi, dans la ruelle de Canton.

Chlac ! Une autre tête roula sur le sol. Kiam brandit son épée jouet comme un roi guerrier d'autrefois dans les opéras chinois. Jung préféra se servir d'abord de la sienne comme d'une baïonnette, puis, chlac !

« Wong Bak — le vieux Wong — te tiendra peut-être compagnie plus tard, Liang-Liang », dit Poh-Poh en enjambant allègrement un des ennemis de la Chine libre pour aller chercher des baguettes dans un tiroir. Elle était fière de ses petits-fils guerriers. « Tuez-en d'autres », leur ordonna-t-elle.

Quand elle s'adressait à Jung ou à moi, Poh-Poh le faisait toujours en *Sze-yup*, le dialecte villageois des Quatre comtés. Avec Kiam, le premier fils, elle parlait parfois en cantonais et un peu en mandarin, langue qu'il étudiait dans le sous-sol de l'église de la mission. Quand belle-mère était dans les parages, Poh-Poh utilisait un autre dialecte villageois semblable, plus sec, aux sonorités brèves, comme bien des adultes le font quand ils vous prennent pour l'idiot du village, qu'ils pensent que vous êtes trop nul ou trop jeune, ou que vous n'êtes pas de leur district. L'Aïeule maîtrisait une foule de dialectes appris au cours des trente-cinq années où elle avait survécu en Chine, et chacun d'eux exprimait différentes nuances de statut et de pouvoir, ou leur absence. Comme plusieurs anciens de Chinatown, les *lao wah-kiu*, Poh-Poh était capable de faire éloquemment l'éloge d'une personne dans un dialecte et de l'insulter impitoyablement dans un autre.

« D'une vieille bouche il peut sortir ou du miel ou de la merde », fit un jour remarquer Mme Lim, vaincue par les acrobaties de la langue ironique de grand-mère. L'Aïeule éclata de rire et cracha dans l'évier de la cuisine.

Chlac !

Une autre tête tomba.

Belle-mère se frotta le front, comme si tout cela la rendait folle.

« Wong Bak vient souper ce soir », dit Poh-Poh, pour indiquer à belle-mère de commencer à préparer le repas. La lumière de la cuisine fit briller quelque chose derrière la tête blanche de Poh-Poh ; elle avait mis sa parure de jade dans ses cheveux en l'honneur de Wong Bak. C'était un ami de grand-mère, originaire comme elle de la Chine ancienne ; ils avaient tous deux dans les soixante-dix ans.

Un groupe de Chinois de Yale, une petite ville de l'intérieur de la Colombie-Britannique, avait renvoyé Wong Bak. Il était trop âgé pour continuer à mener une existence solitaire. Une personne de notre association Tong avait donné le nom de père comme personne-ressource à Vancouver, parce que le vieux Wong connaissait peut-être Poh-Poh, qui avait jadis habité dans le même village de district ancestral.

À Chinatown, la plupart des gens venaient des villages densément peuplés du Guangdong, une province du sud, territoire ravagé par des cycles de famine et de sécheresse. Dans les années 1880, des courtiers en contrats de travail au Canada se mirent à la recherche d'hommes pour travailler à la construction du chemin de fer ; tous ceux qui le pouvaient quittèrent leur ferme et leur village et se firent embaucher, par contrat synallagmatique, pour un travail dangereux dans les montagnes Rocheuses. On racontait aussi qu'il y avait de l'or dans les rivières qui coulaient du sommet de ces montagnes, de l'or pouvant faire, du jour au lendemain, la fortune d'un homme et de sa famille.

« Allez à la Montagne d'or », se disaient-ils l'un l'autre. Ils promettaient d'envoyer leur salaire à la maison, de revenir riches ou de mourir. Des milliers d'entre eux arrivèrent pendant les décennies avant 1923. Cette année-là, le 1er juillet, le dominion du Canada vota la Loi de l'Exclusion des Chinois et mit fin à ce va-et-vient d'hommes célibataires entre le Canada et la Chine, ferma ses portes aux femmes et divisa les familles. Les hommes célibataires indigents furent laissés seuls à la Montagne d'or, avec seulement quelques dollars à envoyer chaque mois en Chine, et jamais suffisamment pour payer leur retour au pays natal. Des douzaines d'entre eux perdirent la raison ; plusieurs se suicidèrent. Les Chinois de Chinatown appelèrent le 1er juillet, anniversaire de la naissance du Canada, le Jour de la honte.

Pendant cette dure époque en Colombie-Britannique, certains, comme le vieux Wong, gardèrent l'espoir de retourner en Chine s'ils parvenaient à tirer le bon numéro à la loterie ou à gagner suffisamment d'argent aux cartes. Mais voilà que les troubles — la guerre avec le Japon, les dissensions civiles entre communistes et nationalistes, et la famine — s'intensifièrent. En entendant tout cela, Poh-Poh agrippait son flanc gauche, juste au-dessous du cœur, et gémissait qu'elle ne voulait qu'une chose : qu'on renvoie ses os en Chine.

Père écrivait des éditoriaux dans un journal des années de la Dépression. Les Chinois de Vancouver devaient aider les

Chinois, ne cessait-il de répéter. Parce que « personne d'autre ne le fera », écrivait-il.

Au dépotoir municipal de False Creek Flats, trente-deux hommes célibataires de l'ancienne Chine avaient trouvé un abri dans des huttes de fortune ; faute de soins, des douzaines d'autres mouraient dans les chambres surpeuplées de la rue Pender. C'était la Crise et il n'y avait pas d'emplois pour eux. Les compagnies ferroviaires les avaient abandonnés à leur sort, ils avaient été trahis par les nombreux entrepreneurs en main-d'œuvre qui étaient rentrés en Chine la mémoire courte et les poches pleines. À Vancouver, un règlement municipal interdisait de mendier de la nourriture, une loi fédérale interdisait d'en voler, mais aucune loi d'aucun tribunal n'interdisait de mourir de faim. Les quelques églises desservant Chinatown manquaient de fonds. Les soupes populaires ne parvenaient plus à donner en toute sécurité à manger à ceux qui faisaient la queue et qui se battaient à leur porte. Les hommes de la Chine étaient rejetés, menacés, oubliés.

Pendant les années 1920 et 1930, des religieuses de la mission Saint-Paul venaient régulièrement à l'aube pour enlever les corps. Dans les pensions bondées de Chinatown, des hommes vivants dormaient jusqu'au matin sur des paillasses et sur le sol à côté d'hommes morts.

Pouvions-nous donner un coup de main à Wong Bak ? Un repas de temps en temps peut-être, quelques invitations à la maison ? demanda le représentant de l'association Tong. Il se trouva que Poh-Poh avait vraiment connu Wong Bak en Chine plus de trente ans auparavant.

« Tous les anciens se connaissent », fit remarquer troisième oncle Lew qui, armé d'un boulier, faisait l'inventaire de son entrepôt. « Et comment en serait-il autrement ? Ils viennent tous des mêmes satanés districts, ajouta-t-il en riant. Nous, Chinois, sommes comme des pois : tous originaires de la même gousse ! »

Et, ce soir-là, Wong Bak venait souper à la maison.

Je jetai un coup d'œil par-delà le ventre gonflé de belle-mère, vers les casseroles et les poêles à frire sur le comptoir à côté de l'évier. Père avait fait de folles dépenses. Il avait rapporté un sac duquel, au bout d'un long cou déplumé, la tête d'un poulet récemment tué pendait. Poh-Poh déballa également un poisson frais dont les yeux brillaient encore. Quand il serait cuit, Kiam et Jung se battraient pour sucer les yeux calcifiés du poisson, durs comme des billes. Je voulais les pattes du poulet. Je me demandai quel morceau ferait plaisir à Wong Bak.

Nous allions le rencontrer pour la première fois, et cela préoccupait père. Il était nerveux et avait multiplié les préparatifs, ce qui me donna l'impression que Wong Bak n'était pas un être humain ordinaire. C'était un homme âgé : à ce titre, et surtout parce qu'il connaissait personnellement l'Aïeule, tous les égards lui étaient dus. Il ne fallait pas que grand-mère perde la face ; notre hospitalité devait être irréprochable. Mes deux frères et moi devions avoir une excellente conduite afin de montrer que notre famille respectait et honorait les manières traditionnelles.

Père consulta sa montre et déposa son pinceau.

« Je veux vous parler un instant », dit-il à mes frères. Ils abandonnèrent leur jeu et vinrent se placer devant lui. Wong Bak pouvait paraître « très étrange », leur dit-il ; cela s'adressait particulièrement à moi — j'étais si jeune et, surtout, j'étais une fille, donc plus facilement effrayée.

« Effrayée ? » demanda belle-mère.

Je dressai l'oreille.

Père répondit que, étant des garçons, ses fils auraient moins peur de ce qu'elle savait quoi. Il utilisait un langage codé avec belle-mère, mais il chuchota certains détails à Kiam d'abord, puis à Jung, dont les yeux s'agrandirent. Après ces révélations chuchotées, père nous fit à tous trois un discours sévère sur le respect ; nous devions, nous dit-il, utiliser l'expression officielle *Sin-saang*, « vénérable monsieur », comme si Wong Bak était un « instituteur » digne du plus haut respect, à l'instar de l'ancien Bouddha ou de l'impératrice de Chine.

Le respect signifiait qu'il ne fallait pas se moquer d'une personne parce qu'elle était « différente » ; il ne fallait pas poser de questions stupides ou dévisager sans vergogne. On faisait semblant que tout était normal. C'était ça, le respect.

Père essayait de simplifier les choses pour mon cerveau de cinq ans. Mais je savais ce qu'était le respect : c'était ainsi que je traitais ma poupée Raggedy Ann.

« Vous, les garçons, je ne veux pas vous voir dévisager Wong Sin-saang », les avertit père, et je trouvai cela bizarre. À mes yeux, les visages des personnes âgées se ressemblaient tous, ridés et taillés à coups de serpe. « Wong Sin-saang a eu une vie très difficile.

— Nous savons comment nous conduire », l'assura premier frère Kiam en assenant un coup d'épée au « seigneur de la guerre » avec des dents de lapin, qui hochait la tête sur le bord de la table de la cuisine.

Jung se servit de la sienne comme d'une baïonnette et deux autres têtes tombèrent, attendant d'être tranchées.

Troisième oncle Lew avait offert le jeu des ennemis de la Chine libre à Kiam pour son dixième anniversaire. Il en avait importé quelques exemplaires de Hong Kong avec l'idée de les vendre dans Chinatown. Kiam lut les règles du jeu écrites en anglais : « UTILISER LES ÉPÉES POUR COUPER LES TÊTES, COMPTER LES POINTS, DÉPLACER LES CHINOIS VICTORIEUX DU NOMBRE DE CASES CORRESPONDANT. »

Le seigneur de la guerre était l'une des trois « têtes » des ennemis de la Chine. Les deux autres étaient un communiste et un soldat japonais appelé Tojo. Ils avaient tous trois un affreux visage jaune, un nez camus et d'invraisemblables dents de lapin. C'était un jeu de propagande conçu pour inciter les Chinois outre-mer à contribuer aux campagnes de financement au profit de la Chine libre.

J'aimais bien mieux regarder Kiam et Jung bondir ici et là que de me faire obliger par eux à jouer à des jeux stupides comme Tarzan, Jane et Cheetah. Kiam avait vu le film *Tarzan* trois fois. Il devait être Tarzan. Jung était Cheetah et moi, il fallait que je sois Jane et que je reste là comme une potiche. Je serrai ma poupée dans mes bras et regardai Jung trancher la tête de Tojo d'un nouveau coup d'épée. Chlac ! Père disait que Tojo, un Japonais, était à la tête d'un complot visant à faire de la Chine l'esclave du Japon.

Chlac !

La troisième tête vola.

« N'oubliez pas, répéta père, qui appréhendait le pire. On ne dévisage pas Wong Sin-saang. On ne rit pas.

— Dites-le à Liang-Liang, répondit Jung en brandissant son épée de bois dans ma direction. Elle va dévisager Wong Sin-saang et se conduire comme un bébé.

— Jook-Liang sera trop timide, dit belle-mère. Elle ne fera que s'enfuir, je vous assure. À cinq ans, c'est ce que j'aurais fait.

— Jook-Liang, presque six ans, interrompit grand-mère. Elle regarde. Je regarde. »

Belle-mère se détourna. Jung donna un coup d'épée. Chlac !

« Liang-Liang va dire quelque chose à Wong Sin-saang, dit Kiam. Elle va dire quelque chose à propos du visage de Wong Sin-saang.

— C'est vrai que tu le feras, Liang-Liang ? » renchérit Jung, voulant, comme premier frère, montrer sa supériorité à mes dépens.

Je les regardai à travers les murs fleuris et les minuscules fenêtres de ma maison de poupée achetée au rayon des jouets chez Eaton's. Je mis la Jane de Tarzan, aux jambes rigides, dans la pièce à l'avant de la maison. À l'école du dimanche, j'avais appris comment tous les visiteurs, comme le Seigneur Jésus, par exemple, et même Tarzan et Cheetah, son chimpanzé, devaient toujours poliment frapper à la porte avant d'être invités à entrer dans la pièce située à l'avant de votre maison. À la maternelle Kingdom Church, j'avais également appris à dire le mot « chiant », ce qui ennuyait beaucoup Mlle Bigley.

« Chiant », dis-je.

Jung ouvrit la bouche pour répondre. Kiam me lança un regard sombre.

« Si tu as des yeux, tu regardes, me dit Poh-Poh. Les yeux, pour regarder. »

Au moment précis où Jung rangeait la boîte du jeu et me prenait ma poupée de chiffon des mains, pendant que belle-mère et Kiam mettaient le couvert sur la table de chêne, quelqu'un frappa à notre porte. Un bruit sourd... *Boum... Boum...* traversa le couloir sombre jusqu'à la cuisine. Avec grand-mère, j'attendais que le riz finisse de cuire.

« Tonnerre », déclara Poh-Poh en reniflant l'air. L'humidité automnale allait raidir ses articulations. Elle avait commencé à me raconter une histoire sur le Roi Singe que Bouddha envoyait vivre une nouvelle aventure. Cette fois, le Roi Singe s'était déguisé en marin perdu et, avec son compagnon, le Cochon, il chevauchait une tortue de mer géante pour échapper au Dragon du fleuve qui crachait du feu. « Personne ne traverse ma frontière », dit Poh-Poh en prenant la voix profonde du Dragon du fleuve.

Boum... Boum...

J'écoutais l'histoire, confortablement appuyée contre la veste matelassée de Poh-Poh. « On frappe à la porte, dis-je.

— Tonnerre, insista Poh-Poh. Tonnerre fantôme. »

Dans les histoires de grand-mère, il y avait toujours de terribles tempêtes, des nuages qui crevaient, des coups de tonnerre et, après beaucoup d'efforts, des montagnes qui se fendaient en deux, donnant naissance à des démons sortis pour vous tuer ou à des esprits qui mouraient d'envie de mettre à l'épreuve votre courage. Jusqu'au dernier moment, on ne pouvait savoir avec certitude si on avait affaire à un démon ou à un esprit.

« Liang, reste dans la cuisine », dit belle-mère en essuyant ses mains sur son tablier. J'entendis père s'escrimer avec la porte enflée, puis la porte céda et s'ouvrit à la volée. « Entrez, entrez... »

D'un bond, je descendis des genoux de Poh-Poh. Dans notre corridor sombre, tout fut soudain éclairé par la lumière du réverbère. Je distinguai une ombre bossue, beaucoup plus courte que père, debout dans l'entrée. Je songeai à la lumière cuivrée qui s'attarde après le tonnerre ; une montagne, après bien des efforts, bâille en s'ouvrant toute grande.

« Wong Sin-saang vient d'arriver », nous cria père d'une voix anxieuse, comme si c'était le nom même des transformations de l'obscurité.

C'est un démon ou c'est un esprit ? me demandai-je et je fis nerveusement volte-face pour rejoindre belle-mère debout, très calme, au fond du salon. Jung et Kiam coururent se presser autour de père. Il les éloigna d'un geste de la main. J'agrippai le tablier de belle-mère.

Dans la lumière bleutée diffusée par le réverbère, une silhouette sombre avec une bosse énorme se secoua pour retirer sa cape. J'écarquillai les yeux. La grosse bosse continua de trembler, de se débattre, de frémir. Quelque chose de foncé monta dans les airs. La masse mystérieuse se révéla être un sac à dos pendant aux courroies entremêlées. Père souleva le sac à dos au-dessus de la tête du visiteur et prit la cape noire. La silhouette eut un autre frémissement, comme pour remettre ses os en place ; c'est alors que je distinguai, dans la lumière pâle, une vieille personne anguleuse, une personne courbée, son corps affaissé soutenu par deux cannes.

« Le salon est par ici », dit père en se tournant pour ranger la cape et le sac à dos dans le placard du corridor.

Penché sur ses cannes, l'étranger voûté s'avança avec confiance, cahin-caha, vers le salon. J'ouvris grand les yeux. Tout le monde avait hâte de voir son visage, mais le visiteur, maniant ses cannes par petits coups, était tellement courbé que nous ne vîmes pour commencer que le sommet d'une tête grise à moitié chauve. Il s'arrêta enfin, silhouette pliée en deux dans le salon, un avorton dressé juste sous le menton de premier frère Kiam ; sous de larges épaules d'homme adulte, le torse étroit poussait contre une chemise rapiécée trop grande pour lui. Je vis de puissantes jambes tordues dans un pantalon de travail à bretelles. Avec sa tête qui pendait, l'individu évoquait un pantin à demi affaissé, mais il n'y avait pas de ficelles pour le faire bouger. Tout à coup, le vieillard éternua, se racla la gorge, mais il ne cracha pas. La force de sa respiration indiquait qu'il était prêt pour tout ce qui pouvait arriver par la suite. C'était maintenant à notre tour de respirer ou de parler. Ou de nous racler la gorge. À notre tour.

À l'exception de Jung, personne ne bougeait. Il essayait subrepticement de plier les genoux de façon à voir ce visage qu'on nous avait instamment recommandé de ne pas regarder ;

Kiam se hâta de donner un coup de coude à Jung pour qu'il se redresse. Personne ne disait rien. Le vieil homme se mit à respirer plus vite, bruyamment, comme pour inhaler de la force dans ses poumons. Son visage nous demeurait caché. Nous examinâmes donc le reste de sa personne. Ses manches roulées laissaient voir les revers effilochés d'un sous-vêtement long. Il portait un pantalon de couleur foncée, fraîchement repassé. Des doigts épais et noueux étaient fermement enroulés autour des cannes de bambou. Des bottines éraflées pointaient dans de fausses directions. Sans les cannes qu'il avait à ses côtés, ses jambes crochues ne semblaient pas plus mal que celles de certains hommes célibataires à une seule canne que j'avais vus affalés dans les escaliers de Chinatown, des hommes qui toussaient, toussaient toujours, avec leur tête à barbiche grise penchée sur leurs genoux.

« *Sihk faahn mai-ahh ? Avez-vous déjà mangé votre riz ?* » demanda père, utilisant une formule plus officielle que celle qu'avait employée belle-mère dans le dialecte de son village : « *Haeck chan mai-ah !* Vous avez déjà mangé ! »

Pour répondre, le visiteur se redressa autant qu'il le pouvait, c'est-à-dire peu, et secoua la tête ; la lumière au-dessus de lui éclaira brutalement le visage de Wong Sin-saang. Nous aperçûmes un large front aux sourcils froncés. Des rides se creusèrent. Jung poussa un cri étranglé ; la nuque de Kiam se raidit. Les avertissements de père résonnèrent dans nos esprits : *Souvenez-vous de ne pas dévisager.* Comment pouvions-nous nous en empêcher ? Nous regardions tous fixement. Même belle-mère dévisageait le vieillard. Je le regardai jusqu'à ce que j'aie l'impression que les yeux me sortaient de la tête. Le visage du vieil homme ne ressemblait à aucun autre visage humain déjà vu auparavant : une créature aux grands yeux et au nez humide nous rendit notre regard.

Un frisson me parcourut : ce visage, étroit au sommet et large à la base, ce visage, semblable aux masques en bois gravé vendus pendant l'année du Singe, ce visage ratatiné me regardait dans les yeux. Il ressemblait peut-être à celui de Cheetah, mais il était plus royal. J'entendis le tonnerre fantôme. Une montagne s'ouvrit et là, au beau milieu de notre salon, me regardant dans les yeux, il y avait le Singe, le Roi Singe des contes de Poh-Poh, déguisé en vieillard penché sur deux cannes. Mais moi, Jook-Liang, je ne me laisserais pas berner. Cela ne pouvait être personne d'autre que *lui*, le malin. L'air devint plus dense ; le monde me parut plus réel qu'il ne l'avait jamais été. Poh-Poh avait raison : elle entendait le tonnerre fantôme quand je n'entendais que du bruit à la porte d'entrée. Un sort avait été jeté sur notre salon. Voulant faire preuve de bon sens, Kiam le repoussa. « Avez-vous mangé, vénérable monsieur ? » demanda premier frère. Kiam utilisait le dialecte officiel, exactement comme père lui avait demandé de le faire.

Le Singe grimaça, montrant de grandes dents tachées par le tabac.

« Non, pas encore, merci, c'est très gentil à toi de me le demander », répondit-il avec le ton doucereux du Singe, dans un dialecte cantonais, signifiant ainsi à la famille que nous n'avions pas besoin de nous montrer aussi guindés. Kiam tenta discrètement de s'éclaircir la voix, il s'étrangla et recula, laissant Jung tout seul. Le Roi Singe, exactement comme s'il était en présence de sa cour, regardait maintenant Jung dans les yeux.

Jung resta muet. Il y eut un long silence ; c'était au tour de Jung, à titre de deuxième fils, de saluer le visiteur. La bouche ouverte, Jung continuait de le dévisager. Je pensai à une épée fendant l'air — chlac ! — et à la tête de Jung qui tombait. Je me mis à rire, d'un petit rire sot, incontrôlable. Belle-mère se hâta de couvrir ma bouche de sa main.

« Wong Sin-saang, l'entendis-je dire, vous devez avoir faim. »

Wong Sin-saang sortit un mouchoir rouge de la poche de sa chemise et se moucha bruyamment. C'était peut-être pour adresser un signal à son compagnon, le Cochon, qui attendait dehors ses instructions. Je regardai derrière les rideaux de dentelle, mais je ne vis que le réverbère borgne.

« Qui est là ? » cria Poh-Poh depuis la cuisine. Elle était restée là tout le temps, attendant que l'un d'entre nous lui demande poliment de venir rencontrer le visiteur afin qu'elle n'ait pas l'air malapprise ou impatiente. Nous avions oublié. Elle frappa une casserole et frappa une assiette, et resta dans la cuisine à attendre.

Le Roi Singe sembla n'avoir rien entendu ; il fixait désormais sur moi ses yeux noirs. Je lâchai le tablier de belle-mère et me dirigeai lentement vers lui. Belle-mère tendit la main pour me rattraper ; je lui échappai. Je repoussai Jung et Kiam. Dans le corridor, père commença à donner des signes d'impatience.

À l'autre extrémité de la pièce, Wong Sin-saang ne paraissait pas beaucoup plus grand que moi. Sa tête grise retomba, comme s'il avait besoin de se pencher encore plus bas. Je marchai vers lui. Je m'arrêtai.

« Ce doit être Jook-Liang, dit enfin le Singe, et sa voix trembla. La j… jolie. »

Je fis les derniers pas en courant et tendis les bras vers lui, posant en même temps ma tête contre son corps maigre : *C'était le Roi Singe* ! Après tout, j'avais entendu sa voix trembler — *la j… jolie* —, indiquant aux enfants de ne pas avoir peur de lui. De ne pas douter de lui. S'il s'était déguisé en vieillard — les deux cannes, surtout —, ce n'était pas pour me tromper. Je savais que, en réalité, les cannes pouvaient instantanément s'unir et se transformer en cette puissante perche de bambou dont le Singe se servait pour se propulser au-dessus des canyons et des cours d'eau ; il utilisait la même perche pour combattre les monstres, narguer les démons, il l'agitait devant les esprits qui testaient le courage. J'éclatai de rire et sentis le Singe me serrer maladroitement dans ses bras ; très maladroitement, bien sûr, pour ne pas trahir son déguisement de vieillard appuyé sur deux cannes.

Son geste brisa la glace ; tout redevint familier.

J'entendis belle-mère et père souhaiter la bienvenue à Wong Sin-saang avec un mélange de phrases rituelles : « Restez, restez à souper ! » « Non, je vous en prie, c'est sans cérémonie. » « Comme c'est gentil à vous de nous rendre visite. » Même Jung finit par parler, sans toutefois se rappeler tous les mots qu'il fallait dire : « Vous avez votre riz ? » Personne ne sentit nécessaire de remarquer que le Singe se mouchait encore une fois — puis une autre encore —, ni comment il essuyait rapidement ses yeux. Un signal pour le Cochon, caché sous notre porche.

L'arôme du poulet cuit deux fois se répandit dans l'air ; nous entendîmes grand-mère préparer les plats pour la table ; elle entra dans le salon et regarda carrément le Singe. *Les yeux, pour regarder.*

« *Aiiiyah !* Wong Kimlein ! s'exclama-t-elle, l'appelant par son nom de naissance d'une voix assez forte pour rompre le vacarme. C'est vraiment vous ! Vous revenez de Yale, ils disent. Pas mourir là-bas. Mourir ici, dans Ville d'eau salée, à Vancouver.

— Mourir ici, peut-être, répondit le Singe en levant les yeux. Comment se portent vos vieilles années ? Vous allez bien ?

— Je meurs bientôt, dit Poh-Poh. Vous et moi, trop vieux pour cette époque. »

Belle-mère prit ma main et m'entraîna vers la salle à manger.

« Vous avez nouvelles de l'ancienne Chine ? » Poh-Poh prit le bras du Singe, comme si elle voulait s'appuyer sur sa canne, elle aussi.

« Il faut parler, Wong Kimlein, juste vous et moi, dit Poh-Poh d'un ton résolu. Venez, venez souper avec nous. »

Je me précipitai pour m'asseoir à côté du Singe ; Poh-Poh tira une chaise pour lui et prit place de l'autre côté. Elle se mit soudain à lui parler dans un dialecte différent, plus aigu et plus étrange que tous ceux que j'avais déjà entendus. *La langue du Singe.* Père était dans la cuisine et Poh-Poh lui fit signe d'apporter la nourriture. Le Singe répondait à grand-mère avec le même accent bizarre, aux voyelles vacillantes. Belle-mère, Kiam et Jung apportèrent des bols de riz et des plats de porc, de légumes et de poisson fumants, de la soupe au melon amer.

« Asseyons-nous et mangeons », dit père en posant le plat de poulet sur la table.

Pendant tout le repas, assise à côté de Wong Sin-saang, je regardai le Singe dévorer son riz. Il veillait à ne pas en laisser tomber un seul grain pour ne pas avoir une épouse au visage grêlé, et continuait de parler de cette façon étrange avec Poh-Poh. Jung comprit à quoi je songeais. Comme il avait sept ans, il pouvait encore penser comme un enfant, mais pas complètement. En posant devant moi un bol de soupe au melon amer, il me chuchota : « C'est juste un homme, idiote. »

J'admets que je n'étais encore sûre de rien et je discutais avec moi-même : si Wong Sin-saang connaissait Poh-Poh — qui disait se sentir plus vieille que même les amis bibliques de Mlle Bigley, comme Moïse —, comment le Singe pouvait-il n'être qu'un homme ? un homme ordinaire ?

Je bus toute ma soupe, mais touchai à peine à mon riz. J'étais trop fébrile, même si Poh-Poh accaparait presque toute l'attention du Singe. De plus en plus animée, elle rougissait d'excitation en entendant une voix parler les dialectes des serviteurs de l'ancienne Chine. Elle se réjouissait d'entendre le « slurp » que faisait le vieillard au bout de sa cuiller à soupe, un bruit que nous n'étions pas encouragés à faire à notre table. (Père nous avait enseigné à aspirer notre soupe lentement, sans bruit, à la manière occidentale.) Poh-Poh ne mangea presque rien, toucha à peine aux légumes verts que père mit dans son bol. Toute son attention était tournée vers le vieillard qui racontait des secrets de l'ancienne Chine. Poh-Poh bougeait la tête, riait parfois, mais, le plus souvent, tous deux soupiraient avec tristesse en évoquant le temps passé. Ce faisant, grand-mère écarquillait les yeux ; plus elle parlait, et plus elle avait de choses à raconter. Le Singe mangeait, hochant la tête ; entre deux bouchées, il disait quelques mots, puis il laissait la parole à Poh-Poh. Il avait faim.

Je me rappelai toutes les histoires que Poh-Poh m'avait racontées depuis que j'avais deux ans : le Roi Singe, dans une variété de déguisements, s'aventurait dans le monde des gens ordinaires : « Il pouvait ressembler à une vieille femme au nez et aux doigts crochus, ou bien être aussi joli que Kwan Yin dans une robe de soie blanche ; parfois, il choisissait d'être un fermier au front maculé de terre… mais ses voyages le laissaient tout le temps affamé comme un ours. On peut piéger le Roi Singe avec de la nourriture, surtout quand on lui offre des pêches mûres. » Poh-Poh faisait claquer ses lèvres. « Le dîner et le souper sont des moments dangereux pour le Singe. »

J'avais mal aux yeux à force de regarder fixement. Je ne pouvais m'en empêcher : *ici*, juste à côté de moi, le Roi Singe était assis, jouant à être un vieillard de l'âge de Poh-Poh, tout en maniant ses baguettes avec l'aisance de la jeunesse. J'imaginais des tranches de pêches juteuses, délicatement tenues par ces mêmes baguettes, des tranches de pêches pelées qui, l'une après l'autre, disparaissaient naturellement dans sa bouche. Wong Sin-saang mangea tous les morceaux frits au poêlon qui lui étaient offerts : le céleri, le tofu, les carottes, le bok choi, l'aubergine, le porc, le poisson et le poulet cuit deux fois, il mangea, et il mangea son troisième bol débordant de riz. *Affamé comme un ours.* Quand le Roi Singe mangeait, pas une goutte de sauce ne tombait, pas un grain de riz n'était perdu. Père donna un coup de coude à Jung pour qu'il cesse de dévisager le vieil homme.

Je frétillais de joie. Quand je regardais Wong Sin-saang, quand je le regardais porter son troisième bol de riz à sa bouche en soupirant d'aise, je sentais que personne d'autre que moi ne savait ce que je savais : ici, juste à côté de moi, dans sa chemise rapiécée, avec ses yeux doux, comme liquides, il y avait aussi Cheetah des films au cinéma, l'ami de Tarzan. Après que Jung nous eut emmenées, grand-mère et moi, voir mon premier film de Tarzan au Lux, Poh-Poh déclara que Cheetah était un autre des déguisements du Roi Singe. C'était pour lui une façon d'être avec sa tribu singe tout en restant en contact avec les ordres de Bouddha, car le Singe ne pouvait rien faire sans la compagnie des humains, qu'ils soient noirs, blancs ou jaunes. Après tout, les gens étaient plus proches de Bouddha, m'avait dit Poh-Poh.

Premier frère Kiam objectait toujours que les histoires de Poh-Poh n'étaient que des histoires, rien de plus, comme celles du Jésus blond que Mlle Bigley nous racontait. À la maison, après l'école du dimanche, Kiam posait toujours les mêmes questions : « Comment une personne peut-elle marcher sur l'eau ? Comment quelques corbeilles de pain et de poisson peuvent-elles nourrir des centaines de gens ? » Et le père Noël n'était jamais venu une seule fois visiter notre maison. Je me mis à douter. La phrase insidieuse chuchotée par Jung faisait son travail : *C'est juste un homme, idiote.* Plus je regardais le visage animé de Wong Sin-saang, ses joues gonflées de nourriture, plus je sentais qu'il fallait que j'en aie le cœur net. Lentement, une seule question se mit à troubler mon esprit d'enfant : *Il porte un masque*... me dis-je... *comme un de ces démons de l'Halloween*... Je voulus m'assurer sur-le-champ qu'il ne me jouait pas de tour, qu'il ne portait pas un masque de singe, comme ces diables qui venaient frapper à notre porte et me faisaient fuir dans la cuisine en pleurant de terreur. Je me levai aussitôt sur ma chaise, je laissai tomber mes baguettes, je me tournai et j'agrippai la grande oreille de Wong Sin-saang. Père donna un coup sur la table.

« Vous, singe de Tarzan, dis-je à Wong Sin-saang. Vous, Cheetah... »

Belle-mère poussa un cri étranglé.

Poh-Poh se pencha au travers de la table pour m'arrêter.

« Laissez-la », dit Wong Sin-saang qui s'était mis à rire.

« Laissez-la tirer, l'Aïeule, dit le Singe, laissez-la tirer. Jook-Liang a votre esprit *lao foo*. Jook-Liang a la volonté d'un tigre », ajouta-t-il en me regardant dans les yeux.

Je lui rendis son regard. Ses yeux noirs se mirent et se remirent au foyer. Ils étaient réels, ils reflétaient la vie. Je touchai son front creusé de rides profondes, examinai les deux côtés de sa tête à la recherche d'une ficelle révélatrice. Je ne vis rien d'autre que des cheveux rêches. Même les touffes de poils, rappelant ceux d'un pinceau, qui sortaient de ses oreilles étaient honnêtes. Fière de moi, je ne pus garder la nouvelle pour moi : « *Gene-goh Mau-lauh Bak* ! dis-je aux yeux doux. Un homme singe *pour de vrai* ! »

Belle-mère déglutit bruyamment. Jung ricana. Wong Sin-saang recula d'un pied de ma chaise. Père voulut dire quelque chose, mais le Singe secoua la tête. Tout le monde déposa ses baguettes. Et resta silencieux.

Le vieil homme inclina sa tête encore plus bas. Nous avions les yeux au même niveau. Il savait que je connaissais son vrai nom. Mes lèvres prononçaient silencieusement les mots : *Homme singe, Mau-lauh Bak, Homme singe.* Il ne nia pas. Mais il dit : « Veux-tu m'appeler Wong *Suk* ? »

J'essayai de dire le nom : « Wong *Suk.* »

Suk désignait quelqu'un à peu près de l'âge de père, ou de beaucoup plus jeune. *Suk* était plus informel que *Sin-saang*. *Suk*, pensai-je, et je sus qu'il était plus jeune que père même si, vu de l'extérieur, il était très âgé.

« *Suk* me plaît beaucoup, beaucoup, dit-il. Oh ! beaucoup plus que Wong *Bak* — le vieux Wong. Je me sens rajeunir. Appelle-moi Wong Suk, tu veux bien ? Peut-être que vous pouvez tous m'appeler comme ça. C'est d'accord ? »

Je fis signe que oui. Il nous offrait en cadeau son nom secret magique.

Puis, je dis l'autre chose que personne — père avait insisté sur ce point — n'était censé dire à voix haute.

« Wong Suk, dis-je d'une voix forte, en chinois, vous êtes tout tordu, *crochu.* »

Wong Suk déglutit : il tendit la main et me tint doucement au bout de son bras, même si j'avais l'impression que ses longs doigts, ses larges paumes étaient trop gauches pour tenir un enfant de presque six ans avec cette douceur irréelle. Les yeux de Wong Suk prirent une expression étrange. Il me parla dans le dialecte de la famille :

« *M-pai Mau-lauh Bak* ? » Wong Suk chuchotait presque. « Tu n'as pas *peur* de l'homme singe ? » Je secouai la tête, regardai Wong Suk de plus près, touchai son gros nez réel, tirai délicatement les touffes recourbées de poils poivre et sel qui formaient ses sourcils en broussaille. Je reconnus sa lotion capillaire : elle sentait comme celle que père utilisait toujours. Je m'approchai encore. Des bras crochus m'entourèrent. *M-pai... m-pai...* ? entendis-je Wong Suk psalmodier. *Pas peur... tu n'as pas peur... m-pai...* ?

Il semblait incapable d'arrêter de répéter ces mots, incapable de calmer les battements rapides de son cœur, incapable aussi de me libérer de son étreinte. Je ne trouvai rien d'autre à faire que de resserrer encore la mienne, et je me lovai contre lui comme un chat, un tigre, respirant l'odeur d'herbes que dégageait son corps. Je sentis l'air devenir très chaud.

« Cette enfant n'a pas peur de moi, annonça-t-il aux personnes autour de la table. Elle n'a pas peur.

— Ne dites pas de bêtises, répondit Poh-Poh dans le dialecte que je comprenais, et je la sentis qui tirait sur mon bras. Ne dites pas de bêtises. »

Il est à moi, avais-je envie de crier. *Il est à moi !* Quelque chose d'ancien bondit hors de moi, quelque chose lutta pour défier même Poh-Poh. J'éloignai ma tête de Wong Suk et je regardai grand-mère. Quelque chose comme une épée ancienne descendit en piqué — chlac ! — et l'épingla au mur, même si, vu de l'extérieur, rien n'arriva à grand-mère, ni à Wong Suk, ni à moi.

Wong Suk me libéra. Je me rassis sur ma chaise et je repris mes baguettes. Poh-Poh se rassit à la table. Chacun recommença à manger, à respirer l'air torride. Wong Suk se remit à aspirer bruyamment sa soupe, mais lui et Poh-Poh cessèrent de se parler dans leur langue secrète, même si leurs lèvres souriaient et remuaient au souvenir de quelque chose de profond, de savoureux.

Deux

« Jook-Liang, si tu veux une place dans ce monde, commença grand-mère de ce ton exaspérant qui voulait dire *laisse-moi te rappeler*, tu ne dois pas naître fille. »

« Ici, c'est le Canada, eus-je envie de répliquer, pas l'ancienne Chine. »

Assise sur le tabouret de la cuisine, je me mordis la langue. Depuis des années, on me répétait de laver les couches et de nettoyer les dégâts de mon frère, qui avait désormais trois ans et qui était maladif. J'en avais assez de le voir s'épancher par ses deux extrémités.

J'aimais penser que j'avais presque neuf ans et que j'étais beaucoup, beaucoup plus vieille que Sek-Lung. Sekky avait reçu deux fois plus de bracelets de jade et d'or que moi quand j'étais bébé et je me rappelais que, au banquet donné en son honneur à sa naissance, tout le monde avait trinqué et que seules les femmes m'avaient remarquée dans ma robe neuve, et seulement pendant quelques minutes, lorsqu'elles avaient comparé les broderies de Poh-Poh avec celles de belle-mère.

En ce matin gris, à part Sekky, j'étais seule avec Poh-Poh. À demi agenouillée entre moi et le gros berceau, elle me faisait une faveur et s'apprêtait à nouer les rubans de mes souliers de claquettes. Le pouce dans la bouche, Sekky ressemblait à une pâle poupée chinoise dans son berceau d'osier.

Bébé frère était de nouveau malade. Il accaparait toute l'attention ; il ronflait toujours à cause de ses bronches congestionnées, même s'il n'avait pas de fièvre. Tout le monde craignait qu'il n'ait la tuberculose. Tout le monde craignait qu'il ne meure. Notre maison de bois de deux étages serait alors condamnée par le Conseil d'inspection sanitaire de Vancouver ; un écriteau serait apposé à notre porte, très visible de la rue. CONDAMNÉE, y serait-il écrit. Tous les passants montreraient notre famille du doigt comme si nous étions des lépreux, comme les Chau Lim ou les Johnston, des Noirs, au bout de la rue.

Mais le médecin officiel blanc de l'hôpital Saint-Paul n'avait — jusqu'à présent — pas trouvé de tuberculose. « Ce n'est peut-être qu'un rhume tenace, dit-il à mon père. Une grippe. » Dans notre famille, personne d'autre ne montrait des signes de maladie, heureusement.

Quelques semaines auparavant, l'herboriste chinois de Poh-Poh lui avait conseillé de glisser des graines roses, semblables à des perles minuscules, dans le bouillon de poulet chaud, sucré au miel, dont elle versait patiemment des cuillerées dans la bouche de Sekky. Nous avions de la chance : Sekky n'avait pas de fièvre et il continuait d'avaler goulûment sa soupe.

Grand-mère jeta un coup d'œil au berceau et ses cheveux blancs frôlèrent ma jupe soyeuse en taffetas. J'inspirai profondément. L'odeur tenace de bois humide de notre vieille maison me rappela celle du début de l'automne.

« Les filles sont *mo yung*, inutiles », grommela Poh-Poh en posant son deuxième genou par terre pour me donner de mauvaise grâce, comme d'habitude, ma part d'attention.

Je me préparais pour le numéro que j'allais exécuter devant le vieux Wong Suk. Avec toute la volonté de mes neuf ans ou presque, j'aurais souhaité voir les personnes âgées bouger plus vite. J'ignorai la remarque de Poh-Poh sur les filles. Après tout, elle avait beau être l'Aïeule, comme mon père l'appelait respectueusement, elle était quand même du sexe féminin.

Finalement, les deux genoux sur le sol, Poh-Poh poussa un grand soupir et se mit en devoir d'entrelacer les rubans de mes chaussures de claquettes, tordant et tournant chaque extrémité jusqu'à ce que les bandes de satin dansent entre ses doigts osseux.

La semaine précédente, titubant sur ses cannes, mon ami Wong Suk avait arpenté les allées du magasin Woodward's pour m'acheter trois longueurs de ruban de satin écarlate.

« De la part du prince-bandit de Liang », avait-il dit en sortant d'un petit sac en papier une poignée de rubans rouges et, comme Robin des Bois, il avait éparpillé les bandes entremêlées sur notre table ronde en chêne en ajoutant : « Un cadeau pour ma princesse-bandit. »

Il y avait une longueur pour mes cheveux et deux autres, plus longues, pour mes souliers de claquettes.

« Combien vous avez dépensé pour ça ? avait demandé Poh-Poh en les soulevant pour estimer leur qualité.

— Quinze cents », avait fièrement annoncé Wong Suk.

Nous étions en pleine Dépression. Quinze cents, c'était le salaire que recevait un homme célibataire pour une heure de travail.

« Gaspillage de bon argent », avait déclaré Poh-Poh, méprisante, dans son dialecte villageois *Sze-yup*. Chez elle, le ton et le style des mots étaient toujours déterminés en fonction de son jugement et de son humeur. « Complètement inutile. »

Le vieux Wong Suk m'avait adressé un demi-sourire édenté. Il était content. Il aimait bien irriter grand-mère et, quand il y parvenait, il me faisait un clin d'œil. Les rubans de satin glissèrent de la main de Poh-Poh et retombèrent sur la table en bois foncé. Poh-Poh était flattée que sa petite-fille sans valeur ait mérité qu'on fasse pour elle de telles extravagances. Wong Suk m'avait promis les rubans des semaines auparavant, et mon prince-bandit ne m'aurait jamais déçue, tout comme notre héros-bandit, Robin des Bois, n'aurait jamais déçu Marianne, sa bien-aimée. Wong Suk m'appelait toujours sa *chak neuih gung-jyu*, sa princesse-bandit.

Je ne cessais de remuer sur mon tabouret, impatiente de voir arriver Wong Suk.

« Lève tes jambes. » Poh-Poh avait besoin de voir mieux. Chaque fois qu'elle était seule avec moi, l'Aïeule s'attaquait à ce qu'elle appelait mon manque d'humilité.

« Pieds tellement puants. Pas des pieds de jolie fille. Pieds de vache. »

J'allongeai mes maigres jambes d'enfant dans le rectangle de lumière grise déversée par la fenêtre au-dessus du berceau d'osier. C'était un matin de Vancouver où la pluie menaçait, mais il y avait suffisamment de lumière pour les doigts agiles de Poh-Poh. Elle aurait pu nouer les rubans les yeux bandés. De toute façon, je n'osais pas suggérer de nous tourner vers l'ampoule nue suspendue au-dessus de nous : *Gaspillage d'argent* !

Je harcelais Poh-Poh depuis des jours pour qu'elle m'aide à faire d'attrayantes boucles avec les rubans que Wong Suk m'avait offerts pour mes souliers de claquettes.

« Tout ce que vous faites est si joli, disais-je à sa vieille tête, car c'était vrai. Et Wong Suk a dépensé tellement d'argent pour ces rubans… »

Finalement, après des jours de harcèlement et de supplications, elle se pliait à mon caprice, mais à contrecœur : *Aiiiyaah ! Comment fille chinoise peut être Shir-lee Tem-polah ?*

Grand-mère tira délicatement les rubans et commença à les tordre et les faire bouffer. Nous avions décidé de faire trois petites fleurs pour chacune de mes chaussures.

« Pointe tes orteils vers le bas, m'ordonna-t-elle en tenant un seul ruban pendouillant dans chacune de ses mains, et éloigne tes pieds puants de moi. »

J'obéis, poussant vers le sol mes claquettes de métal.

Devant mes yeux, des boucles rouges bougèrent lentement, montèrent, puis devinrent deux bouquets de trois fleurs chacun. J'étais stupéfaite.

Montre-moi comment faire, demandait mon cœur, mais je retins les mots en moi.

C'était une façon de nouer les rubans que seule Poh-Poh connaissait ; le truc lui avait été enseigné autrefois dans la Chine ancienne, à l'époque où elle servait comme « fille de maison » dans une famille de réfugiés de Shanghai. La première concubine menaçait de lui rompre les doigts si elle n'apprenait pas assez vite à nouer des rubans en pompons et à tisser à la main des tiges d'herbes séchées au soleil, qui coupaient la peau, à le tisser selon le modèle « amour éternel », et ses dessins étaient si parfaits que chacun d'eux ne révélait ni un début ni une fin. Poh-Poh me raconta comment ses doigts de fillette saignaient lorsqu'elle s'exerçait frénétiquement à nouer ensemble de rugueux filaments de varech, à les nouer inlassablement jusqu'à ce que chaque dessin atteigne la perfection. Elle n'avait pas encore dix ans. À la fin, elle était capable de nouer même les plus minces fils de soie pour former les modèles les plus subtils. Les riches aimaient leurs plaisirs en miniature, me dit-elle. Comme les pièces d'or américaines, les diamants et les émeraudes gravées.

« Plus petit, disait Poh-Poh, imitant la voix haut perchée de la première concubine. Toujours cette femme-truie disait : "Plus petit !" »

Poh-Poh refusait de m'enseigner ses nœuds. Elle avait essayé, une fois, quand j'avais six ans, mais je semblais trop balourde, trop maladroite, je ne craignais pas assez l'échec. Mes doigts de six ans glissèrent ; j'agrippai le corps de grand-mère, j'aperçus sa main qui se levait, prête à s'abattre sur moi. Puis, à mi-chemin, elle l'arrêta, la retint ; ses yeux se remplirent de larmes. « Non, non, non ! » Furieuse, elle me repoussa. « Plus jamais enseigner ! »

À sept ans, les enfants de l'ancienne Chine travaillaient aux champs, chevauchaient des bœufs qui leur broyaient les os, leurs corps huilés rampaient dans d'étroites veines dans des mines de charbon, dont ils émergeaient le dos à jamais voûté. À sept ans, grand-mère apprit qu'elle avait bien de la chance d'être servante dans une maison plutôt qu'aux champs. Puis, les poings de la première concubine s'abattirent sur son corps privilégié ; certains jours, son maigre dos d'enfant était fouetté avec une ceinture nouée, certains jours, il était battu à coups de verges. Terrorisée, tremblante, grand-mère était tirée par ses longs cheveux et jetée sur son étroite paillasse à la porte de la cuisine. « Apprends ou meurs », hurlait la première concubine en griffant l'air de ses longs ongles.

Et moi qui avais désormais presque neuf ans, j'avalais, je ne savais rien.

Il n'y avait pas d'autre façon d'apprendre. Ses doigts rapides, agiles, personne ne pouvait les suivre. Plus tard, elle enseignerait à bébé frère à jongler, lui raconterait des histoires avec du papier plié, lui montrerait même à fabriquer quelques jouets simples, comme des grues de papier, des anneaux à lancer — ou même des carillons, quand il serait assez vieux. Mais tous ses talents féminins, elle ne les partagerait pas avec moi, elle les garderait pour elle, jusqu'à sa mort: « Trop bon travail pour fille *mo yung* ! »

Poh-Poh s'agenouilla de nouveau pour contempler son œuvre : chacun de mes souliers de claquettes était couronné d'un bouquet de pompons rouges brillants, d'une délicatesse irréprochable. Même les souliers de soie brochée de la première concubine ne pouvaient avoir été plus jolis. Le vieux Wong Suk serait ravi.

Secouant mes boucles rigides (exhalant encore faiblement l'odeur du fer à friser de belle-mère), j'eus l'impression d'être une grande fille. Je savais que je devais rester tranquille, humble, comme il le fallait : c'est-à-dire ne pas me laisser entraîner dans les jeux habituels de Poh-Poh, sauf dire merci et serrer dans mes bras son corps couvert de la veste matelassée et attendre qu'elle me repousse. Mais le mot « inutile », *mo yung*, me sauta au visage :

« Je ne suis pas *mo yung*, Poh-Poh, protestai-je, même si je suis une fille !

— *Aiiiyahhh — une fille* ! »

Grand-mère secoua la tête. « Trop tard, alors ! » Elle donna une tape sur mes souliers. « Fini ! Fille *mo yung* ! » Je baissai de nouveau les yeux et fixai les petits pétales de ces fleurs rares, exquises. Je retrouvai ma bonne humeur.

« C'est si beau ! dis-je spontanément, en faisant un câlin à grand-mère. Elle m'éloigna d'un coup de coude.

— Fille *mo yung* ! répéta-t-elle, comme si je n'allais jamais rien apprendre, moi qui voulais tant qu'on m'enseigne des choses. Trop gâtée ! »

Je sautai du tabouret de la cuisine, lissai ma robe de taffetas contre mes jambes maigres. La surface vernie de mes souliers de claquettes luisait ; ils n'avaient plus l'apparence de souliers d'occasion, on ne pouvait plus savoir qu'ils avaient été achetés à la vente-débarras de l'église. Je levai chacun des talons, entendis deux tap tap satisfaisants : je me sentis légère comme l'air, j'avais repris le contrôle.

« C'est beau », dis-je lentement, en anglais, en apercevant mon reflet dans le miroir du corridor. Dans la lumière grise du matin, les choses paraissaient moins crues. Poh-Poh refusa de me regarder. Je pris ma pose préférée, celle que prend Shirley Temple avec ses petites mains ramenées sous son menton ; vous savez bien, les yeux brillants — *Oh ! mon Dieu !* — juste avant de recevoir les félicitations des adultes pour une chanson bien chantée, une danse bien exécutée. J'attendais impatiemment Wong Suk. Pourquoi venait-il si tard ce matin ? Je baissai les yeux vers les fleurs qui chatoyaient sur mes pieds.

« Trop coquette, dit Poh-Poh, me tournant le dos. Inutile. »

Je levai le menton, ma voix obstinée proféra : « Père dit que quand la guerre sera finie, les choses changeront pour tout le monde, même pour les filles.

— Guerre finie ? » Grand-mère gloussa. « Toujours guerre en Chine, poursuivit-elle en changeant de dialecte. D'abord, guerres de bandits dans Chine du sud, guerres communistes — *Gung Chang* — partout, et tous ces chiens japonais du maudit soleil levant qui jappent dans Chine du nord... »

Je songeai aux actualités filmées, à la fumée et aux bombes : l'Europe et l'Allemagne étaient en guerre. La Grande-Bretagne était en guerre. Les Chinois étaient depuis toujours en guerre contre les envahisseurs japonais. La guerre était partout, sauf ici, à Chinatown.

« Il n'y a pas de guerre au Canada, dis-je. Ici, c'est le Canada. »

Poh-Poh soupira profondément et me jeta un regard condescendant.

« *Toi*, pas Canada, Liang, dit-elle d'un ton solennel, *toi*, Chine. Toujours guerre en Chine. »

Je détestais l'Aïeule : elle ne me permettait jamais de poursuivre mes rêves de star de cinéma. Et là, le ciel de la fin de l'avant-midi paraissait encore plus menaçant : s'il pleuvait, comment pourrais-je danser sur le perron pour mon prince-bandit ? Wong Suk serait sûrement ici d'une minute à l'autre, avec son sourire à moitié édenté et ses bons yeux entourés de rides, pour admirer ma meilleure performance.

Les rubans brûlaient dans la pénombre, et mes pieds ne voulaient pas rester tranquilles. Sans me laisser intimider par les propos de grand-mère, je remontai sur le tabouret, serrai les poings. J'attendis. Je remuai. Sekky commençait à sentir l'urine ; il se tourna sur le côté. J'étais de plus en plus agitée. Le berceau d'osier craqua. Poh-Poh s'assit dans sa berçante. Toujours attendre.

J'attendais, tout comme Poh-Poh avait attendu autrefois jusqu'à ce que la première concubine lui ordonne de venir à sa table de mah-jong. Pendant qu'elle apprenait à attendre, à servir, à obéir, Poh-Poh disait qu'elle pensait à sa pauvre mère, à la chambre aux murs de boue séchée qu'elles avaient partagée, mais surtout au sourire de sa mère, à son espoir de voir la situation s'améliorer. Je me voyais sur notre perron branlant, en train d'exécuter ma danse à claquettes et de tournoyer, et je pensais au plaisir qu'en éprouverait Wong Suk. Je me mis à chanter, non pas une des chansons de marinier de grand-mère, une chanson pour amuser la première concubine et ses copines à la table de jeu, mais une chanson de claquettes, « *Mama's little baby loves short'nin, short'nin…*

— *Toi*, Chine », interrompit grand-mère.

Je chantai plus fort.

« Fille *mo yung* ! »

J'avais peine à rester tranquille. Je répétais mes pas de danse depuis une semaine, et ces répétitions attendaient leur heure dans mon corps de rêveuse : « … *short'nin… short'nin…* »

Le perron de bois qui faisait face à la rue servait de scène pour toutes mes performances. Là, les beaux jours de printemps ou d'été, affublée des vieilles robes de belle-mère, ses faux bijoux dans mes cheveux retenus en arrière, des foulards de soie flottant sur moi, j'imitais les héroïnes des opéras chinois : la guerrière, l'épouse abandonnée, la princesse sans défense. Et, depuis peu, dans mes costumes de cinéma, je dansais les claquettes aussi habilement que Shirley elle-même. Je suspendais de vieux draps pour représenter le ciel, je drapais des cordes pour les rivières, j'empilais des caisses d'oranges pour les montagnes, tout comme dans les opéras de la ruelle de Canton, avec leur soie fine, leurs sequins étincelants et leurs scènes de bois nu.

Je prenais soin de créer un monde imaginaire parfait pour *Wong Suk*, mon vieux gardien, mon oncle d'adoption : Wong Suk, mon seul et unique ami véritable depuis que j'avais cinq ans. Les autres disaient qu'il était laid, que sa bouche écrasée lui donnait sans contredit un visage de singe. C'était vrai, Wong Suk était voûté et cruellement handicapé mais, à mes yeux, quand il déambulait sans se presser, soutenu par ses deux cannes de bambou, Wong Suk semblait seulement différent, insolite. Moi, sa princesse Shirley Temple, je ne voyais toujours en lui qu'un prince-bandit déguisé.

Wong Suk et moi passions ensemble la journée du samedi. Souvent, quand j'étais restée assise à côté de lui à notre table de chêne dans la salle à manger, à l'écouter me raconter ses histoires (aussi violentes que celles de Poh-Poh, mais plus fantastiques, avec plus de fantômes), il me permettait ensuite d'exécuter pour lui un de mes petits numéros. Je saluais en savourant ses applaudissements, sa façon de frapper ensemble ses deux cannes de bambou, de rire et de ponctuer mes efforts de « oh ! » et de « ah ! »

Heureux d'être ensemble, nous marchions aussi vite que nous le pouvions dans la rue Pender où nous allions déguster une pâtisserie chinoise accompagnée d'un bol de « soupe du jour », ou bien nous nous hâtions vers le cinéma Lux ou Odeon, rue Hastings. Nous voulions arriver à temps pour le premier film projeté l'après-midi.

« Jook-Liang, me dit Wong Suk un de ces jours parfaits, tu es ma petite fille, ma famille. »

Je me sentis heureuse. Je savais que notre relation d'adoption était authentique. Autrement, Wong Suk n'aurait été qu'un autre de ces hommes de Chinatown, un autre de ces célibataires rejetés — et moi qui étais à peine tolérée par Poh-Poh, je n'aurais été qu'une fillette inutile.

« On va au Lux ou à l'Odeon ? » me demandait Wong Suk.

Quand nous n'avions pas vu le film et que père nous donnait quelques sous de plus, je choisissais toujours l'Odeon. Dans cette salle, il y avait un plafond doré sur lequel des anges étaient peints et, entre les films, il y avait des magiciens, des chanteurs, un chœur de danseuses et des numéros de chiens savants. On voyait parfois des acrobates et des jongleurs ; ces fois-là, Poh-Poh nous accompagnait, c'est-à-dire si belle-mère ou un de mes frères pouvait rester à la maison avec Sekky. Mes films préférés mettaient en vedette Shirley Temple ; Wong Suk aimait Tom Mix, tous les vieux films de Tarzan (pour dire la vérité, il s'identifiait avec Cheetah le malin, celui qui savait tout), et nous aimions tous deux Laurel et Hardy. Mais notre plus grand bonheur, nous le trouvions dans le monde de Robin des Bois, la forêt de Sherwood. « Ils ressemblent tellement aux héros de l'ancienne Chine », me disait Wong Suk. Mes deux frères aînés, Kiam et Jung, venaient avec nous voir les films de gangsters et de Charlie Chan, que je détestais, parce qu'on ne cessait de parler et qu'il n'y avait pas d'action avant la fin, mais ils furent bientôt tous deux, surtout Kiam, suffisamment occupés avec leurs propres amis, la guerre qui faisait rage et leur travail. Ces jours-là, j'avais Wong Suk pour moi toute seule.

Ce jour-là, si seulement le soleil pouvait se montrer, si seulement il ne pleuvait pas, j'allais exécuter mon meilleur numéro pour le plaisir de Wong Suk. Poh-Poh, je le voyais, voulait que Wong Suk soit fier de moi, même si c'était seulement parce que ma performance rejaillirait sur elle. Wong Suk avait juste quelques années de moins que ses soixante-dix-sept ans ; il était son égal ; c'était un homme dont l'approbation signifiait quelque chose. Et Wong Suk avait acheté des rubans pour les rêves de sa petite-fille. Une princesse ! Poh-Poh comprenait l'attrait et le danger des rêves. Elle se mit à débiter ses phrases dans une suite de dialectes tronqués.

« Trop jouer, dit-elle en secouant la tête et en se balançant avec impatience. Trop rêver ! Rien apprendre ! »

Puis, elle parla dans un genre de jargon mi-anglais, mi-chinois, ce qui faisait habituellement éclater Wong Suk de rire, car il connaissait plus d'anglais que Poh-Poh. Mais il n'était pas là.

Cette inutile petite-fille unique veut être Shir-lee Tem-po-lah ; l'inutile deuxième petit-fils veut être cow-boy-lah. Le premier petit-fils veut être Charlie Chan. Tous idiots !

« En Chine, Jook-Liang, tu ne joues pas à être quelque chose. » Elle regarda sa petite-fille manifestement trop gâtée. « En Chine, ils attachent tes pieds comme ça. » Elle serra les poings et les replia en arrière. « Pas danser.

— Eh bien, répondis-je avec toute la dignité possible, rassemblant mes mots cantonais, je joue seulement pour Wong Suk. »

C'était un mensonge : je jouais aussi pour moi-même, j'imaginais un monde à moi, dans lequel j'étais impeccablement vêtue, où j'avais une conduite irréprochable et où j'étais aimée, toujours aimée et où je n'étais pas, non, absolument pas, *mo yung*.

Je tirai sur mon menton et rentrai les joues pour allonger mon visage, comme, disait belle-mère, l'actrice Anna May Wong le faisait toujours. Si Poh-Poh était pour recommencer l'éternelle histoire de « dans le temps », je voulais m'échapper.

Je n'en pouvais plus de l'entendre raconter comment elle n'avait pas été jugée suffisamment digne d'avoir les pieds bandés : à l'époque, en Chine, la marieuse du village avait destiné grand-mère à être vendue à une famille nantie, pour devenir leur servante.

« *Trop laide* », avait déclaré la sage-femme à la naissance de grand-mère. Et son père, un vieux fermier qui avait souhaité avoir un fils, cracha sur sa femme et les quitta pour toujours.

Grand-mère était venue au monde un mois trop tôt ; une fillette maudite au crâne déformé par le travail de l'accouchement, avec des plaques de peau sur le visage et une mèche de cheveux autour du cou.

« À dix ans, elle sera encore plus laide, un monstre de laideur ! » La sage-femme avait rincé ses mains ensanglantées dans la bassine de bois, craché sur le sol en terre battue les mauvaises eaux et l'odeur nauséabonde prises dans sa gorge. « Débarrassez-vous de ce bébé-fille inutile. »

Je me levai du tabouret et je pris la pose devant le miroir demi-longueur de l'entrée. La robe de taffetas blanc, toute raide, que j'avais supplié belle-mère de m'acheter à la vente-débarras de l'école Strathcona était vraiment jolie. Elle paraissait même élégante. Je savais que, sur le perron, la brise gonflerait les plis de la jupe et la soulèverait comme un rêve. Et alors, tandis que je tournerais et tourbillonnerais, levant les bras…

Grand-mère continuait de secouer la tête.

« Peut-être il pleut bientôt », dit-elle d'un ton lugubre. Elle disait toujours des choses décourageantes. Je sais maintenant qu'elle me conseillait seulement d'être patiente, de ne pas tenter les dieux. Poh-Poh annonçait toujours le malheur pour conjurer le mauvais sort : si l'on s'inquiétait de sa santé, par exemple, elle répondait : « Peut-être je meurs bientôt. »

« Ce ne sont que des nuages, dis-je. Les nuages ne sont pas la pluie. »

Elle refusa de m'entendre. Sa berçante continuait son mouvement régulier.

En regardant son misérable bébé affligé de deux malédictions — c'était une fille et elle était laide —, la mère de Poh-Poh avait dit : « Peut-être elle meurt bientôt. »

Père me raconta que, pendant les semaines qui avaient suivi la naissance prématurée de grand-mère, sa tête de mule de mère l'avait nourrie avec une seringue de caoutchouc donnée par la dame de la mission Porte du ciel. Elle remplissait la seringue en forme d'ampoule avec son propre lait, auquel elle ajoutait parfois trois gouttes de sang de bœuf que le boucher du village mettait de côté pour elle. La dame de la mission lui apportait des couvertures, de mystérieuses potions, des biscuits. La mère de Poh-Poh mastiquait lentement les biscuits secs pour les transformer en une pâte tiède qu'elle mettait dans la bouche avide du bébé. Père me raconta que, peu à peu, le visage de Poh-Poh avait perdu ses plaques de graisse superflue, son crâne avait pris une forme normale, ses cheveux noirs et drus avaient poussé avec abondance et couvert toute sa tête. La fillette hideuse, deux fois maudite, avait survécu, elle s'était mariée, avait eu un fils — mon père.

En réalité, Poh-Poh était devenue une très jolie fille, avec de hautes pommettes qui l'avaient fait paraître sans âge pendant les soixante premières années de sa vie. Elle avait à présent soixante-dix-sept ans. Et j'avais, moi, presque neuf ans, je m'apprêtais à danser les claquettes pour Wong Suk : *Un shuffle, kick-back, kick-side, deux shuffle, step-toe, step-back... kick, kick, kick...*

J'étais plongée dans mes pensées et cela commença à ennuyer l'Aïeule. Elle avait des choses plus importantes à faire. Elle se pencha soigneusement au-dessus du berceau et jeta un coup d'œil à Sekky, qui était en train de se réveiller. Elle balança doucement le berceau et se mit à roucouler. Mon bébé frère était son principal sujet de préoccupation ; j'étais une distraction, une source d'ennuis. Elle était toujours contente de me voir partir avec Wong Suk.

« Va-t'en, va-t'en, pluie, chantai-je à mi-voix, ne viens pas aujourd'hui... »

Poh-Poh détestait les mélodies anglaises qui sonnaient comme des incantations portant malheur. Quand sa petite-fille *mo yung* apprendrait-elle à ne pas tenter les dieux ? Elle se pencha pour prendre Sekky ; il se réveillait lentement, étirant stupidement ses bras derrière lui comme le font tous les bébés, même ceux qui sont nés au Canada. Poh-Poh aimait lui susurrer des mots doux à l'oreille ; elle chuchotait toujours très bas, pour que Sekky ne puisse jamais vraiment répéter ses paroles, très bas, pour que les dieux ne puissent l'entendre. Elle aimait chanter pour lui, tapoter ses mains et son dos, l'enchanter avec des histoires et des chansons.

« Eh bien, quand *Mau-lauh Bak* arrive-t-il ?

— Ne l'appelez pas comme ça ! » Mon prince-bandit n'était pas l'homme-singe de n'importe qui. « Appelez-le Wong Suk.

— Et pourquoi pas ? demanda grand-mère en chuchotant presque à présent que bébé Sekky émergeait de son somme.

Mau-lauh Bak laid comme moi. Lui, le Laid. Nous connaissons monde. Personne pour nous gâter. »

Elle s'agita et ses dialectes devinrent une sorte de désordre contrôlé. « Personne aimer nous. Pas comme toi — Jook-Liang gâtée — qui joues toujours. Wong Suk et moi aussi, laids — *ahhyaiii... Git-sum! Git-sum!...* Crampe au cœur ! Crampe au cœur ! »

Sur les vieux portraits de Poh-Poh, même les photos sépia délavées aux bordures craquelées, prises par la dame de la mission, celles où on la voit s'accrocher au pantalon noir de sa mère, personne ne l'aurait jamais trouvée laide. Mais la sage-femme du village avait déclaré monstrueuse Poh-Poh qui venait de naître et le jugement persista. Pourquoi pas ? Une belle fillette née dans une famille pauvre est encore plus inutile qu'un laideron né dans une famille riche, à moins qu'on ne puisse vendre l'une ou l'autre contre un bracelet de jade ou des devises étrangères. Alors, on peut nourrir nos précieux fils, leur offrir une bonne éducation, arranger des mariages, faire d'eux des hommes fiers. Mais une fillette ? Si personne d'autre ne m'appréciait, Wong Suk connaissait ma valeur : il ne m'abandonnerait jamais. J'étais sa famille. Il me l'avait dit.

Je fis reposer mon poids sur mon autre jambe, tournai sur moi-même et regardai la jupe de couleur crème se soulever et onduler au-dessus des rosettes de mes souliers vernis. Au-dessus du tap tap tap, le doux froufrou du taffetas embrassa le silence. *Je ne suis pas laide*, pensai-je, *je ne suis pas inutile*. Oh ! J'espère seulement qu'il ne pleuve pas, pensai-je, et je fis un tour sur moi-même.

Au-dessus de la maison, le ciel se dégagea.

Soudain, la lumière dans la fenêtre devint plus claire et se déversa sur le berceau ; inondés de soleil, le salon et le corridor s'illuminèrent.

À force d'attendre, j'avais l'impression que mon cœur allait exploser. Je regardai de nouveau le miroir du corridor, à la recherche de Shirley Temple avec son sourire à fossettes et ses traits parfaits de petite fille à la peau blanche. Le miroir me rendit brutalement l'image d'une grosse lune jaunâtre avec des yeux noirs en amande, casquée de cheveux noirs. Je baissai les yeux. Jaillissant d'une robe de taffetas trop grande, je vis deux jambes maigres en accord avec une paire de bras osseux. Quelque chose de froid me serra le cœur. Je déglutis.

Sekky se mit à geindre. Grand-mère le souleva dans la lumière en chuchotant.

Je baissai les yeux. Il y avait des bouquets rouges à mes pieds. Je pensai au vieux Wong Suk courbé sur ses deux cannes. Et je dansai.

Trois

Pendant que j'attendais que le vieux Wong Suk vienne me voir danser, j'allai — le dos droit, les yeux regardant droit devant moi — sur le perron répéter mes pas de claquettes — *toe-tap, shuffle kick, turn*. C'était ma version danse à claquettes de la chanson *Castle Walk*. La semaine précédente, Wong Suk m'avait, dans son meilleur anglais, demandé : « Liang, la prochaine fois, tu me montres Shirley Temple. Tu me la montres de façon à ce que je ne t'oublie jamais. Tu veux bien ? »

Quand on m'acheta la robe et les souliers de claquettes à la dernière vente-débarras de l'automne de l'école Strathcona, Mlle MacKinney y ajouta un gros livre, *Les pas de danse à claquettes professionnels en vingt leçons faciles*. Sur la couverture, on voyait Fred Astaire faisant des pas de côté avec Ginger Rogers. Le livre venait avec quatre pages pliées sur lesquelles des souliers étaient imprimés ; je pouvais suivre les pas avec mes propres pieds. *Glide*-un, *glide*-deux. Autrement, pour les véritables pas de claquettes, j'imitais ceux des films que j'avais toujours en tête, je souriais et je faisais la révérence exactement comme Shirley Temple.

La robe blanche en taffetas était en réalité d'un blanc crème, une couleur qui accentuait le jaune de mon teint. Il y avait une tache framboise délavée près du col.

« Si on ne la cherche pas, on ne la remarque pas », avait dit père.

La robe de taffetas serait une surprise pour Wong Suk. J'aurais voulu qu'il y ait aussi des pois de couleur sur la robe, mais il n'y en avait pas. Wong Suk adorait les pois.

La robe juste blanche était peut-être un signe ; la tache framboise, un signe. Poh-Poh m'avait dit qu'il y avait toujours des signes. Il n'y avait qu'à leur prêter attention, comme cette fois où, quand j'étais encore un bébé, elle avait rêvé que je tombais du perron. Je n'étais pas tombée. Mais j'apprenais à marcher, j'avais trébuché et je m'étais frappé la tête contre la balustrade. Aujourd'hui encore, on distingue une petite marque au-dessus de mon sourcil gauche. Poh-Poh aime tenir ma tête d'une certaine façon et montrer aux gens comment elle avait prédit la cicatrice.

J'aurais peut-être dû comprendre qu'il s'agissait d'un avertissement — un signe, je veux dire —, quand, après avoir noué tous ces pompons de rubans sur mes chaussures de claquettes, Poh-Poh ne m'avait pas demandé de l'aider à rincer le seau de couches puantes. « Ne salis pas ta robe. » Ce fut tout ce qu'elle me dit en jetant elle-même les couches rincées dans le seau galvanisé.

Tout semblait couler de source ce samedi-là, sauf que Wong Suk était en retard. Il arrivait habituellement à onze heures au plus tard. Au-dessus de moi, le soleil du printemps me rappela qu'il était presque midi ; on entendrait bientôt résonner la sirène du moulin près des quais. L'air était humide et chaud, mi-printemps, mi-été, même si nous n'étions qu'au milieu du printemps. De petits nuages filaient à travers le sommet des montagnes.

Comme d'habitude, Wong Suk et moi mangerions des restes, après quoi nous irions au cinéma Lux. Pour cela, nous emprunterions la rue Pender, traverserions deux intersections, puis la rue Main, poursuivrions jusqu'à la rue Hastings près de Carrall. C'était dans la rue Hastings, en dehors de Chinatown, que les gens nous regardaient toujours fixement ; ils regardaient ce vieillard alerte et voûté au drôle de visage, penché sur ses deux cannes, cette fille de presque neuf ans au visage lunaire, mais cela nous était égal.

« Regardez, la Belle et la Bête », avait un jour dit un adolescent, assez fort pour que tous les passants l'entendent.

Ses deux copains avaient éclaté de rire. Wong Suk n'avait pas saisi tout à fait, mais il connaissait les mots anglais et j'avais lu l'histoire dans un de mes livres de classe. J'aimais Wong Suk depuis que j'avais cinq ans, j'aimais son visage de singe, et les commentaires des gens m'importaient peu.

Au Lux, on projetait des dessins animés en plus des deux longs métrages. Wong Suk et moi restions tard pour voir les actualités filmées. La Chine était en guerre, elle combattait les envahisseurs japonais. Wong Suk aimait applaudir chaque fois que Chiang Kai-shek apparaissait à l'écran. Ensuite, nous nous mettions tous à huer l'ennemi, particulièrement le général Tojo, quand il se montrait, ou quand nous apercevions des Japonais vêtus à l'occidentale entrer et sortir de la Maison Blanche en bavardant avec des Américains. Quand il y avait suffisamment d'habitants de Chinatown dans la salle, les huées étaient aussi fortes que les bravos. Les adultes blancs applaudissaient chaque fois qu'ils voyaient le président Roosevelt, les gens de Chinatown huaient chaque fois qu'ils voyaient des Japonais, et les enfants poussaient des exclamations ravies chaque fois qu'apparaissait Mighty Mouse. J'avais toujours hâte de voir les dessins animés de Petunia Pig et la série mystère *Only the Shadow Knows*.

Le vieux perron craqua. J'exécutai un autre pas de danse. Tournai une fois sur moi-même. Une deuxième fois. Mes bouclettes à la Shirley Temple exhalaient l'odeur du fer à friser de belle-mère ; mes cheveux tombaient mollement contre mon cou. À la maison, il n'y avait personne d'autre que Poh-Poh, Sekky et moi. Mes frères aînés travaillaient à l'entrepôt de troisième oncle Lew. Belle-mère faisait des courses avec père dans Chinatown. C'était, j'en prends maintenant conscience, un autre signe. Bien sûr, je croyais qu'ils s'affairaient tous à vendre des billets de tombola pour recueillir des fonds afin de venir en aide à la Chine en guerre contre le Japon.

« Ne reste pas dans les jambes de Poh-Poh, m'avait recommandé belle-mère en sortant de la maison ce matin-là. Sek-Lung a de nouveau toussé toute la nuit. Il aura besoin de beaucoup de sommeil aujourd'hui. »

J'avais été très tranquille et j'avais laissé Sekky dormir presque tout l'avant-midi. Heureusement. En fait, j'avais à peine dérangé grand-mère, sauf pour lui demander de nouer les rubans de mes souliers. (Malade, Sekky accapara pourtant toute l'attention de Poh-Poh.) J'avais attaché toute seule le ruban rouge qui retenait mes cheveux. Je ne voulais pas que l'air humide et chaud du matin fasse retomber mes boucles sur mon front, surtout que belle-mère était absente et ne pouvait m'aider à « rafraîchir » ma coiffure comme le faisaient les grandes filles.

J'appuyai ma tête contre l'un des minces piliers du perron et ma robe propre sur sa longueur en écoutant gazouiller les oiseaux dans le sapin de Douglas de l'autre côté de la rue. Je me mis à rêver à mon amitié avec Shirley Temple. C'était un fait que nous avions toutes deux presque neuf ans. Si nous avions eu la chance de nous rencontrer, elle aurait sans aucun doute été ma meilleure amie. À part Wong Suk, je veux dire. Bien entendu, au moment précis où j'allais partager un double *banana split* avec Shirley (et elle était sur le point de me dire combien j'étais jolie), la voix sèche de Poh-Poh s'interposa.

« Robe toute sale maintenant. »

Grand-mère m'écarta du pilier et, de son autre main, elle me présenta une grande assiette blanche : des pattes de poulet braisés et des morceaux de saucisse entassés contre un quignon de pain grossier. Le pain était tartiné de miel et d'une épaisse couche de saindoux.

« Assis-toi.

— Je n'ai pas faim », protestai-je.

Poh-Poh étala une couche propre, me poussa vers le sol. Je m'assis. Elle drapa fermement un torchon sous mon cou et en disposa un autre sur mes genoux. Enfin, elle mit l'assiette sur mes genoux.

« Mange. »

Je pris le pain dur, en grignotai une petite bouchée. Debout à côté de moi, Poh-Poh me surveillait. Je mastiquai et avalai en faisant beaucoup de bruit. Je sentis qu'elle attendait ma prochaine question. Comme toutes les grands-mères, elle savait instinctivement comment se donner de l'importance.

« Où est Wong Suk ? demandai-je.

— Très en retard aujourd'hui, répondit-elle avec autorité, comme si elle faisait allusion à quelque mystère. Jour de papier pour Wong Suk.

— Jour de papier ? »

La vieille femme me regarda. Je pris une autre bouchée.

« Papier, papier, papier », dit-elle. Je devais savoir que chacune des répétitions expliquait la précédente. Elle me donna de petites tapes sur la tête.

Cela fonctionna : le samedi précédent me revint en mémoire.

Une semaine plus tôt, le samedi matin, Wong Suk avait retiré sa cape noire, appuyé ses deux cannes contre le mur. Lui et père avaient pris place à la table de chêne et ils avaient tiré d'une caisse de gros carton brun des liasses de papier soigneusement attachées. Je vis des documents à demi pliés sur lesquels les mots C.P. RAILROAD, PERMIS DE TRAVAIL DE LA COLOMBIE-BRITANNIQUE étaient estampillés, des lettres de Chine, d'anciennes factures, des certificats avec des mots chinois écrits à l'encre noire, signés avec des marques rouges… Tous des papiers importants.

« Vous en avez gardé tellement, fit remarquer père. Bien. Bien.

— Jamais savoir avec gouvernement, répondit Wong Suk. Un jour, ils disent Vieux Wong OK-OK. Lendemain, Wong *sale Jaune*. »

Je pris un papier timbré à l'air officiel.

« Qu'est-ce que c'est ? voulus-je savoir.

— *Dites-lui* », demanda Wong Suk à père d'un ton pressant.

Les deux hommes se regardèrent. Père hésitait. Wong Suk hocha la tête, comme pour l'encourager.

« Selon ce certificat, Wong Suk est arrivé au Canada quand il avait vingt ans… *Qu'est-ce que*… ? Pas très clair ici », dit père.

Wong Suk eut l'air déçu. Son visage répétait *Dites-lui*. Un autre signe. *Dites-lui*. Père se détourna, l'air trop occupé pour obéir à la requête de Wong Suk. Il étudia l'année de la naissance sur le certificat et il évalua que Wong Suk avait *peut-être* soixante-quinze ans. D'après un autre document, *peut-être* soixante-dix. À Chinatown, on avait coutume de dire : *Pour un travail jeune, sois jeune ; pour un travail vieux, sois vieux.* Père prit un autre document, une feuille qui ressemblait à la première, mais qui donnait une année de naissance différente.

« Peut-être ce papier dit cinq ans plus jeune », soupira Wong Suk. Son expression *Dites-lui* avait cédé devant père qui feuilletait des documents.

« Ou cinq ans *de plus* », dit respectueusement père. Les deux hommes se regardèrent et Wong Suk esquissa un sourire de plaisir.

Ajouter des années rendait une personne honorable, je le savais. Plus les parents et les amis ajoutaient d'années de vie à vos années sur papier, et plus vous deveniez honorable.

Je comprenais tout cela.

J'avais, par exemple, toujours désiré être plus vieille — avoir au moins quinze ans sur papier — comme Florence Marsden, me pavaner, mettre du rouge à lèvres, du fard à joues, souligner mes sourcils au crayon et me faire offrir des boissons gazeuses par les garçons à la piscine. Flo Marsden ne pouvait évidemment pas encore s'épiler les sourcils. Cela aurait été vraiment adulte.

Mais avec toutes ces histoires d'années de papier, je me demandais jusqu'à quel point le vieil homme était réellement vieux.

« Quel âge a Wong Suk ?

— À peu près le même que grand-mère », répondit père.

Ce n'était pas une réponse. J'avais entendu Poh-Poh donner des chiffres différents à des personnes différentes.

— Poh-Poh, quel... ?

— *Ancienne* », répondit Poh-Poh. Puis, elle essaya de se montrer serviable, leva les yeux vers le plafond pour compter les années qui fuyaient. « Années-papier... peut-être quatre-vingts... peut-être plus. »

Je me mis à penser à mon âge, mes années de papier, et je fus déconcertée.

« *Ga-ji nin* — les années de papier sont toujours différentes des années chinoises », dit père en me regardant.

Cette pensée me rendit fébrile. Je comptai sur mes doigts : neuf *plus* cinq... *égalent*... quatorze !

« Ai-je quatorze ans ? » demandai-je en imaginant un rouge pomme brillant sur mes lèvres.

— Toi, années *juk-sing*, dit Poh-Poh en riant. Toi, années Canada.

— Tu as bientôt neuf ans, dit Wong Suk, voulant être gentil. Neuf chanceux. »

Père s'éclaircit la voix et tous les adultes reportèrent aussitôt leur attention sur les documents étalés sur la table. Poh-Poh prit un vieux drap propre et se mit en devoir de le tailler en forme de couches avec ses ciseaux.

Les adultes ne donnaient jamais une réponse claire, à moins qu'on ne l'exige. Je regardai père classer les liasses et je décidai d'examiner plus attentivement les documents. J'étais en quatrième année à l'école Strathcona, et l'une des meilleures élèves en lecture de Mlle McKenzie ; je pouvais donc comprendre la plupart des mots anglais. Mais j'étais évidemment incapable de prêter attention et de déchiffrer les signes. Poh-Poh passait son temps à m'avertir : *Regarde de près... écoute attentivement. Il ne reste plus rien à dire*, pensai-je stupidement.

Comme ceux de Poh-Poh, rangés dans un compartiment du couvercle d'une malle métallique, les documents de Wong Suk étaient soigneusement liés avec de la ficelle et ils sentaient la naphtaline. Avec précaution, père défit les nœuds et déplia seulement les documents qui paraissaient importants. Il y avait des liasses de lettres avec des timbres de l'ancienne Chine sur leurs enveloppes, mais père les laissa de côté. Puis, il lut ou traduisit les titres de certains documents officiels. Wong Suk aimait entendre sa propre histoire, exactement comme grand-mère. Ni l'un ni l'autre ne savait lire, mais ils aimaient tous deux entendre ce que pouvaient vouloir dire les mots écrits sur le papier.

Selon des documents datés de l'année 18-*quelque chose*, Wong Suk devait rembourser, par son travail, le trajet en troisième classe depuis Canton, la taxe d'entrée, et remettre tant d'années de salaire pour le logement, la nourriture, et le privilège d'être autorisé à payer les intérêts de ses dettes. Ces contrats avaient été faits des années avant ma naissance, signés en rouge avec le sceau gravé de Wong Suk, estampillés et scellés bien avant la venue au Canada de père, de belle-mère et de mon frère aîné. Les documents faisaient état de dettes à long terme, désormais totalement remboursées.

Wong Suk regarda père, puis il me regarda, puis de nouveau père. *Dites-lui.*

« Nous ne devons utiliser que les documents qui donnent exactement le même mois et la même année de naissance », dit père à voix basse, comme un conspirateur.

Wong Suk approuva d'un signe de tête.

Père choisit certains documents.

« Celui-ci, et peut-être celui-ci… oui… celui-ci pour la Société de bienfaisance. Le certificat de la taxe d'entrée du gouvernement… c'est tout ce dont ils ont besoin… Nous pouvons échanger certains des autres ou… »

Wong Suk l'interrompit en chuchotant presque, comme s'il s'agissait d'une chose délicate à mentionner : « Peut-être négocier avec la… *Tong*… ? »

Père prit un air compatissant. Poh-Poh se racla la gorge.

Personne ne dirait un mot de plus : une enfant avec une Grande Bouche était assise à la table de chêne. Grands Yeux. Grandes Oreilles. Grande Bouche Imprudente. Une Bouche qui fréquentait l'école anglaise et qui disait les mots anglais. Trop de mots anglais. Poh-Poh me considéra avec méfiance.

Je savais que, à Chinatown, chacune des briques des immeubles de trois et de cinq étages du clan était posée, comme celles de la Grande Muraille, contre quiconque savait tout. Les *lao wah-kiu* — les vieux de la vieille qui étaient venus par bateau de l'ancienne Chine — cachaient derrière les murs de cette forteresse la vraie histoire de leur vie. Il ne restait que les histoires sur papier, les faits auxquels se mêlaient les racontars. « Jook-Liang, tu n'aurais pas besoin par hasard de respirer l'air frais du printemps ? » me dit père.

J'en avais besoin. L'odeur de ces documents, depuis si longtemps intouchés, emballés entre des paquets de boules à mites, me montait au nez. Je pris mon livre de danse à claquettes, je sortis sur le perron et balayai du regard la rue où se déversait la lumière du soleil.

Je me demandai si toutes les maisons en contre-plaqué qui bordaient notre rue recelaient autant de chuchotements que la nôtre. Ces cabanes humides qui tombaient en ruine sur leur charpente de bois, dont on n'atteignait la porte qu'après avoir grimpé une volée de marches branlantes — toutes les maisons parallèles d'un étage, de deux étages dans les rues Pender et Keefer, Georgia et Union —, leurs portes cassées, grêlées étaient-elles fermées sur leur part de secrets chuchotés ? La nuit, j'entendais parfois dans mes rêves les chuchotements de nos voisins monter vers le plafond, des voix juives, des voix polonaises ou italiennes, se bousculant toutes dans leur lutte pour la survie, toutes aussi désespérées que les voix chinoises.

De notre perron, je voyais les montagnes de North Shore et j'imaginai Wong Suk et père qui continuaient de murmurer derrière moi, leurs paroles montant vers le plafond. J'ouvris mon livre *Leçons faciles* et j'exécutai un *shuffle-tap-kick*. Mon pas préféré, celui que je réussissais le mieux, c'était le *full turn, double-tap curtsy*. Il s'agissait d'une énergique rotation : ma crinoline empesée tournoyait en froufroutant au-dessus de mes pieds qui claquaient — comme des roulements de tambour, me disais-je — pour faire taire tous les chuchotements.

Après avoir réglé ses affaires avec père, Wong Suk vint s'asseoir à côté de moi sur les marches du perron. Il sortit son certificat de taxe d'entrée, le déplia soigneusement et me montra du doigt la photo de deux pouces carrés au coin droit inférieur. Je baissai les yeux et j'examinai la photo montrant la tête de Wong Suk jeune homme. Il portait une chemise ordinaire.

« Liang, me demanda Wong Suk, tu vois quoi ? »

C'était un homme en chemise blanche. Il n'y avait aucune trace de la cape de lainage noir qu'il portait par presque tous les temps, le genre de cape de lainage que les gentlemen portent en Angleterre. J'étais déçue. Pour une raison ou pour une autre, je m'attendais à voir la cape sur ses épaules même sur la vieille photographie ; la cape faisait tout simplement partie de lui, comme ses deux bras, ses deux jambes crochues.

Mais c'était idiot, c'était juste parce que j'avais toujours vu Wong Suk avec sa cape majestueuse. J'en connaissais l'histoire, Wong Suk l'avait racontée souvent. Je l'avais entendu en parler quand Poh-Poh la raccommodait pour lui, ou quand belle-mère en recousait patiemment la doublure et rapiéçait pour la dixième fois la poche intérieure.

J'avais cinq ans quand Wong Suk avait hérité cette cape d'un homme appelé Johnson, qui vivait à Victoria. Roy Johnson avait autrefois été le contremaître numéro deux de Wong Suk, « dans les vieux jours du CPR », comme le disait Wong Suk en parlant des années postérieures à 1885, époque à laquelle il avait travaillé à la construction d'une des dernières sections du chemin de fer du Canadien Pacifique.

Mesurant plus de six pieds, Johnson était un grand *dai huhng-moh gui*, un démon géant aux cheveux roux. Des décennies plus tard, sur son lit de mort, il s'était souvenu de Wong Suk comme d'un ami. Johnson avait demandé aux anciens Chinois de Victoria si un homme dont le nom de naissance était Wong Kimlein, célèbre pour son visage de singe, était toujours en vie.

« Personne d'autre que lui ne peut avoir un visage pareil », avait-il dit et, avec les doigts de ses deux mains, il avait tiré sur les commissures de ses lèvres pour illustrer son propos.

« Oui, oui », avaient-ils répondu, et ils avaient tout raconté à Johnson. L'homme-singe vivait dans le quartier Gastown de Vancouver, à proximité de l'hôtel Winter's ; il était l'hôte d'une pension administrée par la société de bienfaisance chinoise. Ils lui avaient dit qu'il pouvait écrire à n'importe quel ancien de Colombie-Britannique aux soins du journal *Chinese Times*. Roy Johnson avait alors demandé à son fils aîné de faire traduire un message en chinois par un ancien et d'envoyer ce message à Wong Kimlein.

« Johnson meilleur bon patron », me dit Wong Suk et, d'un geste ample, il jeta la cape sur lui, en songeant à la raison pour laquelle un démon sur son lit de mort l'avait appelé son ami. Bien entendu, Wong Suk se rassit dans notre grand fauteuil de rotin et nous raconta l'histoire.

Cela avait commencé, nous dit-il, dans un des derniers chantiers du chemin de fer établi pour amener les rails du CP jusqu'à Granville, désormais appelé Vancouver. Ce soir du début de l'hiver, Wong Suk transportait une lourde poche de fournitures à l'un des rares camps de travailleurs chinois encore en fonction à l'intérieur de la Colombie-Britannique, et — comme il le raconta —, c'est alors qu'il remarqua une ombre. Il leva les yeux et vit un aigle qui volait, hostile, au-dessus de sa tête. Majestueux, l'aigle décrivit des cercles, puis il lança un cri perçant, monta en flèche puis descendit en piqué, si près de Wong Suk que celui-ci n'oublierait jamais le claquement sonore de son bec recourbé, l'air déplacé par ses puissantes ailes déployées.

Wong Suk baissa vivement sa tête. Ce faisant, son regard capta quelque chose sur les rails devant lui, une bosse qui se reflétait sur un rail en demi-cercle au loin. Wong Suk prit cette bosse sur la voie ferrée pour un animal sauvage et il pensa qu'il pourrait peut-être gagner un peu d'argent en vendant sa rate, son cœur ou son foie pour faire des médicaments. Il se hâta donc avec confiance en transportant sa lourde poche, mais voilà qu'il sentit soudain son cœur se retourner dans sa poitrine. C'était une forme humaine qui gisait entre les rails, un corps de géant affalé contre la voie ferrée. Il distingua la tête posée sur le rail, qui attendait de se faire écrabouiller. La tête avait des cheveux roux. Wong Suk reconnut aussitôt Johnson, le contremaître numéro deux.

Wong Suk apprit par la suite que Johnson avait partagé sa dernière bouteille de whisky avec un nouveau partenaire de beuverie. Pour finir, passablement éméchés, ils étaient tous deux allés marcher le long de la voie ferrée. Le nouveau copain de Johnson était devenu violent et l'avait frappé par-derrière ; comme Johnson refusait de rester à terre, l'ami avait tiré de sa poche un couteau bien pratique et l'avait poignardé pour le punir de son manque de coopération. L'individu, quel qu'il soit, avait pris la monnaie de Johnson et sa montre en or. Le même individu s'était également emparé de sa veste de lainage et de son gilet neuf, après quoi il avait soigneusement placé sa tête contre le rail d'acier et l'avait laissé là à attendre la mort.

Wong Suk avait laissé tomber son sac à côté du corps prostré. La barbe orangée du géant était déjà constellée de glaçons, sa respiration était superficielle, des caillots de givre obstruaient ses narines ; le côté gauche de sa tête était enflé et violacé. Sa chemise avait été déchirée par le couteau ; de minces lignes de sang durci par le froid s'entrecroisaient sur sa poitrine. Heureusement, Roy Johnson avait bu suffisamment d'alcool pour empêcher son sang de geler. À ce moment de l'histoire, Wong Suk éclatait toujours de rire, se massait le ventre et faisait claquer ses lèvres.

« Je pense peut-être je trouve animal mort, peut-être gros, gros chevreuil, faire bon manger, faire bon remède, faire ragoût. »

Le vieil homme claquait ses lèvres.

« Ragoût, non. Juste Johnson pas bon ! »

Il avait réussi à remettre Johnson debout, à le tirer pour l'éloigner des rails et il avait enveloppé le géant dans une des deux couvertures neuves de la Compagnie de la Baie d'Hudson qu'il venait d'acheter au fournisseur. Wong Suk savait qu'il fallait faire marcher le contremaître numéro deux à demi conscient, le faire avancer et reculer, avancer et reculer, et il lui avait flanqué joyeusement des gifles jusqu'à ce que son sang se remette à circuler et que la douleur le réveille brutalement. Le patron n'avait jamais oublié.

Pendant sa dernière semaine d'agonie, Johnson décrivit à son fils l'époque où il avait travaillé comme contremaître au chantier ; il lui raconta comment il avait une fois été battu et dévalisé — comment mourir de froid ressemblait à brûler dans le feu —, comment une personne l'avait giflé pour le réveiller, l'avait obligé à marcher, l'avait gardé au chaud contre la température glaciale des montagnes. Et quand sa vision était redevenue suffisamment claire, il avait vu, éberlué, l'homme-singe rabougri, l'aide-cuisinier chinois du chantier qui le regardait, qui lui assenait des claques et qui riait comme un coyote fou. « Toi, l'air bien ! »

C'était Wong.

Johnson avait voulu récompenser l'homme-singe, mais tout ce qu'il avait offert — un cardigan de laine, de la nourriture, une lampe à kérosène — avait été carrément refusé.

« Wong venu pour *Gim San*… venu pour *gim*, pour l'or… » disait Wong Suk en repoussant sévèrement le géant Johnson et ses cadeaux hors de sa tente de fortune. « … Pas donner *gim*, pas donner merci ! »

« L'homme-singe ne voulait que de l'or, dit Johnson à son fils. Bien entendu, il savait qu'aucun de nous n'avait la moindre pièce d'or ; nous n'avions que ces bons de la compagnie ferroviaire à échanger contre de la nourriture, des fournitures, et un peu de monnaie à utiliser en cas d'urgence pour acheter de l'alcool de contrebande. Je n'ai jamais pu remercier ce Chinois comme il le fallait. »

Le fils de Johnson lui répondit : « Moi aussi, j'aimerais le remercier. »

Plus tard au cours de ce mois de septembre, Wong Suk reçut un gros colis couvert d'écriture chinoise et anglaise. Les mots anglais disaient : « À M. WONG KIMLEIN, AUX SOINS DU CHINESE TIMES, VANCOUVER, C.-B. DE ROY JOHNSON. »

Père lut à voix haute la lettre en chinois qu'il y avait à l'intérieur du colis et qui, dans la langue fleurie d'un ancien Chinois, expliquait l'origine du cadeau.

Le fils écrivait qu'il étudiait à Oxford et qu'il était rentré chez lui pour être au chevet de son père malade. À présent, Johnson était mort et le fils retournait en Angleterre. Le colis contenait la cape neuve du fils, « une couverture, écrivait-il, pour remplacer celle que vous avez drapée autour de mon père ».

La lettre enveloppait une lourde pièce d'or américaine. Un aigle était gravé sur une face de cette pièce, avec son bec aussi recourbé que celui dont Wong Suk se souvenait.

J'adorais cette histoire.

« Aigle porte-bonheur », me dit Wong Suk, mais je pensais que sa cape l'était encore davantage. Je m'appuyais toujours contre son épaisse chaleur et je suppliais Wong Suk de me laisser la draper sur mes épaules, de me laisser m'envoler, devenir la princesse-bandit de Robin des Bois et tourner, tourner sans fin dans la forêt imaginaire de notre cour, la cape flottant comme des ailes, montant au-dessus de la terre. Et le Roi Singe éclatait d'un grand rire, il entrechoquait ses deux cannes comme pour faire résonner un tambour ; j'étais étourdie de plaisir. Nous n'arrêtions que lorsque les voisins claquaient leur porte en signe de protestation contre ces débordements intempestifs. Ensuite, nous allions nous asseoir tranquillement dans les marches et reprenions notre souffle. Deuxième frère Jung venait parfois se joindre à nous. Wong Suk nous racontait une de ses histoires du temps passé. Cela plaisait à Jung. Il écoutait avec une vive attention, entourant ses genoux de ses bras, son regard aussi rêveur que celui de Wong Suk, son besoin aussi intense que mon désir de voir Wong Suk assis près de nous, comme ça, avec Jung et moi, jusqu'à la fin des temps.

Mais ce jour-là, quand Wong et moi étions sur le perron à regarder sa photo sur le vieux document officiel, le jeune singe que je contemplais n'était évidemment pas encore arrivé dans les montagnes, il n'avait pas encore soulevé les lourdes casseroles et marmites du cuisinier du chantier, il n'avait pas encore rencontré le géant qu'il appelait Patron Johnson, il n'avait pas encore vu un aigle gigantesque plonger entre le ciel et la paroi rocheuse ; il venait d'arriver au bureau des douanes à Victoria. L'agent d'immigration venait tout juste de coller sa photo sur les documents, il y avait imprimé un sceau et il avait pris les cinquante dollars pour la taxe d'entrée que les immigrants chinois devaient verser au dominion du Canada.

Je me tordis le cou pour examiner l'ancienne photo. Mes yeux de presque neuf ans regardèrent le vieux Wong Suk, puis de nouveau la photo : deux visages, séparés par un intervalle de presque cinquante ans. Tous deux étaient pourtant ce même visage de singe aux grands yeux. Le perron craqua. Je sentis que Wong Suk voulait me dire quelque chose, peut-être à propos du visage jeune qui, inchangé, nous regardait tous deux.

Je voyais, intactes, la même mâchoire carrée, les grandes dents, je voyais les cheveux lisses, enduits de brillantine, les sourcils broussailleux, plus fournis, plus noirs. Moins de rides. Indéniablement moins de rides.

« Tu penses quoi, Liang ? » me demanda Wong Suk en tenant la photo dans un rai de lumière qui tombait sur le porche. Il semblait triste.

Je me rapprochai du vieil homme, me tordis de nouveau le cou. Je plissai les yeux contre la lumière du soleil. La semaine précédente, j'avais pris cette résolution : je deviendrais Shirley Temple. La petite Shirley était sa danseuse préférée, mais Wong Suk affirmait qu'il serait tout aussi heureux si Mlle Anna May Wong, la vedette de cinéma, lui rendait un jour visite.

À mes yeux, Anna May Wong était une vieille dame — elle avait plus de vingt-cinq ans —, même si Wong Suk persistait à dire qu'il aimerait la voir venir au Chinatown de Vancouver comme Shirley Temple l'avait fait à l'occasion du Jubilé d'or de la ville, quand nous lui avions envoyé la main et qu'elle nous avait rendu nos salutations. Tout compte fait, disait-il, il pouvait trouver en moi à la fois sa petite Shirley et sa princesse-bandit. Je n'étais pas assez vieille pour être Mlle Anna May Wong ; elle lui rappelait une personne qu'il avait connue de loin dans la Chine ancienne.

« Pas proche comme toi, Liang, m'expliqua Wong Suk.

— Proche comment ? voulus-je savoir.

— Peut-être rencontrée trois fois dans Chine ancienne. Je ne l'oublie jamais. La dernière fois, je lui donne les fleurs de prunier. »

Wong Suk se tut, les yeux dans le vague.

« Qu'est-ce qu'elle faisait ? demandai-je, voulant savoir si elle était une vedette de cinéma.

— Qu'est-ce qu'elle fait ? » Wong regarda au loin. « Elle crache. » Sa voix s'adoucit. « Me lance toutes les fleurs. »

Je regardai son visage sur la photo et le visage qui était devant moi : la tristesse était toujours là.

« Vous n'avez pas changé, dis-je à Wong Suk, et je pris une pose de danse à claquettes.

— Toi non plus, pas changé », répondit-il en riant. Il me regarda et leva sa main droite assez haut pour toucher mes boucles. « Toujours Jook-Liang, mais danse meilleure. »

Ce qui était faux ; je ne pouvais danser sans trébucher, mais j'aimais bien qu'on me mente. Je sentis qu'il avait encore quelque chose à me dire. La porte-moustiquaire s'ouvrit en couinant. C'était père.

« Bien, dit-il. Vous êtes encore là tous les deux. »

Père s'avança sur le perron et tendit à Wong Suk une enveloppe rouge porte-bonheur contenant de l'argent. À nous deux, nous ne dépensions jamais plus que trente cents, en comprenant les collations. Cette fois, il s'agissait d'argent véritable, d'argent de *papier*.

Wong Suk agita la main en signe de refus, mais père insista, repoussa sa main et mit l'enveloppe porte-bonheur dans la poche de la chemise du vieil homme.

L'argent porte-bonheur nous était remis à l'occasion de notre anniversaire ou, de temps en temps, lorsqu'il n'y avait que des « A » sur notre bulletin. Je n'arrivais pas à voir en quoi ce jour-là était un jour particulier, mais il y a parfois des jours de chance. Je pensai et repensai à un aigle entre la montagne et le ciel, pensai à la façon dont la couverture dans laquelle Wong Suk avait enveloppé le corps de Johnson s'était, des années plus tard, transformée en cape. De la chance et du plaisir, comme lorsque, dans notre cour, Wong Suk et moi jouions à Robin des Bois dans la forêt de Sherwood, et que j'étais sa princesse-bandit, la cape royalement étalée autour de moi.

Plus tard, au Benny's Ice Cream Parlour, lorsque Wong Suk ouvrit l'enveloppe porte-bonheur, un billet de cinquante dollars s'en échappa. Je vis le papier orangé et le chiffre *50* avant qu'il n'ait eu le temps de le ranger. Wong Suk se mit à regarder fixement le calendrier Coca-Cola sur le mur ; il déglutit bruyamment et dit que j'étais bien plus jolie que la fillette blottie contre le chien Lassie. Quelques personnes, probablement des nouveaux venus chez Benny, nous dévisagèrent et chuchotèrent. C'était peut-être également un signe, et je n'y accordai pas suffisamment d'attention.

J'avais plus de huit ans, j'étais grande, je buvais à grand bruit ma deuxième boisson gazeuse à la cerise chez Benny, mais je me rappelais qu'à l'âge de cinq et de six ans j'avais confondu Wong Suk avec le Roi Singe ou Cheetah. Je savais que la plupart des gens de Chinatown l'appelaient *Mau-lauh*

Bak — l'homme-singe — habituellement derrière son dos. Il le savait, lui aussi. Il avait l'air d'un vieux singe grognon et il était mon meilleur ami.

Je ne cessais de harceler Wong Suk pour qu'il me raconte des histoires. Chaque fois que deuxième frère Jung se trouvait avec nous, les histoires de Wong Suk se déroulaient dans les chantiers du chemin de fer ; il nous racontait comment il avait survécu à l'escalade de montagnes escarpées, comment il s'était fracturé tous les membres l'un après l'autre, et il nous racontait ses bagarres avec des diables blancs, dans des moulins à bois, autour de feux de camp, quand tous les hommes étaient entourés par des animaux sauvages dont les yeux luisaient, semblables à des aiguilles dans la nuit. Je préférais les histoires avec des démons et des esprits, comme celles que Poh-Poh me racontait avant que Sekky, mon bébé frère, ne se mette à accaparer toute son attention et qu'elle n'ait plus de temps pour moi.

J'aimais entendre Wong Suk nous raconter comment il s'était lié d'amitié avec des autochtones Siwash sur les grèves rocheuses de la côte de la Colombie-Britannique. Il existait des esprits amérindiens, aussi incroyables que les esprits chinois, des esprits des forêts, des esprits d'animaux et d'oiseaux. Wong Suk avait même assisté à des pow-wows amérindiens sacrés, il avait fumé un tabac spécial appelé foin d'odeur et il avait troqué des pépites et de la poussière d'or contre des pattes d'ours, des panaches de cerfs et des champignons des bois. Dans ses histoires, les hommes se métamorphosaient en esprits, en animaux, en oiseaux et en démons, ils avaient des noms comme Patron Johnson, Un-œil Smith, Dent-cassée Cravich, Langue de tonnerre et Renard malin.

Malgré toutes ces histoires du passé, Wong Suk disait en réalité très peu de choses sur son époque antérieure dans l'ancienne Chine. Quand je lui demandais : « Comment c'était quand vous étiez un petit garçon ? » il éclatait de rire ou bien il soupirait profondément. « Trop longtemps », répondait-il, et il me laissait deviner. D'autres personnes émettaient également des hypothèses. Wong était un sujet de conversation à Chinatown. Tout le monde connaissait les affaires quotidiennes des autres, mais pas toujours leur passé. Jé faisais tout ce que je pouvais pour entendre les conversations concernant Wong Suk, les conversations inhabituelles.

À l'époque de la Dépression, père devait souvent s'absenter pour occuper divers emplois saisonniers, et belle-mère m'emmenait avec elle quand elle allait jouer au mah-jong. Autour des tables de jeu, certaines dames de Chinatown, fidèles aux manières de l'ancienne Chine, émettaient des hypothèses concernant Wong Suk et son visage de singe.

D'après vous, comment l'homme-singe s'est-il retrouvé avec ce visage ?

C'était une drôle de conversation, et les femmes n'auraient jamais abordé de tels sujets en présence des hommes, encore moins si Wong Suk avait été à portée de voix. Les tables de mah-jong des femmes étaient un havre douillet, une sorte de réunion de club, une sororité. Leurs hommes souvent au loin, occupés à un travail saisonnier, les femmes se mettaient à jurer avec autant de vulgarité qu'eux, elles tenaient des propos orduriers sans broncher et y prenaient un grand plaisir, elles échangeaient des tuyaux sur les produits à acheter et partageaient des potins avant qu'une chose néfaste ne soit devenue réalité. Les ragots étaient une façon d'informer une personne sur ce qu'on savait déjà (« Quelqu'un pense qu'on raconte vous avoir vue monter dans la voiture de M. Lim... ») Ou une façon d'avertir une personne de ce qui était sur le point d'être découvert (« On dit que votre premier fils s'amuse beaucoup trop, la nuit, au club Bonne fortune et que cela devrait vous inquiéter... »)

À la fin de la soirée, quand les dames du mah-jong nous croyaient — moi et les deux enfants Lee, Mary et Garson — profondément endormis sur le grand sofa, belle-mère et ses amies prenaient place autour de la table, déposaient bruyamment les pièces du jeu et se demandaient en gloussant comment était le *pénis* de Wong Suk. Ce mot, deuxième frère Jung le disait toujours quand il injuriait en chinois les garçons blancs qui lui lançaient des cailloux ; c'était un mot qui me faisait dresser l'oreille. Dodelinant de la tête dans ce sommeil factice que j'avais appris à maîtriser, je ne perdais pour ainsi dire pas un mot de ce que se confiaient belle-mère et ses amies :

« Long comment, son pénis, vous pensez ?

— Comme celui de mon vieux… assez long pour faire des enfants…

— … et trop court pour donner du plaisir ! »

Elles pouffaient toutes de rire. Les pièces d'ivoire claquaient et claquaient sur la table.

« Peut-être que, dans un village de l'ancienne Chine, un singe velu a fait peur à sa mère. »

Des pièces étaient rejetées. J'imaginais un singe velu de la taille d'un gorille en train de poursuivre la pauvre mère de Wong Suk.

« Ahhh ! Peut-être qu'elle est devenue amoureuse d'un singe ? »

Quelqu'un se débarrassa de ses dernières pièces. Quelqu'un jura. Puis, les pièces d'ivoire claquèrent de nouveau.

« Comment ils font ça, les singes, vous pensez ?

— Les hommes et les singes, ils font-font, font-font, exactement pareil ! »

Font-font quoi ? J'étais troublée.

Les voix des femmes devenaient de plus en plus aiguës entre les claquements des pièces du jeu sur la table, puis elles s'apaisaient, comme des notes de musique. Du thé était versé.

« J'ai entendu dire que la famille de *Mau-lauh Bak* mangeait de la cervelle de singe vivant… vous savez comment ils creusent dans ce machin avec des cuillers tranchantes comme des lames de rasoir, et…

— Et ils ont oublié de bander les yeux de la créature !

— Oui, oui, la mère enceinte est passée par là et…

— *Aaiiiiyahhh*…

— Le démon singe a jeté un sort au bébé à naître, et clac ! La pauvre mère agrippe son ouverture, elle sent que c'est mouillé et ça fait mal, elle accouche… d'un garçon singe avec une face de singe ! »

J'étais fière de Wong Suk. Même l'oncle borgne de Rosie Chung, Chung-Guun au visage de monstre, ne suscitait pas un tel intérêt. Après avoir triché aux cartes dans une conserverie de poisson près de Bella Bella, sur la côte Ouest, Chung-Guun avait eu le visage fendu en deux par un coup de hache. Tricher aux cartes et se faire prendre — à quoi d'autre Chung-Guun pouvait-il s'attendre ? Heureusement pour lui, la hache n'avait fait que lui trancher le visage. À Chinatown, comme dans l'ancienne Chine, tellement d'hommes se baladaient avec des balafres, des membres mutilés. Qui n'avait pas une histoire à raconter ?

La sirène du moulin, depuis longtemps attendue, déchira l'air. *Midi*, annonçait-elle. D'innombrables oiseaux s'envolèrent du sapin géant de l'autre côté de la rue et se posèrent dans de grands bruissements d'ailes. La marche sur laquelle j'étais assise était dure. L'assiette de nourriture pesait sur mes genoux. Devais-je remonter le gramophone RCA ? Pourquoi Wong Suk était-il plus d'une heure en retard ?

Si l'on m'avait permis de rester et d'entendre davantage de leur conversation le samedi précédent, grand-mère ne serait pas en train de faire planer son mystère au-dessus de ma tête : « Papier, papier, *papier* »… Et puis, quoi encore ? Si seulement j'étais restée plus longtemps, j'aurais pu tout découvrir. *Dites-lui*, avait demandé instamment Wong Suk. Et père n'avait pas pu.

Ce jour-là, Wong Suk avait promis de venir me voir décorée avec les rubans rouges qu'il m'avait offerts en cadeau, ceux que grand-mère avait, le matin même, noués en pompons sur mes souliers de claquettes. Ce jour-là, j'allais danser ma nouvelle danse pour lui sur l'air de *Short'nin Bread*. Ensuite, nous ferions la queue au Lux et nous resterions pour regarder deux fois les actualités filmées. « Vous allez voir les Japonais bombarder Shanghai, nous avait dit premier frère au dîner. Vous allez voir des corps partout. Il y a un bébé qui pleure sur la voie ferrée, sa mère morte à côté de lui. » J'imaginais les corps éparpillés. Mais nous étions en sécurité au Canada, pensais-je.

J'eus soudain conscience que grand-mère était derrière moi, en train de me surveiller. Je détestais qu'on me surveille, tout comme j'avais horreur d'attendre. Je pris une grosse bouchée de pain, un morceau de saucisse et commençai à mastiquer.

« Bien mâcher d'abord, dit Poh-Poh. Manger lentement comme dame. »

Elle rentra dans la maison. Je l'entendis prendre dans ses bras mon bébé frère malingre et le soulever dans les airs pour le faire rire. Il n'avait jamais assez d'attention. Je pense qu'elle aurait voulu que je sois l'un de ces enfants de riches qu'elle avait été obligée de servir dans l'ancienne Chine au temps de sa jeunesse. Ils mastiquaient élégamment leur nourriture pendant que debout, silencieuse, elle essuyait leur bouche en cœur avec une serviette de soie. C'était l'une des rares histoires que j'avais entendu raconter sur l'époque où Wong Suk et grand-mère habitaient dans l'ancienne Chine.

Wong Suk et grand-mère se rappelaient comment ils avaient fait connaissance dans une des cuisines des familles riches : comment ils se parlaient dans le dialecte de leur clan ou utilisaient leur dialecte secret d'esclaves, comment ils se rencontraient au marché et échangeaient des secrets, comment ils se moquaient de leurs maîtres et de leurs maîtresses. Et comment lui, le garçon-singe, et elle, la fille rebelle, s'étaient un jour montré les marques que le fouet avait laissées sur leur peau, comment ils avaient échangé des onguents et des paroles de réconfort, comment ils avaient désiré que leur vie prenne fin. Belle-mère me confia que, encore enfants, ils avaient été vendus à de riches familles pour devenir leurs domestiques.

Grand-mère revint sur le perron avec Sekky dans les bras. Il était de constitution fragile, et c'était pourquoi Poh-Poh le gâtait plus que les autres. Je parie que personne ne m'avait portée comme ça quand j'avais trois ans, sauf quand une personne me passait à une autre personne. À six ans, grand-mère me faisait déjà plier les couches de Sekky, et quand je pleurais, je pleurais toute seule.

« Poh-Poh, demandai-je d'un ton suppliant, pourquoi Wong Suk arrive-t-il si tard aujourd'hui ?

— Il vient maintenant, répondit-elle. Il te dit. »

Je me levai et regardai dans la direction indiquée. Je reconnus le bruit des cannes de bambou sur le trottoir, cannes qui venaient vers moi. Avec leur aide, Wong Suk se hissa laborieusement au sommet de notre escalier. Le vent s'engouffra dans sa cape noire qui s'ouvrit et bloqua partiellement ma vue. Puis, je vis père arriver derrière lui avec deux valises, l'une plus grosse que l'autre. Quand il vit l'homme-singe, Sekky se cacha le visage contre l'épaule de Poh-Poh. Il était toujours intimidé par Wong Suk, il avait peur de son visage simiesque et de son rire tonitruant.

Le vieil homme atteignit notre perron, essoufflé. Pour lui, les marches de notre escalier n'étaient rien du tout. Il avait escaladé les Rocheuses des décennies avant ma naissance, et en avait vu d'autres, comme lui, gravir les pentes les plus escarpées, puis redescendre en glissant, bras et jambes écartés, pour échapper aux explosions de dynamite, aux avalanches.

Wong Suk appuya ses deux cannes contre le pilier et s'accroupit à côté de moi. Avant que j'aie eu le temps de le questionner au sujet des deux valises, tout et tous — père, les valises, grand-mère et Sekky, l'assiette de nourriture sur mes genoux — avaient disparu dans la maison, nous laissant brusquement seuls ensemble, Wong Suk et moi. Et c'était encore un signe. Wong Suk plia sa cape, la disposa comme un coussin sur le perron et s'assit dessus. Il se rapprocha de moi, toucha mes bouclettes et me dit en souriant combien j'étais jolie.

« Poh-Poh t'a dit ? me demanda-t-il en cantonais.

— M'a dit quoi ?

— À propos des os… de la cargaison d'os. »

J'étais décontenancée. Je voulais qu'il me parle en *chinglish* — ce mélange de chinois et d'anglais que nous utilisions pour nous confier nos secrets. En chinglish, je lui racontais tous les films que nous avions vus, sur Tarzan et Shirley Temple, sur Fred Astaire et Ginger Rogers, sur Robin des Bois, et je lui disais que lui, Wong Suk, mon meilleur ami, ressemblait au prince-bandit et que j'étais sa princesse-bandit. En quoi des os nous concernaient-ils ? Je pensai à père qui transportait deux valises, l'une plus grosse que l'autre. Les valises voulaient dire *bonjour* ou *adieu*. Mon estomac se noua. Les pattes de poulet avaient peut-être été trop riches, le pain, trop grossier. J'attendis notre conversation en *chinglish*.

Mais Wong Suk ne me parla qu'en Sze-yup. « Tu m'écoutes, Jook-Liang, me dit-il. Je te parle de la cargaison d'os. »

Il prit ma main dans la sienne. Je pensai qu'il voulait que je me lève. Je voulais ouvrir sa cape, la suspendre pour en faire un rideau de scène, comme nous le faisions toujours. Je voulais exécuter ma danse de Shirley Temple en secouant mes bouclettes. Je voulais chanter et regarder les pompons de mes souliers de claquettes attirer son regard. Quoi qu'il en soit, il ne lâcha pas ma main. Je restai immobile. Il ne remarqua rien de ce que je portais, pas même ma robe de taffetas ni mes souliers ornés de rubans ; il ne regardait que mon visage, intensément, comme s'il essayait de graver à jamais dans sa mémoire ma bouche entrouverte, mes yeux écartés, mes bouclettes. C'est le Roi Singe, pensai-je, comme si j'avais de nouveau cinq ans, que j'étais de nouveau envoûtée. Je fixai toute mon attention sur lui, de sorte que je n'entendis plus ni le vent ni les oiseaux, que tout devint silencieux, sauf sa voix.

« Je m'embarque sur le paquebot *Empress* aujourd'hui, entendis-je. Je retourne en Chine avec la cargaison d'os.

— Mais aujourd'hui, nous allons au Lux, dis-je, nous allons voir les dessins animés et les nouvelles de la Chine. Kiam dit qu'ils ont bombardé Shanghai. »

Je m'écartai de lui.

« Et vous êtes en retard, ajoutai-je.

— La cargaison d'os, reprit Wong Suk, ce sont les os des Chinois morts, tous les Chinois morts à la Montagne d'or. Les os viennent de toute la Colombie-Britannique. Je retourne avec la cargaison, d'abord à Hong Kong, puis sur le continent chinois, ensuite je retourne à mon... »

Le vieil homme voyait bien que je ne l'écoutais pas avec suffisamment d'attention, mais il continua à parler.

« Deux mille livres d'ossements qui retournent en Chine. Ce n'est pas merveilleux, Liang ? »

Dans ma tête, je voyais une pile d'os, une montagne d'os de personnes mortes : c'était horrible. Comme tous les morts qui gisaient près de la voie ferrée, à Shanghai.

« Stupides os ! m'écriai-je. Vous aviez promis de m'emmener au cinéma aujourd'hui. La semaine dernière, père vous a donné plein d'argent. Nous pouvions aller au cinéma pendant des années et des années. »

Je me levai, il fallait que je me lève, je tendis la main vers la fenêtre ouverte du salon et je fis tourner la manivelle du gramophone RCA d'occasion. Je soulevai le bras de l'aiguille et l'abaissai délicatement. Malgré toutes mes précautions, l'aiguille tressauta, puis elle bougea d'avant en arrière, d'avant en arrière, produisant un son rappelant celui d'un cœur qui bat, avant de se mettre à jouer. Une voix noire chanta. *Mama's little baby loves*... Joyeux, des banjos et des batteries l'accompagnaient à l'unisson. Je dansai.

Le ciel était bleu et l'air dégageait une odeur de feuilles mouillées. Je dansai avec mes rêves de fille de huit ans : j'étais une star de cinéma et, miracle, Wong Suk, mon meilleur ami, venait à Hollywood avec moi. Puis, la chanson terminée, l'aiguille recommença son mouvement d'avant en arrière, d'avant en arrière, cœur qui bat, jusqu'à ce que j'éteigne l'appareil. Je me rassis.

« Juste comme actrice cinéma », dit Wong Suk. Enfin, il me parlait en *chinglish*.

Je ne répondis pas.

Wong Suk me donna un petit coup de coude.

« Quoi penser, Liang ? »

Pas un autre mot ne fut prononcé entre nous. Père sortit et dit à Wong Suk que son repas était prêt. Il fallait qu'il mange quelque chose avant de s'embarquer : c'était un long voyage jusqu'en Chine. Appuyé sur ses deux cannes, le vieil homme se redressa péniblement et entra dans la maison en traînant les pieds, sa cape se balançant derrière lui. Je sentis la main de père sur mon épaule.

« Viens finir ton repas, dit-il. Tu peux t'asseoir à côté de Wong Suk. »

Je ne bougeai pas.

« Kiam et Jung seront bientôt ici. Ensuite, belle-mère arrivera avec le taxi pour conduire Wong Suk au port. Nous irons aussi. »

J'aurais voulu que tout le monde s'en aille et reste loin.

Même Wong Suk.

Même moi.

Je m'écartai de père, sentis mon front se couvrir de sueur. De l'autre côté de la rue, le gros arbre sembla se plier. Il faisait très chaud. Père me regarda et il toucha mon front comme il le faisait avec Sekky.

« Ça va, dit-il. Si tu veux, tu restes ici. »

J'étais assise sur le perron. Le temps passa, une minute, une heure. Jung et Kiam montèrent l'escalier, me regardèrent sans rien dire et entrèrent dans la maison. J'avais l'esprit vide. J'entendis klaxonner. C'était le taxi de Tom. Belle-mère me fit signe de descendre l'escalier. Je l'aidai à transporter quelques caisses à l'intérieur de la maison ; il s'agissait d'effets à renvoyer plus tard en Chine quand Wong Suk les enverrait chercher. Puis, tout le monde endossa un blouson parce que père dit qu'il ferait frais et venteux sur les quais.

« J'ai trop chaud », dis-je en remuant les épaules pour me débarrasser du blouson que premier frère Kiam essayait de mettre sur moi. Personne n'insista.

Nous sortîmes de la maison et nous nous dirigeâmes vers le taxi. Belle-mère monta la première.

« Allons, me dit-elle. Monte. »

J'obéis. Ma robe de taffetas blanc bruissait.

Cramponné à ses deux cannes, Wong Suk prit place à côté de moi pendant que père et le chauffeur de taxi mettaient les valises dans le coffre de la voiture. Je sentis la dense chaleur de sa cape et je m'écartai ; premier frère Kiam monta à l'avant et Jung s'assit en ricanant sur ses genoux. Puis, père s'installa à côté de Wong Suk et l'on me fit asseoir sur belle-mère. Tandis que le taxi reculait pour faire volte-face, je vis, sur le perron, Poh-Poh et Sekky qui se débattait dans ses bras ; grand-mère nous regarda sans parler.

Roulant paisiblement, le taxi parcourut notre rue, puis d'autres rues que je ne connaissais pas. Le temps de le dire et nous longions les quais, les bateaux immenses qui se balançaient comme des monstres. De hautes grues soulevaient des caisses et des tuyaux d'acier pendaient dans les airs en s'entrechoquant. L'air avait un goût de sel. Des milliers de mouettes volèrent vers le ciel puis plongèrent pour se nourrir des débris qui flottaient sur l'eau.

Nous sortîmes du taxi, montâmes sur la jetée et la sentîmes bouger à cause des vagues qui se brisaient derrière les piliers. C'est ici qu'habite le Dragon de la mer, pensai-je. Les cris des mouettes et la clameur des vagues se fracassant contre le quai rendaient mes souliers de claquettes silencieux. Belle-mère et père aidèrent Wong Suk à s'extraire du taxi. Mes frères Kiam et Jung sortirent les valises du coffre arrière et nous nous dirigeâmes à leur suite vers les grandes barrières de bois et l'écriteau qui annonçait : TOUS LES VISITEURS DOIVENT S'ARRÊTER ICI : DOUANES.

Nous n'étions pas autorisés à dépasser le bureau des douanes et les barrières de départ. Le moment était venu de se dire adieu. Le quai semblait instable sous mes pieds ; tout sentait l'iode et le sel ; le ciel était plein de lumière. Père donna à un homme en uniforme un peu d'argent pour qu'il porte les bagages de Wong Suk de l'autre côté des barrières. Je regardais autour de moi, incapable de faire autre chose, incapable de parler — envoûtée. Je me rappelle que père me souleva un peu pour me permettre d'embrasser Wong Suk sur la joue ; il sembla incapable de me rendre mon baiser. Sa joue, je me rappelle, avait la texture de documents froissés. Il avait l'air mystérieux, comme Poh-Poh, il ne disait rien. Je sentis sa main se poser un instant sur mes boucles, puis une foule de gens nous bousculèrent.

« Vite », dit père en enlevant doucement de ma tête la main du vieil homme.

Wong Suk remua les épaules pour écarter les pans de sa cape ; appuyé sur ses cannes, il s'éloigna de nous en ahanant, mais le brouhaha qu'il y avait sur les quais et le chargement chaotique des bagages sur d'énormes chariots m'empêchèrent d'entendre le claquement familier de ses deux cannes. Les gens s'écartaient pour le laisser passer ; ils le dévisageaient sans vergogne, le montraient du doigt, secouaient la tête. Wong Suk ne leur accorda pas un regard, il ne regarda pas une seule fois en arrière. La bosse de son dos faisait bouger sa cape. Le vent salin en soulevait la bordure raccommodée. Luttant contre le vent, la cape de Wong Suk se mit à flotter autour de lui. Elle continua de bouger, comme au ralenti, de se déployer. J'avais l'impression qu'elle me disait : *adieu, chak neuih. Adieu, ma princesse-bandit.* J'agitai frénétiquement la main vers elle.

Père me souleva dans ses bras. Plus haut, encore plus haut.

Ce n'était pas un rêve.

Plus haut, encore plus haut, me soulevait mon père.

La sirène du bateau fit entendre son hurlement, aigu comme j'imagine le cri que pousserait un aigle. La foule se resserra. Il n'y avait plus rien à voir : l'homme-singe était entré dans le bureau des douanes avec tous les autres passagers. À l'autre bout de ce gigantesque entrepôt sur le quai, m'expliqua père, Wong Suk monterait sur une passerelle en bois et s'embarquerait sur l'*Empress of Russia.* Dans la lumière de l'après-midi, je plissai les yeux pour apercevoir Wong Suk. Une Anglaise pointa le doigt vers moi et dit à belle-mère : « Quelle jolie robe. »

Père me déposa par terre.

J'avais oublié que je portais encore ma robe de taffetas ; j'avais oublié de demander à Wong Suk comment il aimait voir danser ma robe quand je dansais. J'avais oublié de pleurer et de crier son nom et de le supplier : *Tournez-vous ! Revenez ! Revenez !* Nous restâmes avec les autres de notre côté de la barrière, à regarder. Quelqu'un mit un épais chandail sur moi. Nous attendîmes longtemps, je crois. Premier frère dit : « Allons-nous-en. » Mais père répondit : « Non, pas tout de suite. Nous partirons quand Liang le voudra. »

La sirène de l'*Empress* fit entendre un dernier cri, long, strident, et les oiseaux de mer se mirent à voler frénétiquement ; les moteurs du géant rugirent, firent bouillonner les vagues qui se fracassaient contre lui ; le quai trembla. Le bateau s'éloigna. Je pense avoir vu Wong Suk sur le pont éloigné. Puis, comme dans un rêve, j'étais debout à côté de lui, je drapais sa cape autour de moi sous le ciel de la fin de l'après-midi. Nous voyagions ensemble, comme nous nous l'étions promis dans tant de mes jeux. Je me demandai comment il se sentait, en penchant son cou en arrière contre le vent qui le ramenait chez lui.

Quelle richesse un prince-bandit doit-il donner à sa princesse ? m'avait un jour demandé Wong Suk tandis que je tournais et tournais et que sa cape m'enveloppait dans ses ailes sombres, impériales. Et, trop vite, avec convoitise, mes doigts d'enfant agrippant des pièces d'or imaginaires, glissant sur des perles assez grosses pour étouffer un dragon, des rubis couleur de feu, j'avais répondu : « tout », car alors, à l'époque de notre amitié royale, je ne comprenais pas à quel point les os doivent reposer là où ils sont le plus chez eux.

Cher Won Suk, je ne vous oublierai jamais.

Deuxième partie

Jung-Sum
Deuxième frère

Quatre

Quand je le découvris, le *lao kwei* sifflant était dans notre remise depuis sept jours. Mais personne n'avait pensé à me le dire.

Je dormais quand, après avoir terminé son travail dans les cuisines du bateau *Princess*, Dai Kew débarqua chez nous avec la caisse de bois. Il était deux heures du matin. Comme d'habitude, Dai Kew nous apportait des boîtes de biscuits secs, des petits pains croûtés, de minuscules savons sur lesquels les lettres CPR étaient gravées, et d'autres produits et cadeaux qu'il sortait généreusement de deux sacs marins. Dai Kew appelait ce butin son « bonus ». Ensuite, il repartait en vitesse pour aller jouer à Chinatown, dans un club de célibataires enfumé, bondé de jeunes, et où l'on servait à manger toute la nuit. Quand ils avaient la chance d'être embauchés par les compagnies maritimes, les hommes de Chinatown travaillaient pendant des semaines ou des mois aux cuisines dans les cales des bateaux qui naviguaient au large de la côte de la Colombie-Britannique depuis Seattle et Vancouver jusqu'en Alaska.

Selon les gains ou, le plus souvent, les pertes de Dai Kew à Chinatown, nous pouvions le revoir deux jours, deux semaines ou deux mois plus tard. Dai Kew était toujours en quête de présages concernant sa chance. Un jour, pour plaisanter, un débardeur avait mis une tortue dans son casier ; l'après-midi même sur les quais, Dai Kew avait gagné plus de cent dollars aux dés et il s'en était tiré avec seulement un œil au beurre noir. Il garda la tortue pendant deux ans, il la trimbala d'un navire à l'autre jusqu'au jour où on le surprit à lui donner des œufs à la coque.

C'est ainsi que la tortue, le *lao kwei*, débarqua chez nous dans une caisse de bois. Père aida Dai Kew à porter la caisse et la mit dans un coin de notre remise à bois grande comme un garage.

Ce jour-là, c'était à mon tour d'aller chercher des seaux de bran de scie et des brassées de bois pour nourrir notre poêle affamé. Tous les vieillards qui venaient chez nous me considéraient comme faible et gâté. Après tout, ils étaient originaires de l'ancienne Chine et ils se souvenaient des callosités qui déformaient leurs mains quand ils n'avaient que cinq, six ou sept ans. Et moi, à sept ans, j'avais les mains comme de la soie.

Certains de ces hommes célibataires mettaient mon père en garde. « Pas de travail, pas de volonté », disaient-ils en agitant leurs vieilles mains noueuses aux doigts manquants, aux jointures tordues.

J'étais rentré à la maison entre mes cours à l'école anglaise et ceux à l'école chinoise, et belle-mère me demanda de remplir les seaux de bran de scie. Nous étions à la mi-septembre et les soirées étaient de plus en plus fraîches ; le poêle criait famine.

« Chaleur, plus chaleur ! exigeait Poh-Poh. Pas chaleur pour moi ! Trop vieille pour chaleur ! » Grand-mère, l'air soucieux, souriait à belle-mère qui attendait son troisième enfant à naître au Canada. « *Fung sup, hai, m'hai-ahh* ? Trop humide froid, oui ? »

Peu importe à quel point elle avait chaud, belle-mère faisait toujours signe que oui.

L'herboriste avait averti belle-mère que son troisième enfant risquait de venir au monde plus faible que Sek-Lung, lequel avait passé ses premières années à tousser et à souffrir d'infections pulmonaires. La Chine était en guerre, et l'on manquait d'herbes pour réchauffer le sang des femmes. Poh-Poh et Mme Lim concoctèrent un mélange d'herbes et de racines dont elles faisaient une tisane pour belle-mère. L'équilibre entre le vent et l'eau dans une ville comme

Vancouver, une ville de brouillard et de gels, d'humidité et d'innombrables jours gris, pouvait affecter l'état du bébé. Belle-mère passait des heures à se bercer sous l'étagère du salon qui supportait la déesse de la Pitié et le dieu de la Longévité avec son front chauve, protubérant. Je voyais bien qu'elle était inquiète.

Notre maison à deux étages, fabriquée en Isorel, ce que les gens appelaient « un spécial chinois », tremblait de froid. Les larges fissures dans les murs avaient été colmatées une génération auparavant avec des journaux imprimés dans une drôle de langue de l'Europe de l'Est. La remise à bois — assez grande pour contenir un camion de bran de scie, des piles de caisses brisées et une corde de bois franc — était un compagnon idéal pour notre maison sur laquelle la peinture gris cèdre s'écaillait.

Père me tendit les grands seaux vides à remplir de sciure de bois.

Une fois devant la remise, j'entrechoquai les seaux de fer-blanc et je poussai des grognements virils en ouvrant la haute porte grinçante. Belle-mère m'avait recommandé de heurter bruyamment les seaux pour faire fuir le vagabond qui aurait pu chercher refuge à l'intérieur. J'ajoutais ma touche personnelle en déguisant ma voix de soprano.

Quand j'entrai dans la remise sombre, dégageant des effluves douceâtres, les rayons du soleil bas de l'après-midi éclairèrent une caisse ouverte. À l'intérieur, quelque chose de solide et de noir... bougeait... avançait. Soudain, un sifflement sonore, un bruit grinçant, résonna au milieu du silence. Mon cœur cessa pratiquement de battre.

« Quiiiiii est là ? » criai-je, ma voix atteignant des notes très aiguës.

Le grincement se fit plus fort, plus frénétique. Il provenait de la caisse.

La caisse faisait à peine deux pieds de haut et trois de large. Les mots « VERRE — FRAGILE » étaient écrits en lettres noires sur un côté. Impossible pour un vagabond ou pour un ennemi aux abois de se cacher dans une caisse de cette dimension. J'inspirai profondément et j'essayai de me calmer.

Mais qu'est-ce qui pouvait siffler avec cette frénésie ? Un écureuil peut-être ? Un raton laveur ? Un chat ? Un sentiment de joie m'envahit. Bobby Steinberg et moi avions vu un film sur un vieillard et un garçon qui vivaient dans la forêt et qui étaient devenus amis avec toutes sortes de créatures. Depuis, je rêvais d'adopter un animal sauvage. Ma peur se mua en impatience. Sans réfléchir, je laissai tomber les deux seaux vides et je me hâtai d'aller examiner la caisse.

Là, les yeux fixés vers moi, la tête d'une tortue se dressait, se balançait, rageuse, impavide, semblable à celle d'un serpent, une tortue aux yeux luisants. J'étouffai un cri. La carapace avait la taille d'une grande assiette de service ovale, et la bête cognait contre sa prison de bois, poussait une patte palmée dans un plat profond rempli d'eau. La caisse dégageait une odeur de dépotoir. Mais l'animal était incroyablement, monstrueusement superbe : d'un brun olivâtre, avec une carapace noire comme de l'ardoise, un long cou étiré, des mâchoires acérées qui s'ouvraient et se refermaient entre les sifflements. Il essayait de mordre. Une tortue en tout point pareille à celle que j'avais vue dans un album à la bibliothèque. La tortue me regarda sans peur, tordant d'un côté sa tête grosse comme un poing, son œil jaune m'enregistrant dans son cerveau aussi vite que mes propres yeux avaient enregistré sa majesté. Je courus à la maison pour dire à Poh-Poh ce que j'avais trouvé.

« Cette vieille chose », dit grand-mère qui essayait d'enfiler un autre chandail par-dessus les deux qu'elle portait déjà. Belle-mère l'aida à mettre ses bras dans les manches. « Dai Kew l'a laissée ici la semaine dernière.

— Mais qu'est-ce qu'elle mange ? demandai-je, excité.

— Des restes de table, répondit belle-mère.

— C'est tout ? dis-je, imaginant un régime plus affriolant pour un tel monstre.

— Il mange ça ou il meurt, dit grand-mère. Tu penses il mange quoi ?

— La tortue mange de tout, expliqua belle-mère. Dai Kew dit qu'il l'a entraînée à manger n'importe quoi sur le bateau.

— N'importe quoi ? dis-je, imaginant un ennemi ou deux.

— Votre Dai Kew possède ce *lao kwei* depuis deux ans. La semaine dernière, il s'est fait prendre par son patron à la cuisine.

— Il mord et il pue, dit grand-mère qui s'humecta les lèvres en tendant ses deux paumes pour former comme le dos d'une tortue. Pourtant, tortue porte chance, beaucoup. Longue vie.

— Mais il s'ennuie tout seul là-bas.

— Idiot, dit grand-mère. Tortue parle avec esprits, tout le temps, parle avec fantômes.

— Tu aimerais peut-être t'en occuper, Jung ? » dit belle-mère que son gros ventre rendait un peu balourde.

M'en occuper ? Ma bouche s'ouvrit toute grande. Ma tortue ! Constatant ma fébrilité, belle-mère se dirigea vers le poêle et pointa le doigt vers les deux seaux. « Remplis-les d'eau et change celle du plat de la tortue. »

Je me précipitai vers les seaux et courus vers l'évier les remplir à moitié d'eau. *La tortue allait être à moi !*

« Attention aux fantômes ! » entendis-je grand-mère crier tandis que je claquais la porte arrière.

Comme tout le monde à Chinatown, je croyais aux esprits, et je savais que des ennemis — vagabonds qui avaient fui le campement de False Creek, Japonais de Japtown, Indiens des ruelles sombres, fantômes — pouvaient parfois se faufiler dans la remise. Batailles, agressions, coups de couteau, ces choses arrivaient. La trahison était dans le monde. Mais il y avait de bons fantômes et de mauvais fantômes, et il fallait veiller à ne pas insulter les bons ou à ne pas se laisser leurrer par les mauvais. Et il fallait reconnaître un fantôme quand on en voyait un.

Ce jour-là, pourtant, ce n'étaient pas les fantômes qui occupaient mon esprit.

Je devais trouver un moyen de nettoyer la caisse de la tortue et de changer l'eau. Il fallait du sang-froid, croyez-moi. Je regardai les yeux jaunes, la gueule crochue qui mâchouillait, conversant avec les esprits. Les replis de son cou, ronds, faisaient penser à un serpent. Ils m'apprirent qu'elle était très bien nourrie. Je penchai lentement la caisse, en laissai tomber le contenu contre le tas de bran de scie : l'eau brouillée, les restes de nourriture en décomposition, la tortue de la taille d'une assiette, *poum !* Quand le plat métallique contenant l'eau tomba avec fracas, la tortue eut le bon sens de rentrer aussi vite qu'elle le put la tête dans sa carapace. Elle était moins intrépide que je ne l'avais cru. Dai Kew devait aimer beaucoup cette tortue pour l'avoir gardée en si bonne condition depuis deux ans. Porte chance, avait dit grand-mère, longue vie.

Maintenant, pensai-je, elle est à moi !

Je savais évidemment qu'un jour Dai Kew s'arrangerait pour la rapporter sur un autre bateau, comme je le ferais moi-même si la tortue était vraiment mon animal de compagnie. En attendant, elle était à *moi.* Totalement. « Salut, Lao Kwei, dis-je. Salut, vieille tortue. »

Je nettoyai tout avec de l'eau. Pour finir, à l'aide d'une planche, je repoussai la tortue dans la caisse inclinée ; je redressai ensuite la caisse et j'entendis la grosse tortue piétiner à l'intérieur ; ensuite, avec la précision d'un pilote, je laissai tomber le plat au fond de la caisse et j'y versai de l'eau fraîche. Je remplis de bran de scie les seaux humides, jetai un dernier coup d'œil à la caisse. *La tortue m'appartient.* J'exultais. Je refermai la porte de la remise comme si c'était une chambre forte. *J'avais un animal de compagnie, comme le vieillard et le garçon dans la forêt !*

Chaque jour, entre mes cours à l'école anglaise et ceux à l'école chinoise, je rentrais vite à la maison et j'allais voir la tortue, qui me rendait mon regard de ses yeux brillants. Tous les trois ou quatre jours, j'arrosais la caisse avec de l'eau fraîche, je lavais et je remplissais le plat de la tortue, je lui jetais de nouveaux restes de table. C'était merveilleux. La tortue avait l'air de savoir à quel point j'appréciais sa présence. Malgré moi, j'étais convaincu qu'elle descendait de la Grande Tortue de l'ancienne Chine, celle qui portait le Dragon, le Phénix et le monde entier sur son dos. Je parlai de Lao Kwei à Bobby Steinberg, mais il se contenta de jeter un coup d'œil à la caisse et de demander : « Et alors ? »

La deuxième semaine, j'avais convaincu quelques autres garçons de mon école anglaise de venir admirer ma tortue. Je montrai aussi à Bobby Steinberg et à Peter Brodlin comment, en tenant des fanes de carottes, j'amenais l'animal à étirer lentement son cou et à faire claquer ses mâchoires. Même Bobby Steinberg fut impressionné.

La troisième semaine, j'étais allé à la bibliothèque située à l'intersection des rues Main et Hastings et j'avais cherché le nom scientifique de ma tortue, retrouvé son lignage jusqu'à l'époque des dinosaures qui nageaient dans la mer. Entre mes tâches à la maison et, parfois, à l'entrepôt, je sortais la tortue dans notre cour, la laissais faire quelques pas ici et là, puis je la faisais revenir en tirant sur le harnais que premier frère Kiam m'avait fabriqué avec de la corde. Je glissais le harnais de l'arrière vers l'avant sur Lao Kwei, et je la soulevais, balançant son corps, pour la sortir de la caisse et l'amener dans la lumière du jour.

Désormais, Lao Kwei étirait poliment sa tête et ses pattes puissantes, et elle essayait rarement de me mordre ; la tortue savait que j'allais la sortir de sa caisse. Une fois à l'extérieur de la remise, elle clignait toujours des yeux dans la lumière soudaine et, lentement, gravement, elle bâillait de plaisir. Pendant les deux années où il l'avait gardée à bord des paquebots, Dai Kew l'avait indubitablement habituée à se faire manipuler et tirer. Sans doute l'avait-il cachée dans un de ses sacs marins pour la transporter clandestinement d'un bateau alaskien à l'autre.

Un jour, Bobby Steinberg apporta une pomme de laitue et me demanda : « Quel est son nom ? Comment tu appelles cette chose ?

— Je ne sais pas, répondis-je. Ma famille l'appelle juste Lao Kwei, Vieille Tortue.

— Ce n'est pas une tortue *chinoise*, dit Bobby, l'air dégoûté. Il faut qu'elle ait un nom… tu sais… britannique ou canadien. »

Il réfléchit un instant en laissant tomber des feuilles dans la caisse.

« Pourquoi tu ne l'appelles pas *Hopalong* ? Comme le cow-boy ?

— Ce sont les États-Unis, protestai-je. Ma tortue vient du Canada.

— Alors », reprit Bobby Steinberg en jonglant avec la laitue pourrie. Lançant. Rattrapant. Lançant. « Donne-lui un nom.

— *George*, dis-je, après une pause pour produire un effet. *Roi* George. »

Bobby laissa tomber la pomme de laitue et, le cou tendu, la tortue la fendit en deux d'un coup de mâchoire arrogant. Elle adorait les parties en putréfaction.

Pendant deux autres semaines, Roi George, dans sa caisse, attendit que je lui mette son harnais, que je le soulève et que je le sorte dans la lumière du jour. La fin de semaine, je pris l'habitude de le promener dans le quartier, de le montrer, mais je veillais toujours à le tenir au bout de mes bras. Je laissais Roi George impressionner les gens en attrapant des bouts de bois ; parfois, il les mordait, d'autres fois, il les cassait, il en gardait d'autres entre ses mâchoires, et tous les enfants du voisinage se pressaient autour de Bobby Steinberg et de moi, voulant à tour de rôle lui présenter un bâton. Ils apportaient même de la nourriture pour Roi George. À la fin d'octobre, ma tortue m'avait rendu célèbre.

Puis, un samedi matin, Bobby Steinberg et moi étions dans la cour ; je fendais des caisses de bois pour faire du bois de chauffage et Bobby chantait au Roi George : *I'm an ole cowhand, from the Rio Grande*... Quand je levai les yeux, Dai Kew était sur le perron, il faisait tintinnabuler des pièces de monnaie dans sa poche.

« Eh bien, *Yee Doy*, me dit-il en cantonais. Comment se porte le deuxième fils aujourd'hui ? »

Bobby arrêta sa chanson. Il bondit sur ses pieds, respectueusement, et, apercevant Roi George harnaché, Dai Kew éclata de rire. Bobby venait d'empiler des feuilles sur son dos. Le jaune et le rouge des feuilles se détachaient contre la carapace noirâtre de la tortue.

« Comme ça, reprit Dai Kew, ton père me dit que tu as pris grand soin de Lao Kwei. »

Il ajouta autre chose à propos de ma « part d'associé » ou de ma « part du bol ». Dai Kew était un célibataire qui parlait un dialecte plus rude que celui auquel j'étais habitué, mais je compris vite que je serais récompensé de mon travail par un peu d'argent porte-bonheur. Peut-être même me laisserait-il prendre soin du Roi George pendant une autre année.

« Pourrais-je garder Lao Kwei encore un peu ? »

Dai Kew paraissait incertain. Il fronça ses épais sourcils.

« Je vais lui construire un abri pour l'hiver, dis-je, poursuivant sur ma lancée. La famille ne me permettra pas de le laisser vivre dans la maison. Poh-Poh dit qu'il sent trop mauvais. J'ai tout lu sur ce genre de tortue. Je vais enfouir Roi George dans de la boue épaisse juste avant la venue de l'hiver. »

Dai Kew me regarda d'un air étrange.

« *Roi George* ? me demanda-t-il. Tu as donné à la tortue le nom du roi ?

— Oui, répondis-je. Ce *low fan*, ce garçon étranger, ajoutai-je en pointant le doigt vers Bobby Steinberg qui continuait à empiler des feuilles, a dit que c'était une tortue *low fan*.

— Ahh ! Oui, oui, Jung. » Le maigre Dai Kew me fit un grand sourire. « Le nom du roi... » Il semblait se parler à lui-même. Les sourcils froncés, il se mit à fredonner, puis il chanta à demi certaines paroles du *God Save the King* : « *... lonnngg livadah King...* »

Dai Kew fit soudain claquer ses doigts, comme s'il venait d'avoir une révélation.

« *Aaiiyaah* ! Un présage ! dit-il. C'est aujourd'hui le jour !

— Le jour de quoi ? demandai-je, déconcerté.

— Rien », répondit Dai Kew, trop vite.

Et il disparut dans un éclair.

Bobby Steinberg me regarda et dit : « Ce type est fou. »

J'entendis Dai Kew parler avec grand-mère, puis avec belle-mère, et la voix de père se mit finalement à flotter dans la cour. Mais j'étais occupé à couper du bois, ne m'arrêtant que pour regarder de temps à autre Roi George me regarder. Quand je levai les yeux, toute la famille était à la fenêtre de la cuisine, le visage collé à la vitre, sans sourire. Dai Kew sortit de nouveau par la porte arrière.

« Tiens, me dit-il en me tendant un billet d'un dollar flambant neuf. T'amènes ton copain *low fan* voir un bon film au cinéma, après quoi vous irez prendre une crème glacée. Je vais m'occuper du Roi George jusqu'à ton retour. Allez-y, maintenant. »

J'avais rarement tenu un gros billet d'un dollar avec le visage du roi George, un billet à moi, que je pouvais dépenser. Tout l'argent porte-bonheur que je recevais, même les pièces de monnaie, était mis de côté par mes parents en prévision de mon avenir. Mais je voyais la famille à la fenêtre, belle-mère avec une main sur son gros ventre, et personne ne bougeait.

Je pris le billet et je dis à Bobby Steinberg d'aller demander à sa mère la permission de m'accompagner. Nous irions voir un programme double, peut-être même un programme triple, au Lux de la rue Hastings. Nous poussâmes un cri de cow-boy. Je me penchai et tirai sur la corde du harnais, et Roi George tourna lentement sa tête aux yeux jaunes pour me regarder. Il n'essaya pas de mordre, je m'en souviens. Il me regarda, c'est tout. Et dans son cerveau de tortue, il doit nous avoir vus, Bobby Steinberg et moi, nous élancer joyeusement hors de la cour, nous éloigner en serrant notre blouson contre nous pour nous protéger du vent d'automne.

Grand-mère avait peut-être raison quand elle me dit plus tard ce soir d'octobre : Lao Kwei avait entendu des voix de fantômes dans ce vent d'automne.

Cinq

« Jung, il neige, me dit père. Va voir ce que devient le vieux Yuen. » Puis, baissant la voix, il ajouta : « *Avant qu'il ne soit trop tard.* »

J'hésitai.

La radio venait de nous avertir : dehors, la température chutait. J'entendais le vent de la fin de l'automne souffler depuis les montagnes de North Shore.

« Vas-y tout de suite, reprit père d'un ton pressant. Vite. Prends l'argent du loyer avant que le vieux Yuen n'aille le flamber en alcool ou aux cartes. »

Père se pencha en avant et éteignit la radio. Belle-mère me tendit mon « meilleur » manteau.

« Mets ça, me dit-elle. Aujourd'hui, il va faire assez froid. »

Belle-mère avait rapiécé mon manteau de lainage derrière l'épaule gauche. Avant de finalement m'appartenir, l'épais vêtement gris foncé avait passé ses premières années sur le dos du vieux Yuen ; son fils unique, Frank Yuen, n'en avait pas voulu.

« Il a juste besoin d'un nettoyage, avait dit le vieux Yuen à Frank. Je porte ça, et tous les escrocs pensent : voilà un enfant de chienne de vieux Chinois riche.

— Pas mon genre, avait répondu Frank en tenant le gros manteau contre lui. Trop chic pour moi. Donne-le à Jung-Sum pour son anniversaire. Jung veut être un capitaine dans l'armée. »

Le manteau de lainage était un peu juste pour le vieux Yuen mais, sur moi, il flottait comme une couverture. Poh-Poh dit que maintenant que je venais d'avoir douze ans, j'allais grandir et que, bientôt, il m'irait comme un gant.

« Reste petit », ajouta-t-elle, tandis que ses vieux yeux enregistraient ma récente croissance. Je vivais avec elle depuis huit ans, depuis l'âge de quatre ans, et elle n'avait jamais cessé de me jauger de son regard brouillé qui, toujours vigilant, me fouillait.

« Jung-Sum différent », l'entendis-je dire à Mme Lim un jour que j'attendais pour faire mes exercices quotidiens de boxe à vide. J'entrai dans le salon où elles se trouvaient toutes deux. Je portais un maillot de corps et un short du Boys' Club, et une paire de vieilles baskets trop petites pour Kiam. Poh-Poh était en train d'enseigner un point de broderie à Mme Lim qui regardait attentivement en croquant des graines de melon rouges.

« Évidemment, répondit Mme Lim avec son franc-parler habituel. Son sang est différent. Il est plus beau que vos deux propres petits-fils.

— Non, non, pas physique, protesta Poh-Poh. *Intérieur* pas comme les autres, pas ordinaire.

— Très ordinaire pour moi, rétorqua Mme Lim. Jung ne veut qu'une chose : battre tous les autres gamins. Les garçons, tous pareils !

— *Différent*… C'est tout ce que je dis ! »

Je m'exerçais habituellement quinze minutes par jour pour garder la forme. Je mettais la lampe de bureau à col de cygne de père sur le plancher, l'abat-jour vert face au mur pour imiter un projecteur. J'allumais la lampe. Mon ombre apparaissait sur le mur. Max disait qu'il était important de voir comment la ligne de notre bras gauche et de notre bras droit se lançait en avant, à quel angle l'ombre s'allongeait ; il était nécessaire de projeter notre poing avec une illusion de légèreté, de le pousser dans les airs comme une balle de revolver propulsée à travers le crâne de quelqu'un. C'était pour cela que Joe Louis avait toujours l'air de flotter, et, quand il boxait, ses poings semblaient être le prolongement de son ombre, une bombe larguée dans le vide.

Je me mis à boxer à vide devant les deux vieilles femmes ; j'inspirais profondément, je donnais des coups de poing dans l'air, je sautillais, exactement comme Max me l'avait enseigné. Je dansais, heureux de montrer mon savoir-faire, bougeant plus vite que je ne l'aurais dû, épuisant mes forces en cinq, six, sept minutes. Je commençai à sentir mes bras peser comme du plomb.

L'Aïeule déposa sa broderie et, se tournant vers Mme Lim, elle entonna un ancien dicton. « Soleil et lune tous deux ronds…

— … et pourtant, soleil et lune différents, termina Mme Lim.

— Je suis le soleil, dis-je avec enthousiasme, haletant, faisant irruption dans leur danse de paroles. Je suis le champion !

— Jung-Sum est la lune », dit Poh-Poh.

Mme Lim cessa de boire son thé, son regard aux aguets comme celui de l'Aïeule. Elle tenait entre ses doigts une graine de melon à moitié écalée.

« La lune ? s'écria-t-elle. Impossible ! »

Mme Lim savait que la lune était le principe *yin*, le *féminin*. Elle examina mes jeux de jambes, mes poings qui lançaient des coups dans les airs.

« Impossible ! » répéta-t-elle.

L'Aïeule leva lentement sa tasse de thé et son regard se fixa doucement sur moi, clairvoyant, plein de mystère.

Quand, âgé de quatre ans, on m'avait amené en train d'une ville appelée Kamloops jusqu'à cette famille, c'était l'Aïeule qui, à la gare de Vancouver, m'avait d'abord évalué d'un œil désapprobateur, comme une fermière retorse.

« Trop maigre », avait-elle dit d'un ton de reproche au solennel M. Chang, le représentant de l'association Tong en habit noir, qui m'avait soulevé pour lui permettre de m'examiner. Tandis que le train sortait en haletant bruyamment de la gare, elle m'avait serré l'avant-bras et avait hurlé pour couvrir le vacarme : « Coûte trop cher pour l'engraisser.

— Je me nourris tout seul, avais-je crié à mon tour, avec l'accent de *Hoiping*. Maman me laisse manger tout seul. »

M. Chang m'avait remis par terre. J'avais saisi ma valise et essayé de m'enfuir. L'Aïeule m'avait rattrapé par le col de ma chemise. Grave, M. Chang avait posé son pied pesant sur ma valise. L'Aïeule avait penché la tête.

« Ton papa et ta maman morts », avait-elle dit en ajustant son cantonais.

Une mèche de cheveux tomba sur les yeux étroits de l'Aïeule et je pensai à la Renarde rusée contre laquelle ma mère m'avait mis en garde. La Renarde affamée, un démon, prenait plusieurs formes et déguisements pour piéger les petits enfants qu'elle allait dévorer pour son souper. Pour la Renarde, rien n'avait meilleur goût que les os croquants et la chair sucrée des petits enfants bien nourris. Mais un enfant futé pouvait rapidement démasquer la démone et se montrer plus malin qu'elle.

Le déguisement favori de la créature diabolique était celui d'une vieille dame amicale. Comme une grand-mère sans défense, m'avait dit maman, qui supplierait un jeune enfant de l'aider à traverser un cours d'eau ou lui proposerait de cueillir quelque bonbon au fond d'un grand sac. Lorsqu'un enfant était incapable de percevoir le danger, la Renarde était satisfaite et ravie, ses dents dégoulinaient de salive ; sa queue velue commençait à frétiller d'impatience et faisait onduler sa longue jupe noire. Et c'était le signe, m'avait averti maman. Cherche toujours la queue velue qui remue frénétiquement. *Regarde toujours derrière.*

La Renarde de la gare me prit la main et me fit tenir devant elle. Ses yeux se rétrécirent. J'imaginai le dos de sa robe qui bougeait d'un côté et de l'autre.

« Qui te nourrit maintenant ? » me demanda la Renarde déguisée, ses yeux brillants, exactement comme on me les avait décrits. Sa voix aurait toutefois dû être plus amicale.

Je ne répondis pas. Je lui rendis son regard pour camoufler ma peur croissante. Sa queue allait jaillir de sous sa jupe et se mettre à battre follement. Alors, toutes les personnes présentes dans la gare verraient que c'était la Renarde, une diablesse, et ils l'attaqueraient, arracheraient ses yeux luisants, la mettraient en pièces, couperaient sa queue de renard. La queue pendrait à ma valise comme un trophée.

« *Aaiiiyyyah*, le garçon est muet ! » s'exclama la Renarde.

M. Chang était totalement berné par le démon rusé. Je savais que je devais dire quelque chose.

« Maintenant, je me nourris tout seul », répétai-je à voix forte, car la Renarde fait toujours semblant d'être très sourde pour qu'on approche notre délicieuse jeune tête de ses dents tranchantes comme des lames de rasoir et qu'elle puisse nous mordre. « JE ME NOURRIS TOUT SEUL ! » vociférai-je.

La vieille, interloquée, recula. Dans la gare, des gens tournèrent leur tête pour nous regarder. Ils avaient peut-être déjà remarqué sa queue de renard. Elle laissa ma main, mais ses yeux perçants continuaient de me jauger. Personne ne s'approcha de nous.

« Comme ça, Jung-Sum pense qu'il n'a besoin de personne », dit-elle à M. Chang. Je leur jetai un regard sombre. Les lèvres de l'Aïeule remuèrent de nouveau.

« M. Chang, le garçon est bien, dit la bouche ridée. Nous le prenons. »

Je me ruai derrière la vieille dame renarde pour examiner les nombreux plis de sa jupe. Rien ne bougeait. Aucune queue velue n'apparut, rien ne remua, sauf les longs doigts de sa vieille main tendus dans son dos, offrant de prendre la mienne.

« Allons-y », ordonna M. Chang.

Je pris ma valise à deux mains et les suivis vers un taxi. Au loin, une autre sirène de train retentit tandis que sa locomotive s'éloignait en ahanant.

« Je suis ta nouvelle Poh-Poh, m'annonça la vieille dame à l'arrière de la voiture tandis que M. Chang prenait place sur la banquette avant. C'est comme ça que tu m'appelles à partir de maintenant. »

Cet après-midi-là, dans la maison de l'Aïeule, je rencontrai une petite fille au visage de lune ; elle resta derrière la longue jupe de Poh-Poh à me regarder fixement. J'étais juste un peu plus grand qu'elle, mais je savais que je pouvais la contrôler s'il le fallait. Les renardes ont des renardeaux. La fillette cramponnait la tête d'une poupée de chiffon qu'elle pointait dans ma direction, comme si la poupée était capable de voir, elle aussi.

« Jook-Liang est ta nouvelle sœur, me dit le représentant de l'association. Ta *Sai Mui*, ta petite sœur. »

Liang dormait dans une chambre avec sa grand-mère, Poh-Poh. Tout le monde parlait avec un accent différent d'une tonalité ou deux, mais je comprenais le même dialecte.

M. Chang avait une attitude positive. « Jung-Sum, me dit-il. Tu t'habitueras très vite à ta nouvelle famille. »

Les choses changent. Les choses sont comme ça, dis-je à mon être de quatre ans, et j'acceptai de ne plus être à Kamloops, mais dans la ville de l'eau salée.

L'homme et la femme qui m'avaient vu plus tôt dans le bureau de l'association Tong me sourirent nerveusement et me dirent que cette maison était aussi la leur. Cet homme et la femme mince et gracieuse à côté de lui allaient désormais s'occuper de moi, avec Poh-Poh. Je devais appeler *belle-mère* la femme à la jolie robe imprimée, et appeler l'homme *père*.

« Tu as de nouveau une famille, me dit mon nouveau père. Oublie tout le reste. »

Il tendit la main pour caresser ma tête, mais je reculai juste à temps. Le *Chef Renard*, me dis-je. Mais quand le Chef Renard, avec son front légèrement dégarni et son visage rond, se tourna pour parler avec M. Chang, je fus déçu. Il n'avait pas de queue.

M. Chang me dit que je devais bien me conduire. Je faisais désormais partie de cette maison, de ces gens. Je me rappelle que je regardai derrière eux pour voir si maman et papa allaient soudain apparaître.

« Il a fait ça à tous les endroits où nous l'avons amené, dit le représentant de l'association Tong. Cet enfant pense encore que ses parents vont revenir le chercher. Cela fait six mois.

— Qu'on le laisse regarder », ordonna l'Aïeule.

Quand belle-mère et père me firent visiter la maison, je m'agenouillai à la recherche d'ombres bougeant sous les lits. J'entrai dans les petits placards et je repoussai les vêtements suspendus aux tringles, *rien*, puis je regardai derrière de grosses commodes, *rien* ; je jetai un coup d'œil derrière les portes et dans les garde-robes, mais les visages de mes parents n'étaient nulle part.

Pour ma première nuit dans la ville de l'eau salée, on me donna un lit installé dans une petite chambre que j'allais partager avec mon nouveau frère, Kiam, qui avait presque deux fois mes quatre ans et qui me dépassait d'une tête. Belle-mère me dit que les adultes descendaient au rez-de-chaussée prendre du thé et des sucreries. Ils nous laissèrent, Kiam et moi, seuls dans la petite chambre pour ranger ce que j'avais apporté dans ma valise. Il n'y avait pas grand-chose, juste quelques sous-vêtements et chemises, deux chandails, une figurine de cow-boy censée représenter Tom Mix, et un serpent à tête d'argile. Le serpent avait un long corps en papier vert et noir plié en accordéon. Sa tête pendait au bout d'une corde attachée à un bâton de sorte qu'elle ondulait comme celle d'un vrai serpent. Elle était intacte, même si le corps en papier du serpent était passablement écrabouillé. Il y avait aussi trois paires de chaussettes, dont deux étaient trouées, et une paire de souliers trop petits pour moi.

Kiam mit tout de suite les choses au clair. « Ton côté de la chambre s'arrête ici, dit-il en me montrant une ligne qu'il avait tracée au crayon rouge sur le linoléum, sauf quand tu dois prendre tes vêtements dans cette commode près de la fenêtre. » Il me demanda si je connaissais le football anglais ou la musculation, et il me fit voir les éraflures qu'il s'était faites aux genoux en jouant au football. Comme il me trouvait trop chétif pour être *son* frère, un *vrai* frère, il décida de me rendre fort et résistant. Il aurait huit ans deux semaines plus tard, me dit-il, et il voulait que je connaisse les règles qu'il avait établies ; ne pas être une femmelette en faisait partie. Sa petite sœur Liang n'avait pas beaucoup d'importance, mais si je devais devenir un véritable deuxième frère, il fallait que je prenne du poids. Il traversa la ligne rouge et me donna un coup de poing dans l'estomac pour voir si j'étais capable de l'encaisser. Je ne sentis presque rien ; je me demandais où j'étais, comment j'y étais arrivé, où étaient maman et papa.

« Ne pleure pas, femmelette, me dit Kiam, sinon on va te jeter du viaduc Georgia et tu vas rejoindre les voyous et les morts. »

Quelques vêtements pliés dans les bras, Poh-Poh entra dans la chambre et se dirigea d'un air résolu entre Kiam et moi. Elle me tendit quelques articles qu'elle avait pris dans une petite pile.

« Mets ça et ça, dit-elle. Puis descends manger des beignets. »

Elle ordonna à Kiam d'aider petit frère, et je compris qu'elle parlait de moi. Kiam me fit lever les bras et me retira mon maillot de corps.

« Regarde », dit-il à la vieille femme. Elle regarda.

Elle ne fut pas étonnée à la vue des marques rougeâtres dans mon dos.

« Une boucle de ceinture, dit-elle. Ce soir, nous appliquons quelque chose. »

Je les repoussai et je m'habillai tout seul. Nous descendîmes et je restai assis tandis qu'ils causaient et buvaient du thé. Je bus une orangeade et mangeai trois beignets juste pour montrer à Kiam combien j'allais devenir fort.

Belle-mère avait un visage mince et de jolis yeux et, quand elle se penchait pour repousser mes cheveux en arrière, pour m'offrir un autre beignet, sa robe fleurie sentait les fleurs, elle aussi.

Kiam demanda comment je m'appelais. Tout le monde dit mon nom, *Jung-Sum*, et l'homme appelé père expliqua que cela voulait dire *loyauté*, une personne fidèle, loyale, et il prononça le mot d'une curieuse de façon, avec une intonation différente de celle que j'avais toujours entendue. Sans savoir pourquoi, je n'eus soudain plus peur d'eux ; sans savoir pourquoi, tandis que je portais à ma bouche un quatrième beignet sucré, que j'entendais mon nom sans cesse répété, je compris que j'étais chez nous. Un bébé pleura et c'était Jook-Liang, ma nouvelle sœur.

Ce premier soir-là, avant de se blottir sous les couvertures, premier frère Kiam me dit : « Reste de ton côté de la chambre. Et ne commence pas à brailler ou quoi que ce soit. »

Je levai les yeux vers le plafond éclairé par la lune, vers les fissures et les ombres projetées par le réverbère contre le store à demi baissé et les rideaux de dentelle. Je regardai le tiroir de la commode dans lequel se trouvaient mes effets, le troisième tiroir du bas. Je pensai à mon serpent écrabouillé et à mes chaussettes trouées, et à belle-mère qui les avait raccommodées ce soir-là pendant que, assis à la table de la cuisine, Kiam réparait mon serpent de papier. Poh-Poh avait la petite fille dans ses bras, elle la berçait, et père traçait d'une main experte des mots avec son pinceau, des mots qui s'étiraient sur une longue feuille de papier. Je me rappelai les dernières paroles que M. Chang m'avait dites, l'air sévère, tandis qu'il prenait des documents signés par père : « Ainsi va la vie, Jung-Sum. »

Je savais que c'était vrai, et les renards démoniaques cessèrent de m'obséder.

« Je parie que tu pleures », dit Kiam d'une voix à moitié endormie, mais il sombra bientôt dans le sommeil. De mon lit, je voyais le rectangle de lumière reflété par la lune et, dans cette lumière, je vis premier frère se tourner, je l'entendis parler, et j'enviai ses rêves.

J'enlaçai mon oreiller et pas une seule larme ne coula de mes yeux.

Je ne pleurai pas cette première nuit ni aucune autre nuit par la suite comme j'avais pleuré naguère, l'étrange matin où quelqu'un avait levé frénétiquement les stores et avait tiré sur moi pour m'arracher des bras froids de ma mère.

Je me rappelle m'être levé, étourdi, dans la lumière du matin, avoir repoussé la couverture lourde comme du plomb, je me rappelle que je titubais de sommeil, que je tripotais mon pyjama de peur d'avoir mouillé le lit. Dans la lumière bleutée de la cuisine, j'avais aperçu mon père bizarrement affalé à côté de la porte ouverte du four ; j'étais ensuite retourné dans la chambre et j'avais poussé maman, mais elle ne bougeait pas. Je l'avais appelée une fois, puis quelque chose m'avait fait comprendre que je ne devais plus parler. J'avais ajusté ma vue à la pénombre, la lumière matinale qui s'infiltrait entre les stores tirés et qui se déversait de la cuisine. Sur le matelas du lit dans lequel elle dormait, au niveau de mes yeux, maman, les yeux ouverts, regardait le plafond, son cou violacé d'une oreille à l'autre. J'avais grimpé dans le lit et soulevé ses bras raides et lourds, l'un après l'autre, je les avais mis sur moi et je m'étais lentement blotti dessous. Les deux bras de maman étaient retombés sur moi quand je les avais lâchés, et j'avais senti qu'ils étaient froids. J'avais regardé fixement le plafond et pensé qu'il fallait que je dorme… que je ferme les yeux… que je dorme…

J'avais poussé mon visage entre les bras de maman, contre son corps encore tendre et moelleux ; j'avais senti mon corps se lover contre elle ; j'étais resté très immobile. Ensuite, l'urine avait commencé à me quitter, une sensation mouillée, chaude et réconfortante, entre mes jambes. J'attendais que papa se relève du plancher de la cuisine, à moitié soûl, j'attendais qu'il vienne me battre avec sa ceinture. J'attendais que maman lui dise d'arrêter, qu'elle se tourne contre la ceinture qui s'abattait et qu'elle reçoive les coups. J'attendais.

J'étais resté très immobile, assez longtemps pour que l'urine devienne froide, pour que l'odeur âcre m'atteigne, pour que la chaleur souillée s'estompe et que le froid croissant m'engourdisse. J'étais couché là, sans bouger, depuis une heure ou deux, j'avais le pouce douloureux à force de le sucer. J'entendis tout à coup un garçon hurler : « Maman ! Maman ! » et, l'espace d'un instant, je crus que c'était ma propre voix. Puis, une autre voix cria : « Va chercher maman ! Va chercher maman ! »

Herby Chin continua d'appeler sa mère. Puis, j'entendis la porte arrière s'ouvrir enfin, des pas précipités, des voix dans la cuisine ; une chaise tomba, des rideaux furent violemment repoussés, des stores, brusquement remontés. Mme Chin prononça mon nom. Des ombres bougèrent et des corps, grands et petits, se bousculèrent dans la pièce. À la porte de la chambre, quand elle vit que je la regardais, Mme Chin hésita une seconde avant de se précipiter à mon chevet, d'écarter les oreillers et les vêtements et de s'agenouiller précautionneusement à côté de moi sur le matelas. « *N'aie pas peur… N'aie pas peur…* » Je sentis bouger la tête de maman.

Avec ses robustes mains de fermière, Mme Chin repoussa les bras rigides de maman et commença à me soulever, à m'arracher de ce lieu sombre entre les seins de maman. L'humidité adhérait à mes jambes. Des draps mouillés s'éloignaient de moi.

Je fus enfin porté à l'écart, porté dans l'air frais de la fin de l'avant-midi jusqu'à la cabane chauffée des Chin. Mme Chin me répéta de ne pas avoir peur, m'installa sur une grande chaise parmi ses quatre enfants assis autour de la table. Leurs petits visages me rendaient l'image de mon propre regard vide.

« À présent, nous prenons un peu de *jook* », dit Mme Chin en faisant tout son possible pour se montrer calme. Et elle posa un bol de gruau devant moi.

On me dit par la suite que j'avais mangé, que j'étais resté silencieux. Je me souviens d'avoir entendu la sirène d'une voiture de police et que Mme Chin se frottait furieusement les mains pour les nettoyer. Et quand le soir tomba, M. Chin s'assit à côté de moi et nous raconta, à ses quatre enfants et à moi, une histoire de l'ancienne Chine. Il y avait plusieurs mots que je ne comprenais pas, des expressions dont le sens était énigmatique. Dans la lumière de la lampe à kérosène, il récita de la poésie et chanta de vieilles chansons, et il frappa de la main sur sa salopette jusqu'à ce que la poussière de sa journée de travail se dépose sur nous tous. Je me souviens de la joie et de l'excitation que je ressentis en écoutant ses histoires, et de mon cœur qui se mit à battre plus vite quand il me demanda ce qui me ferait plaisir.

« Racontez une autre histoire ! » répondis-je, et brusquement je sus que je n'entendrais plus jamais une autre voix, la voix de maman avec son accent de *Hoiping*, me dire : « *Il était une fois... dans l'ancienne Chine...* »

Mme Chin servit une tarte qu'une voisine avait apportée. La tarte, fumante, venait de sortir du four, elle sentait les pommes et la cannelle. C'était une dame blanche, Mme Lawrence, qui l'avait confectionnée. Elle avait les cheveux blancs, portait des lunettes et son visage exprimait la bonté. Sa tête apparut à la porte, et elle demanda : « Comment va le petit garçon ?

— Bien, répondit Mme Chin. Jung garçon fort. Jamais pleurer. »

Une semaine plus tard, on me trimbala d'une maison étrangère à l'autre. Je passais un mois ou deux dans un endroit, quelques semaines dans un autre ; pour finir, on m'amena en train jusqu'à *Hahm-sui-fauh*, la Ville de l'eau salée. Un Chinois qui portait des lunettes aux verres épais, un col romain, ne cessait de me répéter : « Inutile de pleurer. Les grands garçons n'ont pas besoin de pleurer. »

Kiam m'apprit que *Hahm-sui-fauh* était le nom chinois de Vancouver, parce que la ville était construite à côté de l'eau salée de l'océan Pacifique. Jusque-là, j'avais cru que c'était le lieu où aboutissaient toutes les larmes salées pour former l'océan, comme ma mère me l'avait dit un jour qu'elle me racontait la venue de son propre père à Vancouver. Et je me dis alors : le monde est ainsi fait. J'avais l'impression que je n'aurais plus jamais besoin de pleurer. Plus jamais.

Désormais, belle-mère me prenait dans ses bras quand j'étais incapable de m'endormir, mais ce n'était pas pareil, et je commençai à la repousser.

L'Aïeule disait : « Laisse le garçon tranquille », et elle m'écartait de belle-mère. « Descends, m'ordonnait-elle. Premier frère attend. »

J'étais chargé d'aider Kiam à allumer le poêle le matin en frappant sur le seau de bran de scie. Je l'aidais à verser des louches d'eau dans un gros récipient qui restait au chaud sur le poêle pour les besoins de la journée en hiver. On m'avait donné des livres d'images pour apprendre à lire avec Liang. J'étais censé apprendre plus rapidement parce que j'avais deux ans de plus qu'elle. Poh-Poh me montra comment m'habiller tout seul ; belle-mère m'enseigna à faire mon lit ; père m'emmenait dans Chinatown ; il était fier de son nouveau fils et me tapotait la tête. Premier frère Kiam veillait sur moi au terrain de jeu et il avertit les autres enfants de ne pas jouer au plus fin avec moi. Les gens me donnaient des sous porte-bonheur, des bonbons et des jouets. Des femmes au visage poudré et aux lèvres rouges m'embrassaient, me pinçaient les joues et retournaient à leur mah-jong. Je ne faisais pas toujours mes tâches, je ne lisais pas tous les livres, car il y avait tellement d'autres choses à découvrir. Vancouver était plus grand que tout ce que j'avais vu auparavant. Il y avait d'innombrables rues avec des maisons, des magasins et des endroits pour jouer.

Un jour, je reçus une nouvelle caisse de vêtements d'occasion. Tout avait l'air trop grand pour moi de deux ou trois tailles.

« Peux-tu te nourrir tout seul maintenant ? me demanda Poh-Poh.

— Toujours, répondis-je, me demandant encore où était sa queue frétillante.

— Bien, dit-elle en me lançant un des chandails usagés. Nourris-toi jusqu'à ce que ça te fasse... Jung-Sum, ajouta-t-elle en me faisant un clin d'œil, as-tu encore peur d'être dévoré par la vieille renarde ? »

Après quelque temps, le chandail me fit. Le temps passait, comme l'avait prédit le représentant de l'association Tong. J'étais chez moi.

À cause de la Dépression, l'homme que j'appelais désormais père était obligé d'occuper plusieurs emplois pour que tout le monde à la maison mange à sa faim. Je ne fus jamais traité différemment de premier frère Kiam ou d'unique sœur Liang. Mais quand Sekky vint au monde, il était de constitution maladive et Poh-Poh dut lui consacrer presque toute son attention. Cela nous était égal à Kiam, à Liang et à moi ; en fait, notre vie s'en trouva facilitée, car Poh-Poh cessa de vouloir corriger nos défauts, de nous rebattre les oreilles avec ses vieux dictons. Étant très jeune, Liang exigeait un peu d'attention de temps à autre.

Père et belle-mère répartissaient équitablement entre nous les vêtements d'occasion ou les objets récupérés ou donnés par l'association Tong. De même, la mission anglicane chinoise de Vancouver nous donnait des livres invendus et des piles de magazines que nous parcourions avant qu'ils soient attachés pour la récupération du papier.

Au cours des mois qui suivirent mon arrivée, j'oubliai presque mes propres mère et père, même dans mes rêves. Au fil des ans, ils se fondirent dans les ténèbres pendant la nuit ; les jours de soleil, ils n'étaient plus que des ombres.

Ce fut enfin le jour de mon douzième anniversaire, et j'allai le célébrer avec des amis comme Bobby Steinberg et deux garçons du club de boxe du gymnase de la rue Hastings.

J'avais découvert Joe Louis, j'avais lu tout ce qui le concernait, et j'avais commencé à boxer. Un jour, après la répétition de la danse du lion exécutée par Kiam au Club sportif des étudiants chinois, Frank Yuen nous avait emmenés, mon frère et moi, au gymnase de la rue Hastings. J'avais aussitôt aimé le son assourdi, le mouvement flou du sac de sable qu'on martelait.

Ce jour-là, un Nègre efflanqué se propulsait contre le sac de sable, ses pieds bondissaient au rythme de ses poings rapides comme l'éclair. Il s'aperçut que je le regardais, presque hypnotisé.

« T'as envie d'essayer, petit Chinois ? » me demanda-t-il, à bout de souffle. Puis, il s'arrêta. Dans la lumière crue du gymnase Hastings, le Noir prit la serviette qu'il avait autour du cou et essuya les gouttelettes argentées sur son front ; il rit et plaisanta en retirant ses gants. Il en examina une paire plus petite sur un support, les tint à côté de mes mains et me les enfila.

Frank lui envoya la main en l'appelant Max et lui dit d'y aller mollo avec moi. Max rit encore plus fort. Il me plut.

Au gymnase Hastings, les gars utilisaient tout l'équipement à tour de rôle et quelques-uns, comme Max, s'étaient de leur propre chef mis à enseigner aux plus jeunes comment positionner leurs poings, projeter ou feinter un coup, comment se retirer et s'élancer en avant, comment boxer à vide.

« Comme ça », me disait Max au cours des semaines qui suivirent, en me montrant comment faire. Frank et Kiam étaient ravis. Quelqu'un d'autre s'occupait de moi pendant que, assis sur le banc à attendre que ce soit le tour de leur catégorie ou autre chose, ils parlaient et se disaient qu'ils aimeraient tant s'enrôler dans une armée.

Max nous prit, mon ami Bobby Steinberg et moi, sous son aile et il nous montra comment encaisser un coup, absorber le choc. Il m'enseigna à respirer au rythme du mouvement de mes bras. « Tu vois, petit, disait Max, les muscles de tes bras font travailler les muscles de tes côtes. Montre-lui, Bobby. »

Bobby Steinberg arrivait à faire certaines choses plus vite que moi, mais il dut bientôt se contenter de rôder aux alentours du gym. Ses parents ne voulaient pas le voir se battre.

Je m'inscrivis dans la section junior et payai mes quinze cents par semaine pour suivre un cours avec un des entraîneurs. À mes yeux, Max était le meilleur. J'appris allègrement à jurer, à donner des coups de pied quand il le fallait, à rendre toute la merde que je n'avais pas envie de prendre.

Le jour de mon douzième anniversaire, Frank Yuen m'acheta un billet pour aller voir trois combats à l'Exhibition Park avec lui. Max allait boxer. Tandis que je cherchais le nom de Joe Louis sur le billet, Frank jeta sur mes épaules le manteau de son père et me leva le poing dans les airs comme si j'étais le champion du monde. Joe Louis n'a évidemment jamais combattu à Vancouver, mais, s'il l'avait fait, il aurait sûrement porté un manteau comme celui que Frank me donna.

Frank me dit que ce manteau gris fer avait coûté à son père, le vieux Yuen, trois nuits d'affilée de chance aux cartes ; autrement, il aurait coûté à n'importe quel Chinois plus de trois mois de salaire. Pendant la Dépression et les premières années de la guerre, on ne pouvait acheter ce genre de manteau de coupe classique que dans un des magasins de vêtements pour hommes de la rue Granville ; là, un vendeur en complet noir reniflait quand un Chinois demandait ce qu'il y avait de mieux, le *bessee*, en sortant fièrement de sa poche une épaisse liasse de billets de banque. Cet argent, il l'avait gagné honnêtement à la sueur de son front dans un chantier, ou bien il l'avait gagné aux cartes ou en misant sur un outsider à l'hippodrome Hastings. Il suffisait pourtant à envoyer le vendeur dans l'entrepôt chercher son meilleur matériel.

Je suppliai belle-mère de lui donner l'aspect d'un manteau de l'armée ou de la marine.

Père m'offrit un ensemble de boutons de cuivre d'apparence militaire. Belle-mère lava le manteau deux fois pour le débarrasser de l'odeur de tabac rance laissée par le vieux Yuen. Pour faire sécher le lourd vêtement dégoulinant d'eau, elle le laissa suspendu pendant deux jours sur la corde à linge à l'arrière de la maison.

Par la suite, après avoir étudié les photos de militaires que j'avais découpées dans de vieux exemplaires du *Liberty* et du *Life*, belle-mère remonta deux pouces des manches ; Poh-Poh enleva quelques pouces du bas et, armée de ciseaux de boucher bien affûtés, Mme Lim rétrécit les deux panneaux arrière. Puis, pendant une semaine, belle-mère passa toutes ses soirées chez notre voisine, Mme Chin, à actionner la pédale et à tourner la roue d'une machine à coudre.

Pour compenser l'utilisation de la Singer, Kiam et moi transportâmes le chargement de bûches et de petit bois d'allumage au sommet de la butte de sa cour et empilâmes le bois dans sa remise. Le bois avait été abandonné en tas après que le chauffeur enturbanné, à la peau basanée, eut promis à Mme Chin de l'empiler pour elle ; au lieu de cela, il avait pris son argent, déchargé le bois et il était parti. Ce rituel se répétait tous les ans : Mme Chin agitait son poing et le camion de celui qui lui avait vendu le bois disparaissait avec son chauffeur qui riait en lui envoyant la main : adieu, imbécile. Entre-temps, belle-mère faisait fonctionner la Singer sous la direction de Mme Chin. Six jours plus tard, un samedi, les différentes parties du vêtement étaient de nouveau assemblées.

Tout le monde m'entoura lorsque j'essayai le manteau devant le miroir de l'entrée, même Kiam, qui se demandait si cela valait tout ce transport et cet empilage de bois.

« Bien, bien », dit Mme Chin.

Déboutonné, non ajusté, le vêtement pendait lamentablement sur mes épaules. Je ne ressemblais en rien à un champion ou à un capitaine de l'armée.

Avant que mon visage n'ait eu le temps d'exprimer ma déception, belle-mère me regarda, l'air sévère, et me dit : « Pas encore fini. Nous allons chez Gee Sook avec grand-mère. »

Gee Sook était un célibataire, tailleur et unique propriétaire d'une entreprise de nettoyage à sec, la boutique American Steam Cleaners, à l'angle des rues Pender et Gore. On avait beau le presser de se marier et d'avoir de nombreux fils, il affirmait ne pas avoir les moyens de commander une femme par la poste. Comment, à cinquante-cinq ans, pouvait-il penser avoir des fils et les voir grandir ? demandait-il. Gee Sook paraissait des années plus jeune, mais tout le monde disait que c'était dû à la vapeur.

Si le mariage ne faisait pas partie de ses projets, Gee Sook ne semblait ni amer ni jaloux de ceux qui avaient des enfants, comme certains célibataires l'étaient parfois. Il offrait généreusement ses services, nettoyait ou taillait au plus bas prix les vêtements des familles démunies, comme la nôtre, toujours à tirer le meilleur parti de vieux habits.

« Je fais comme neuf », disait-il en cantonnais, même aux Blancs qui faisaient affaire avec lui.

Poh-Poh s'arrêtait souvent dans l'arrière-boutique, juste pour se reposer au milieu de ses tournées quotidiennes dans Chinatown, pour s'asseoir, pour potiner. D'autres femmes âgées venaient aussi faire leur tour. À l'occasion, elles aidaient Gee Sook à reprendre une broderie ou à coudre des boutons. Elles buvaient le thé qu'il tenait toute la journée au chaud dans une théière recouverte d'une étoffe matelassée. Elles suppliaient Gee Sook de chanter de vieilles chansons villageoises connues et le regardaient dégouliner de sueur au-dessus de son fer à vapeur. Quand Liang et moi étions plus jeunes, l'Aïeule nous emmenait souvent avec elle pour nous montrer combien Gee Sook devait trimer dur pour gagner sa vie. À nos yeux, pourtant, Gee Sook se la coulait plutôt douce. Il chantait des chansons chinoises et des chansons anglaises, comme *chick-a-ree-chick, cha-lah, cha-lah,* et repassait des vestons et des complets pendant que, dans l'arrière-boutique, deux ou trois dames âgées ravaudaient, cousaient ou faisaient allègrement des ourlets.

« Quel gaspillage ! vociférait Poh-Poh en cantonais à propos de l'équipement et des chansons joyeuses de Gee Sook. Vous devriez acheter des papiers, des *gai gee*, et envoyer chercher une épouse.

— Épousez-moi, répondait Gee Sook en chantant, essuyant la buée dans ses lunettes. Je vous le demande pour la dixième fois… Épousez-moi

— Attention, s'esclaffait Poh-Poh. Je dis oui et je vous saigne à blanc ! »

La raison pour laquelle Gee Sook ne s'était jamais marié était parfois un sujet de conversation autour des tables de mahjong des dames, mais, pour dire vrai, bien des hommes n'osaient pas se marier. Ils craignaient de ne jamais avoir suffisamment d'argent pour nourrir une bouche de plus, de ne jamais avoir un emploi stable pour payer régulièrement un loyer, jamais assez de travail décent pour donner à manger aux enfants qui viendraient dans le processus.

« Vos ancêtres doivent être furieux, lui déclara un jour Mabel Tam. La loi naturelle veut que tous les hommes se marient ! »

Gee Sook adressa un clin d'œil à Poh-Poh et fit payer à Mabel Tam deux fois le tarif normal pour le nettoyage de ses vêtements.

« Si je me marie, répondit-il à Mabel, alors je double mes tarifs. Merci. »

Gee Sook n'était toutefois aucunement égoïste, comme certains hommes célibataires qui vivaient au grand jour avec des femmes blanches ou autochtones bruyantes et désordonnées, qui buvaient, qui jouaient et qui erraient dans les rues, cherchant les ennuis.

« Sang mêlé, problèmes mêlés », disaient à leurs enfants de nombreuses Chinoises, citant un vieux dicton.

Il y avait des exceptions, bien sûr. Il y avait Yip Gong et sa femme, Nellie, une Blanche qui avait été élevée tant en Chine qu'aux États-Unis, qui avait vécu à New York et qui parlait couramment cinq dialectes chinois, mieux même que ceux qui avaient grandi dans cette langue. Avec l'accent parfait et infaillible des différents districts, Mme Nellie Yip apostrophait tout Chinois assez audacieux pour se mettre en travers de son chemin ou tenter de montrer autant d'esprit qu'elle. Comme Poh-Poh, elle pouvait entremêler une variété de dialectes — petit-nègre, officiel ou informel — et débiter une centaine de maximes, suffisamment pour clouer le bec à quiconque, paysan ou mandarin, aurait été tenté de riposter. Elle était une légende, mais combien de Chinois pouvaient trouver une légende à marier ?

Nellie Yip était également l'une des sages-femmes les plus dignes de confiance quand il s'agissait de présider à la naissance des bébés de Chinatown. Quand — peu de temps après que Dai Kew eut réclamé sa tortue — belle-mère finit par perdre le bébé de sa troisième grossesse, grand-mère affirma qu'on avait fait le mieux possible pour elle, surtout que Mme Yip, accordant une faveur spéciale à père, avait procédé à l'accouchement. Poh-Poh disait que Nellie Yip connaissait les traditions médicales blanches autant que celles de l'ancienne Chine, mais qu'elle était surtout chinoise de cœur, et c'était tout ce qui importait. Père et la vieille Mme Lim, notre voisine, partageaient son avis.

« Si madame Yip ne peut sauver le bébé, dit plus tard Mme Lim, alors personne ne le peut. »

Après le dénouement de cette grossesse malheureuse, belle-mère parut accepter ce que cela signifiait, et elle fut soulagée.

Les fausses couches et les naissances d'enfants mort-nés n'étaient pas rares à cette époque, et personne ne s'était attendu à un accouchement simple si peu de temps après la naissance de Sekky. D'ailleurs, comme le souligna la plus prosaïque des dames du mah-jong : « Comment son homme pourrait-il nourrir une bouche de plus ? »

Le bébé mort s'était étranglé avec le cordon ombilical. Belle-mère voulut savoir si c'était un garçon ou une fille. Le bébé mort était dans un seau au pied du lit, un seau de fer-blanc recouvert d'un drap plié.

« Un garçon », dit Mme Yip. Ensuite, elle épongea délicatement le front ruisselant de belle-mère et tendit le linge à Poh-Poh. Mme Yip se lava, dit au revoir à chacun de nous et alla chercher un médecin pour signer le certificat de décès de l'enfant.

Poh-Poh vint à la porte et m'emmena au chevet de belle-mère.

« C'est pour ça qu'on nous a donné Jung-Sum », dit-elle. Elle prit ma main, la tint entre les siennes et s'assura que tout le monde faisait attention à moi. Belle-mère me dit de m'approcher et elle me serra dans ses bras. Elle sentait le baume de tigre et la sueur, et ses cheveux emmêlés adhéraient à son front. Liang se pressa contre elle et belle-mère l'enlaça elle aussi. Kiam et père, qui tenait Sekky endormi dans ses bras, et grand-mère, observaient la scène.

Kiam, Liang et moi étions entrés en trébuchant dans la chambre de nos parents et nous avions vu et entendu presque tout ce qui s'était passé pendant la dernière demi-heure de l'accouchement. C'est-à-dire ce que nous pouvions distinguer depuis la porte. Nous savions que nous ne devions pas déranger, mais les faits entourant la naissance et la mort n'étaient pas des secrets pour les enfants. La naissance et la mort faisaient partie de la vie. Sept ans après la mort d'un proche, la famille se rendait au cimetière pour assister à l'exhumation du corps, voir les os délicatement lavés et préparés, puis emballés par les « hommes des os » qui fredonnaient des bénédictions en travaillant. Ces os devaient être retournés en Chine, tel que cela avait été promis.

Kiam resta sans broncher à l'entrée de la chambre, observant la scène d'un œil impassible. Kiam était le *premier fils*, m'avait expliqué Poh-Poh, né de la première épouse qui était morte durant la famine quand il n'avait que trois ans. « Une dure époque, avait ajouté l'Aïeule. Rien à manger, pas même assez d'eau à boire. » Elle s'occupait peu de Kiam et passait tout son temps avec Liang, moi et, surtout, avec Sekky.

Depuis que Kiam était arrivé au Canada, troisième oncle lui répétait que, à titre de premier fils, il devait se comporter davantage en homme qu'en enfant. Père était du même avis et, avec troisième oncle, il lui enseigna autant que faire se peut à avoir une conduite responsable. Bien entendu, Kiam devait rester à l'écart de la sphère d'influence des femmes. Kiam appartenait de plus en plus à père, à troisième oncle, aux hommes de Chinatown qui connaissaient la valeur d'un premier fils bien formé, aux bonnes manières. À dix ans, il effectuait déjà de menus travaux à l'entrepôt de troisième oncle ; il s'était de même montré intéressé à collaborer au travail délicat consistant à inscrire des chiffres sur de longues feuilles de papier où des colonnes étaient imprimées. Kiam faisait la fierté de père.

Debout, grand et calme, à la porte de la chambre, Kiam imaginait peut-être comment, au contraire, le jour de sa propre naissance avait dû être un jour heureux là-bas, dans l'ancienne Chine. *C'est un garçon !* avait presque chuchoté Poh-Poh quand Kiam s'était frayé un chemin hors de première épouse.

L'Aïeule nous avait raconté cette histoire maintes et maintes fois, elle nous avait répété comment, sans exprimer sa joie, elle avait emmailloté le nourrisson trempé et avait à peine chuchoté son nom de naissance dans sa minuscule oreille.

« Pourquoi avez-vous chuchoté ? demanda Liang.

— Pour que les dieux ne remarquent rien et ne soient pas jaloux, répondit Poh-Poh. Kiam était parfaitement constitué, fort et braillard. J'ai donc secoué tristement ma tête, comme si c'était le contraire

— Que se serait-il passé si vous n'aviez pas fait ça ? demandai-je à mon tour.

— Eh bien, répondit l'Aïeule, les dieux jaloux auraient frappé le bébé à mort. »

Dans la Chine ancienne, la naissance d'un garçon était immédiatement annoncée depuis le lit jusqu'au seuil de la porte où une bande de villageois étaient rassemblés. Le père était félicité, les noms des ancêtres prononcés l'un après l'autre.

Selon la tradition chinoise, lorsqu'un bébé avait survécu un mois, on lui rasait symboliquement la tête et on pouvait alors prononcer son nom. Les choses se passèrent ainsi pour Kiam. Chaque fois que Poh-Poh nous racontait cette histoire et que premier frère se trouvait dans les parages, il prenait un air indifférent. Kiam n'écoutait que d'une oreille, quand il les écoutait, les histoires de grand-mère. Il devait suivre les traces de notre père et apprendre des choses sensées, des choses d'adulte, que lui enseignaient père et troisième oncle. Kiam passait plus de temps avec les hommes, et Liang, Sekky et moi, plus de temps avec belle-mère et grand-mère. Il était le premier fils.

Le lendemain, Gee Sook, Mme Lim et Poh-Poh se rendirent au temple de l'association Tong pour allumer des bâtons d'encens et prier pour le bébé garçon décédé. Avec Liang, je fis flamber des images en papier représentant des dieux puissants et nous brûlâmes des feuilles de papier doré et argenté et de petits jouets de papier que Mme Lim et Gee Sook avaient pliés la veille au soir. Rien de tout cela n'était nécessaire, car le bébé sans nom n'avait jamais respiré, mais Poh-Poh insista, et cela réconforta belle-mère. Le Père Chan nous rejoignit ensuite et lut un extrait de sa Bible pour nous consoler. Une semaine plus tard, Liang simula l'enterrement d'une de ses poupées ; Sekky l'embrassa et aida Liang à l'enterrer dans notre cour.

Poh-Poh alla chez l'herboriste où elle échangea un des bracelets de jade que Sekky avait reçus à sa naissance contre de précieuses et rares racines de ginseng coréen et un petit paquet de mystérieuse poudre noire.

Père passa la journée avec belle-mère à lui faire prendre des cuillerées d'un potage concocté à partir de ginseng, de zeste d'orange séché, de cristaux de sucre, de gingembre frais écrasé et de cette poudre noire « bonne pour seulement les femmes », comme disait Poh-Poh. Mme Lim tint à y ajouter un demi-cachet d'aspirine.

Belle-mère demanda ce qu'on ferait du bébé. Père répondit qu'il serait enterré ce jour-là dans un terrain anonyme, et que Gee Sook avait fabriqué un linceul dans une soie spéciale, parfaitement cousu et repassé, pour l'enfant mort-né. Il montra le petit vêtement à belle-mère qui approuva d'un signe de tête, et père serra la main de Gee Sook, s'inclina et le remercia.

Désintéressé, Gee Sook offrait ainsi ses services de nettoyage et de couture, donnait de nombreuses heures aux personnes qui recueillaient des fonds pour la Chine libre ; après sa journée de travail, il consacrait d'autres heures à lire les lettres que les illettrés recevaient de Chine et à écrire celles qu'ils y envoyaient. C'était pour cela que les vieillards disaient de lui : « Cet homme vit déjà au ciel. »

Et Gee Sook appréciait tellement la compagnie des enfants des autres dans sa boutique que Liang et moi trouvions tout naturel de visiter son royaume.

Liang et moi aimions respirer l'odeur des produits de nettoyage à laquelle se mêlait celle des rouleaux de tissu et des sacs de matériel qui traînaient un peu partout dans la boutique de Gee Sook, et nous nous amusions à regarder les longs jets de vapeur monter dans les airs lorsque nous lancions des chiffons de la taille d'un mouchoir sur l'appareil et qu'ils s'élevaient comme des cerfs-volants devant la grande fenêtre panoramique. Nous restions parfois assis, hypnotisés, à regarder le feu allumé dans un anneau sous le chauffe-eau dans un coin de la pièce. Gee Sook pouvait faire danser les flammes qui montaient et descendaient, sifflaient selon son bon plaisir.

Âgés respectivement de six et de huit ans, Liang et moi nous hissions sur un tabouret et une chaise d'osier pour aider Gee Sook à ranger les paquets de linge propre sur les étagères en attendant que les clients viennent les réclamer. Nous apprenions ainsi l'ordre des chiffres. Au même âge, Kiam avait aimé, lui aussi, faire ce travail. Gee Sook nous offrait des friandises — fruits secs, pruneaux collants, gingembre confit, morceaux de couenne de porc croustillants, beignets dodus farcis de confiture de haricots rouges —, ou bien une bouteille d'Orange Crush que nous partagions, Liang et moi.

Quand nous fûmes trop vieux pour rester avec Poh-Poh, ce fut au tour de Sekky de la suivre dans ses tournées même si, en vieillissant, elle se mit aussi à rôder dans les ruelles. Et quand je retournai ce jour-là à la boutique American Cleaners pour faire ajuster mon manteau « neuf », je me sentis à l'aise, comme si je pouvais de nouveau lancer des bouts de tissu sur les jets de vapeur et les regarder retomber en flottant sur le sol.

Mais j'avais désormais douze ans, j'étais trop grand pour me faire tapoter la tête par Gee Sook. Lorsqu'il me salua joyeusement, je répondis en lui serrant la main et j'attendis patiemment pendant qu'il examinait d'un œil d'expert l'intérieur du manteau doublé de coton sergé teint en bleu marine, qui, selon Poh-Poh, était ce qu'il y avait de plus résistant.

« Bon travail », dit le tailleur, et il jeta vivement le manteau sur mes épaules, le brossa pour le débarrasser des fils superflus. Pour finir, Gee Sook mit le vêtement sur la massive presse à vapeur qu'il actionna avec un large pédalier ; il se mit à soulever et à abaisser un panneau d'acier, le baissant d'un bras tandis qu'il essuyait de l'autre main la buée dans ses lunettes à monture métallique.

De gros jets de vapeur pénétrèrent chaque fibre du manteau. La machine sifflait et chantait ; les flammes dansaient, bleues et rouges, dans un anneau sous le chauffe-eau. Le mélange de produits chimiques et de vapeur fit raidir le lainage et lui donna l'aspect du neuf. Les boutons de cuivre brillaient dans la lumière du soleil qui entrait par la fenêtre du magasin. Gee Sook fit passer la vapeur dans le dernier panneau, puis, d'un geste majestueux, il retira de sa machine le manteau désormais parfaitement repassé. Tout le monde recula dans l'étroit espace de travail de la boutique.

Gee Sook drapa lentement le manteau sur moi.

« Jung ressemble au jeune generalissimo Chiang Kaishek, dit Mme Lim en applaudissant. Nous devrions prendre une photo.

— C'est un manteau d'homme, commenta Gee Sook d'un ton grandiloquent. Vous autres, les femmes, reculez. »

Je sentis une intense chaleur étreindre mes épaules, puis se lover dans mon dos et retomber sur ma poitrine. J'avais l'impression d'être un jeune guerrier recevant son armure étincelante, un manteau gris acier né du feu et de la vapeur.

Le manteau avait l'odeur et la fermeté d'un vêtement neuf. J'aurais voulu que Frank Yuen me voie. Belle-mère sourit devant son œuvre, heureuse de me voir si fier. On ne distinguait qu'une toute petite tache sur une manche. Je compris que, pour belle-mère, c'était un défaut porte-bonheur. Ainsi, les dieux ne seraient pas jaloux et ne viendraient plus lui enlever ses fils, biologiques ou adoptés.

Quand je poussai mes bras dans les manches chaudes, le manteau réincarné retomba sur mes épaules maigres avec une précision militaire. Je me sentis rougir de plaisir.

« Oui, oui, dit Gee Sook. Regardez comme Jung ressemble à un homme aujourd'hui.

« Maintenant, ceci », dit Poh-Poh.

Il restait encore une tâche à accomplir : grand-mère clopina jusqu'à Gee Sook pour lui tendre l'étiquette originale qu'il devait recoudre sur le manteau.

« Ici, à l'intérieur », dit-elle.

Poh-Poh avait conservé l'étiquette portant les mots *Genuine British.* Cousue sur l'ancienne doublure de satin, elle mesurait trois pouces et on y voyait un ancien voilier, ses voiles déployées, sur une mer agitée. C'était toujours cette étiquette que je regardais quand le vieux Yuen nous rendait visite et que je suspendais le manteau. Poh-Poh l'avait remarqué.

Poh-Poh dit qu'autrefois, avant que les bateaux ne fussent poussés par le souffle des dragons de vapeur — c'est-à-dire avant que tous les bateaux ne s'appellent *Empress* —, les premiers Chinois étaient venus à la Montagne d'or entassés dans la cale puante de vieux rafiots semblables à cet antique voilier.

« Le voyage prenait trois mois de mal de mer, dit Gee Sook. Les anciens en parlent encore.

— Plusieurs meurent, ajouta Mme Lim. Meurent comme poissons ou cochons au marché.

— Mais toi, Jung-Sum, me dit l'Aïeule, tu viens sur un paquebot, bien après les jours de vent. »

Une fois de plus, Poh-Poh raconta l'histoire à tout le monde : j'étais déjà dans le ventre de ma première mère quand elle s'était embarquée sur un bateau et était venue rejoindre mon premier père à Victoria. « Jung-Sum né dans une ville de Colombie-Britannique. La famille déménage à Kamloops. *Aaaiiyah*, il y a trop d'années ! Je meurs bientôt ! »

Une fois de plus, tout le monde hocha la tête.

D'aussi loin que remontaient mes souvenirs, Poh-Poh prétendait toujours qu'elle allait mourir bientôt, afin que, trompés par cette affirmation, les dieux ne perdent pas leur temps et lui accordent une journée de plus.

« Vous vivez jusqu'à cent ans ! dit Mme Lim, qui avait des dizaines d'années de moins. Je meurs la première ! » se hâta-t-elle d'ajouter.

Les histoires familières, les expressions familières réconfortaient les vieillards de Chinatown.

« Comment étaient ma mère et mon père ? demandai-je.

— Comme tout le monde, répondit Poh-Poh qui tourna autour de moi pour retirer des épingles de deux pouces que

Gee Sook avait mises avant le pressage. C'est mieux d'oublier. Regardez. »

Tout le monde recula. Le miroir plein pied de Gee Sook m'encadrait à merveille. Je me sentis renaître.

« Pas trop laid », dit Poh-Poh.

Je retournai fièrement à la maison, m'arrêtant de temps en temps pour permettre aux autres de me rattraper. Je voulais me voir dans le miroir de notre maison, dans l'éclairage familier.

Six

Je me regardai dans le miroir de l'entrée. L'épais manteau avait désormais un an de plus ; j'avais treize ans, j'avais engraissé de quinze livres, car je prenais du poids pour pouvoir boxer dans une catégorie supérieure au gymnase Hastings. Un petit bandage couvrait l'entaille que j'avais au-dessus de l'œil gauche, causée par un gant mal lacé au cours d'un crochet supérieur gauche que j'avais esquivé de justesse. Max me dit que j'aurais pu perdre un œil. Ce bandage me plaisait. Joe Louis en avait un identique sur la photo que j'avais vue dans le journal *Province* ce matin-là.

Je me tournai pour m'assurer que la pièce que belle-mère avait fixée sur l'épaule n'était pas trop visible. On la voyait à peine, à moins de savoir ce qu'il fallait chercher. Le manteau du vieux Yuen m'allait à merveille. Les boutons gravés en cuivre ne bougeaient presque pas.

« Vois ? dit l'Aïeule dans son jargon anglais. Toujours comme neuf et fait parfaitement bon.

— Dis au vieux Yuen que l'association Tong prévoit le faire déménager de l'hôtel la semaine prochaine », ajouta belle-mère.

La porte se referma derrière moi. Je devais me rendre en vitesse à la pension du vieux Yuen et prendre l'argent du loyer pour l'association Tong.

Ce dimanche après-midi-là, j'aurais préféré rester à la maison pour écouter *The Shadow* avec Orson Welles et Lamont Cranston ; mais je savais ce que père avait voulu dire quand, baissant le ton, exactement comme Lamont Cranston, il avait ajouté : « *avant qu'il ne soit trop tard* ». Quelqu'un devait aller chercher l'argent du loyer avant que le vieux Yuen n'aille le boire ou le perdre au jeu.

La malchance du vieux Yuen était légendaire. À Chinatown, on parlait encore de cette fois où il avait brûlé sept numéros gagnants sur un billet de loterie avec son bâton d'encens ; c'était un jour de « mauvaise eau », un jour où les *fung-suih*, les énergies eau-vent, étaient en disharmonie. Il avait appris que l'homme des chiffres avait été tué par un cheval qui s'était échappé avec un chariot de glace. Quand la police et l'ambulance étaient finalement arrivées sur les lieux, le chariot dégoulinait — « Oh ! des eaux tellement mauvaises ! » avait gémi Mme Lim en apprenant que l'eau avait détrempé les billets de loterie que le messager tenait encore serrés entre ses mains. La police avait saisi le paquet illégal détrempé à titre de preuve du délit. Comment le vieux Yuen aurait-il osé aller réclamer son billet au poste de police, et qu'aurait-il pu réclamer ? En fondant, la glace avait transformé les minces billets en une pulpe illisible. Une telle malchance — après les avoir fidèlement joués pendant des années, tous les numéros avaient fini par sortir.

Ces numéros particuliers, la femme du vieux Yuen les avait vus en rêve, bien longtemps avant de donner le jour à leur fils unique, Frank. Mme Yuen avait raconté à belle-mère qu'un esprit lui avait révélé les chiffres. Le vieux Yuen les avait joués fidèlement pendant un an, mais il en sortait trop peu pour qu'il gagne quoi que ce soit. Il rentrait chez lui et battait Mme Yuen et elle ne pleurait pas. Il continuait néanmoins de les jouer, et de battre sa femme tant qu'il le voulait. Cela le rendait furieux de voir qu'elle ne pleurait pas, qu'elle se contentait de geindre en s'éloignant de lui.

« Dommage qu'elle ne pleure pas, dit Poh-Poh à son amie Mme Lim, la commère.

— Dommage ? » Mme Lim était perplexe.

Kiam dit qu'il pensait que Poh-Poh était folle. Après tout, si Mme Yuen pleurait, elle serait affaiblie.

« Oui, oui, approuva Mme Lim. Son chien de mari, cet imbécile malchanceux, la battrait encore plus.

— Pourquoi devrait-elle pleurer ? demanda Kiam, alors qu'il savait qu'il était censé faire semblant de n'avoir rien entendu.

— Les larmes… dit Poh-Poh, s'adressant à Mme Lim, comme si c'était elle qui avait posé la question,… nous sauvent de la damnation. »

C'était une autre des vieilles maximes de Poh-Poh ; elle et les gens de sa génération connaissaient une foule d'anciens proverbes. Dai Bak, l'épicier, et Mme Lim étaient toujours en train d'échanger des dictons avec elle. Père les connaissait, mais il voulait être plus moderne.

« De la vieille poésie », répondit-il lorsque Kiam le questionna à propos des larmes. Il y avait une légende ancienne entourant ce dicton, mais père était incapable de se rappeler tous les détails, sauf qu'il s'agissait de larmes des dieux qui tombaient sur la terre et se transformaient en pierres précieuses.

Avec ou sans larmes, la malchance du vieux Yuen était irréversible. Les commères racontèrent à Gee Sook d'American Cleaners l'histoire du billet de loterie et du malheur du vieux Yuen.

« Je peux changer sa chance, s'exclama Gee Sook. Tout le monde sait que je suis né le dixième jour du dixième mois. »

Gee Sook voulut savoir les numéros de loterie du vieux Yuen. Il demanda au nouveau messager de prendre une cigarette et de brûler un chiffre sur deux sur le billet. Il ajouta alors ses propres chiffres chanceux. Il misa cinquante cents et gagna près de soixante-dix dollars. Il acheta au vieux Yuen une bouteille de vin médicinal aux os de tigre et nettoya gratuitement une brassée de linge pour Mme Yuen. Cela ne servit à rien. Le vieux Yuen se soûla avec le vin et il vomit sur le linge propre.

Plus tard, quand, dans une petite ville minière, Mme Yuen accoucha d'un fils, puis que l'enfant survécut un mois, Gee Sook envoya à l'enfant un bonnet de cérémonie avec des mots porte-bonheur brodés en fils d'or. On rasa la tête du bébé pour symboliser son premier anniversaire chinois. Le fils, Frank Yuen, fut peut-être chanceux, mais la chance de son père, elle, ne changea pas.

Premier frère me raconta que lorsque Frank eut trois ans, le vieux Yuen joua gros au *pai kew* et qu'il gagna beaucoup d'argent, mais qu'il perdit tous ses gains aux mains d'une rousse qui partagea son alcool et son lit à l'hôtel Winter's ; elle disparut ensuite avec le magot. Mme Yuen raconta à Mme Lim comment le vieux Yuen avait pris sa dernière pièce de jade et avait arraché le bracelet d'or de son bras et qu'il les avait mis en gage pour acheter du lait et de la nourriture et payer le loyer. Quand Mme Lim dit à Poh-Poh ce qu'il en était, Kiam me raconta que l'Aïeule avait hoché la tête en disant : « Personne ne peut rien contre la malchance. »

Ensuite, Poh-Poh conseilla à Mme Yuen de penser à son fils, d'endurer, de survivre pour son fils. Père parla avec des gens de l'association Tong, et des vieillards allèrent à tour de rôle morigéner le vieux Yuen ; sa conduite était honteuse, il se déshonorait, lui dirent-ils. Le vieux Yuen fut sobre pendant quelque temps, il travailla dur comme il le faisait toujours quand il avait la main sûre. Mais il devint méchant et maudit le mauvais sort qui s'acharnait contre lui.

On continua à jaser dans Chinatown pendant encore cinq ans. Le vieux Yuen recommença à boire et à battre sa femme parce qu'elle l'asticotait, qu'elle était simplette et l'évitait quand il rentrait de son travail saisonnier au chantier de bûcherons. Il la frappait parce que le bébé pleurait, parce qu'il avait perdu tel ou tel emploi, parce qu'il avait des dettes de jeu, parce qu'il n'avait pas de chance. Elle finit par le quitter ; elle prit Frank, son fils de cinq ans, avec elle, et supplia l'association Tong de lui permettre de loger dans leur pension.

Quand Kiam s'assit pour me raconter cette histoire, il me dit : « Jung, tu as eu de la chance de faire partie de notre famille. Imagine qu'on t'ait donné à quelqu'un comme le vieux Yuen. »

J'avais interrogé Kiam à propos de mes parents qui avaient disparu de ma vie quand je venais d'avoir quatre ans, mais il n'y avait pas d'histoire à raconter.

« Ça fait trop longtemps », avait dit belle-mère.

« Une vieille histoire », avait répondu père quand je l'avais questionné sur mon premier père.

« Tu parles trop », avait dit Poh-Poh, et elle m'avait chassé de sa petite chambre.

Mais quand je demandai à Kiam de me parler de Frank Yuen, il me répondit : « C'est différent. Tout le monde est au courant pour les parents de Frank. »

L'association Tong avait dû voter pour autoriser Mme Yuen à habiter dans l'immeuble de trois étages qui servait de quartiers généraux à l'association et de refuge pour tous les hommes célibataires. Là, Mme Yuen nettoyait les toilettes sur chaque palier et balayait les salles communes avec leurs rangées de lits, leurs tables de chevet et leurs crachoirs de cuivre. Elle bousculait et houspillait les hommes qui toussaient trop et qui fumaient leur narghilé, qui juraient — *eel-kama !* — et qui parlaient de cons et de pénis, qui crachaient dans les récipients de cuivre et rataient leur cible, qui utilisaient la même bassine de porcelaine ou de métal pour laver, tous les deux jours, leurs pieds et faire tremper leur débarbouillette.

Dans une chambre minuscule au fond de l'édifice, au deuxième étage, le fils de Mme Yuen restait tout seul et se demandait quand son père viendrait le voir. Quelques hommes célibataires lui apportèrent des jouets, lui fabriquèrent un volant de badminton et lui montrèrent à le lancer, lui enseignèrent des mots anciens, l'emmenèrent à l'opéra chinois et furent ravis en le voyant s'étonner du bruit et des couleurs somptueuses. Personne ne remarqua que le garçon, qui n'était encore qu'un enfant, ne pleurait jamais.

L'un de ces hommes conduisit Frank dans un coin sombre de l'immeuble, lui donna des bonbons, le serra dans ses bras en l'appelant par le nom de son propre fils resté là-bas, en Chine, et le garda un très long moment avec lui.

La nuit, Mme Yuen toussait ; elle commença à cracher du sang et demanda à son fils de ne parler à personne des taches rouges qu'elle essuyait sur ses lèvres. Un matin, elle fut incapable de se lever. Elle resta là, sans même tousser. Frank se coucha à côté d'elle. Le soir même, alors qu'il somnolait à côté de sa mère, son père le prit dans ses bras et l'emporta.

Maintenant, le vieux Yuen lui-même était gravement affaibli par les blessures subies au travail, par l'alcool et par la fatalité.

L'unique chance qu'il lui restait était son fils, Frank, le garçon qu'il avait emmené aux camps de bûcherons et qu'il avait élevé ; il lui avait enseigné comment survivre, comment se battre, comment travailler aux moulins, comment éviter la malchance.

Frank grandit ; il attendit et regarda, il alla d'une école à l'autre, se battit sur tous les terrains de jeu, vécut dans une pension et dans une autre jusqu'à ce qu'il eût atteint l'âge de commencer à travailler, de rester seul, d'appeler son père *Lao Yuen* — le vieux Yuen — comme tout le monde le faisait, avec une sorte de faux respect pour un homme qui avait vieilli avant son heure sans jamais devenir sage.

Le fils ne voulut pas abandonner son père, de même que son père ne l'avait pas abandonné quand sa mère était morte ; mais le fils ne s'attardait pas avec le père, il se contentait de le saluer hâtivement et de compter les billets de banque qu'il mettait dans sa main noueuse.

Comme Mme Lim le dit à Poh-Poh, Frank n'avait aucune raison de s'attarder.

Frank lui-même disait : « Pourquoi m'attarder auprès de la malchance ? »

La veille avait été le jour de la paie.

Désormais adulte, Frank Yuen rapportait chez lui l'argent gagné dans un camp de bûcherons ; il en laissait à son père suffisamment pour payer deux mois de loyer et de nourriture, puis il repartait pour aller jouer ou boire, comme le vieux Yuen l'avait toujours fait. Mais Frank Yuen, lui, avait de la chance.

Frank raconta à Kiam qu'aux pensions d'East Hastings, les hommes, des pêcheurs et des bûcherons qui sentaient la sueur et la crasse, payaient les tarifs de fin de semaine. Les travailleurs rivalisaient désormais avec des hommes en uniforme militaire ; des batailles éclataient souvent parce que l'un d'eux couchait avec telle ou telle femme dans telle ou telle chambre.

Kiam et ses amis adolescents voulaient connaître tous les détails ; Frank aimait s'adresser à ce public de jeunes qui n'avaient qu'une demi-douzaine d'années de moins que lui. Ils rôdaient dans une ruelle de Chinatown, derrière le Blue Eagle, où ils fumaient et discutaient de la guerre en Chine ou en Angleterre. Frank partageait son tabac avec eux, les laissait à l'occasion boire une gorgée de la bouteille de Johnny Walker qu'il gardait dans un sac de papier.

Et quand il revenait à la maison, Kiam me racontait parfois des choses, juste pour m'éviter de grandir sans rien connaître des femmes, de la chance, de la vie. Kiam ne voulait pas me voir vieillir en absorbant trop de ce qu'il considérait comme les superstitions entretenues par l'Aïeule sur la destinée et les dieux jaloux. « Juste des bêtises que radotent les villageois de l'ancienne Chine », m'assurait-il et, à ces moments-là, il ressemblait davantage à troisième oncle qu'il ne le pensait. Mais j'écoutais tous les mots qui parlaient de Frank Yuen ; c'était quelqu'un à admirer, un survivant.

Alors, chaque fois que j'avais l'occasion d'aller chez le vieux Yuen chercher l'argent du loyer pour l'association Tong, j'espérais croiser Frank Yuen.

Un jour, le vieux Yuen me tira par la manche, tandis que Frank se hâtait de sortir.

« Reste, me dit-il. Tu vas être mon fils.

— Je ne peux pas », répondis-je, songeant à Poh-Poh qui attendait dans la rue que je prenne l'argent et que j'aille avec elle le porter au représentant de l'association Tong.

Je pris les trois billets et les pièces de monnaie qu'on m'avait dit de prendre, Le vieux Yuen sourit en voyant avec quelle habileté je comptais.

« Ton papa, chanceux. Il a trois fils, et moi, pas un.

— Vous avez Frank », dis-je, et je filai sans demander mon reste.

J'avais treize ans et j'enviais le fils unique du vieux Yuen pour son implacable indépendance ; l'histoire de ses problèmes familiaux, terribles sans doute, était une histoire que je n'avais pas. Je m'émerveillais que Frank trouve des filles si intéressantes, tout comme Kiam qui avait commencé à fréquenter Jenny Chong et qui dansait même le jitterbug avec elle aux danses du Y. On voyait à peine Kiam à la maison, sauf quand il faisait la comptabilité de troisième oncle comme celui-ci le lui demandait à la fin de chaque mois. L'Aïeule disait qu'il allait se rendre aveugle à force de loucher comme ça sur des chiffres. Kiam l'ignorait ; il pensait à faire correspondre les chiffres du grand livre, ou il pensait à Jenny.

À la maison, Kiam et Frank parlaient parfois de la guerre là-bas, en Chine. J'imaginais que, avec ses cheveux courts et son front haut, son corps noueux, Frank serait un soldat supérieur, aussi dur qu'un marine américain, plus dur que John Wayne lui-même.

Personne ne provoquait Frank Yuen. Il avait exactement dix ans de plus que mes treize ans. À quatre ans, j'avais perdu ma mère et mon père ; il avait également perdu sa mère et, d'une certaine façon, son père aussi, dans l'alcool. Au moins, le vieux Yuen, vieilli par les soucis, par la boisson et par le jeu, par le malheur et par une malchance qui ne l'avait jamais lâché, revenait-il toujours pour lui, il emmenait Frank partout où il le pouvait, installait l'enfant dans les salles de jeu ou à la porte des tavernes. « Mon gars, Frank », disait-il à tous ceux qui passaient, un bras entourant les épaules de son fils, comme si la présence de Frank suffisait à lui redonner quelque respect pour lui-même.

Un jour, je vis Frank Yuen au gymnase Hastings. Ce n'était pas un adolescent comme Kiam, mais un homme au corps délié, aux yeux perçants, qui gagnait beaucoup d'argent aux moulins à bois et payait pour l'entretien de son père.

« Kiam me dit que tu es pas mal à la boxe, me dit-il tout en se mettant à boxer à vide comme un expert.

— Tu aimes le *Brown Bomber* ? demandai-je.

— Les gens disent que je me bats comme lui. »

Cela m'étonnerait, pensai-je. Mais après l'avoir vu quelques fois de plus, je changeai d'idée.

Frank Yuen crachait avec une précision incroyable, il jurait dans une variété de langues et de dialectes et défiait n'importe qui dans les batailles de bar et de rue. Il arrivait parfois chez nous avec un œil au beurre noir ou une épaule déboîtée ; il fallait voir l'autre type, disait-il à Poh-Poh en se rengorgeant. Frank appréciait l'ancien savoir de l'Aïeule dans le domaine des herbes médicinales. Elle faisait tremper de grandes feuilles qu'elle appliquait sur son œil et l'invectivait en l'entendant jurer sans vergogne. Elle acceptait avec plaisir les paquets de champignons et d'écorce qu'il lui rapportait de la forêt. Belle-mère restait à l'arrière-plan et ordonnait à Liang de se tenir loin de Frank.

Frank avait grandi dans des chantiers ; il avait beaucoup appris de son père, qui trimait comme un esclave à ses côtés, et des autres travailleurs. C'étaient des autochtones, des Hindous et des hommes de toutes sortes qui avaient fui la ville. Ruinés par la Dépression et désespérés. Avec eux, Frank Yuen avait appris à porter un long couteau dans un étui en cuir gravé, à porter des pantalons de travail déchirés et des salopettes sales, des chemises à carreaux voyantes afin de ne pas, du moins dans les camps de bûcherons, être confondu avec un animal sauvage par les chasseurs et, à la ville, se faire prendre pour un paysan prêt à se faire dévaliser. Et ils lui avaient montré à boxer ; ses poings dansaient, compacts comme des grenades attendant d'exploser.

J'aurais voulu que mon meilleur ami, Bobby Steinberg, voie cet homme boxer à vide. Bobby et moi avions aménagé un ring dans sa remise et nous nous étions procuré une cloche que nous faisions sonner au début de chaque round de nos combats simulés. À tour de rôle, nous jouions à être l'annonceur, à être Joe Louis. Et voilà que Frank Yuen boxait à vide comme le *Brown Bomber* le faisait aux actualités filmées. Quand je me mis à faire l'éloge de Frank Yuen, Poh-Poh refusa d'entendre parler de lui. Elle était comme la plupart des gens de Chinatown : ils en savaient déjà trop sur Frank Yuen.

Les vieux de Chinatown, en particulier ceux de la classe marchande, étaient offensés par ses manières de « truand » au jeu, sa façon pas très orthodoxe de lancer les dés avec un mélange de *fan quo* et de *kai doi*. À Chinatown, on s'attendait à voir le fils du vieux Yuen mourir avant son heure. Kiam se faisait constamment conseiller de ne pas trop s'approcher de lui. Père fut soulagé quand la petite amie de Kiam, Jenny Wong, insista elle aussi pour qu'il passe moins de temps avec Frank et plus avec elle.

Personne ne s'aperçut que je continuais à voir Frank Yuen.

Personne ne comprit qu'il allait s'intéresser à un jeune de treize ans.

J'espérais toujours croiser Frank Yuen. J'aimais le voir cracher, l'entendre jurer et j'aimais qu'il me montre à me battre convenablement. Quelques-uns de mes amis le rencontrèrent, eux aussi, mais Frank avait tendance à s'emporter et, à cause du mélange d'anglais et de chinois, il y eut des malentendus, je suppose. Il n'était pas facile de s'entendre avec lui.

« Dis à tes copains de se tenir loin de moi, OK ? »

J'imagine que si Kiam n'avait pas été mon frère et que si je n'avais pas fait parfois des commissions pour son père, Frank m'aurait probablement repoussé, moi aussi.

Il m'acheta une paire de gants de boxe d'occasion que nous décidâmes sagement de laisser dans la remise de Bobby Steinberg afin que personne, chez nous, ne soit au courant.

Il m'arrivait souvent de rencontrer Frank quand j'allais livrer le journal de Chinatown chez le vieux Yuen, quand j'allais lui porter des herbes dont il avait besoin ou chercher l'argent du loyer. Si Frank n'était pas trop occupé, nous allions à la salle de réunion de l'association Tong, qui était toujours déserte l'après-midi.

« Bon, disait-il, défends-toi ou meurs. »

Nous enlevions alors notre manteau, notre chandail, notre chemise aussi, quand il faisait assez chaud. Comme Max, Frank me montra comment tenir mes coudes près de mon corps, comment plonger, à sa façon, comment propulser mes poings en simulant des coups, comment baisser vivement ma tête et diriger ma droite pour mettre mon adversaire K.-O. par un coup à la tête.

La salle de réunion sentait la poussière et la corde brûlée. Il y avait une rangée de chaises chinoises en bois gravé aux deux extrémités de la pièce, et des rouleaux calligraphiés étaient suspendus aux murs. À une extrémité, trois grands dieux de la chance en porcelaine de cinq pieds de haut montaient la garde ; à côté de chacun, on avait mis un plat pour l'encens. Ils avaient l'air féroce et projetaient de longues ombres sur le mur du fond, des ombres de deux fois leur taille. Poh-Poh disait que, la nuit, ils prenaient vie et travaillaient comme gardiens pour les membres de l'association Tong, combattaient les esprits malins. Quand je le répétai à Frank, il éclata de rire.

Un jour, après être allé chercher l'argent du loyer chez le vieux Yuen, je traversai la salle de réunion déserte et j'allais sortir quand je tombai sur Frank, qui était d'humeur massacrante. Son haleine empestait le whisky. Il s'avança vers moi.

« Je dois aller rejoindre premier frère au Blue Eagle », lui dis-je. Dehors, il neigeait et je voulais aller y prendre un chocolat chaud pour me réchauffer.

Frank répondit qu'il était au courant et il me rota au visage. J'éprouvai une sensation de malaise et je voulus partir, même si j'étais un peu à l'avance pour mon rendez-vous avec premier frère. Je me sentais intimidé à l'idée d'affronter Frank Yuen, qui me dépassait d'une tête. Avec son blouson de cuir entrouvert, son pantalon serré aux chevilles, Frank avait vraiment l'air d'un dur.

« On va voir si tu es vraiment capable de te battre, me dit Frank en allumant une rangée de projecteurs au fond de la salle. Montre-moi, dit-il avec un sourire méprisant. Enlève ton manteau si tu n'es pas trop poule mouillée. »

Je comparai nos tailles : le sommet de ma tête arrivait à la hauteur de son menton. Les trois projecteurs, qu'on n'utilisait que pour les danses du lion, les opéras et les spectacles-bénéfice, firent apparaître nos ombres sur le mur. Le vieux Yuen m'avait dit un jour, tandis que je comptais l'argent de son loyer, qu'un grand guerrier chinois avait été, en 1911, éclairé par des projecteurs semblables. Il s'appelait Sun Yat-Sen, l'homme de cette Chine à laquelle nous prêtions allégeance à l'école chinoise. Je sentis mes bras de guerrier devenir plus forts. Mon manteau de guerrier glissa vers le sol. Je n'y prêtai pas attention, absorbé que j'étais par les visages farouches des dieux éclairés à l'autre bout de la salle.

Je me tournai au moment où, comme au ralenti, Frank Yuen projetait sa jambe, visant mon visage. Je baissai vivement la tête. Son ample blouson de cuir volait autour de lui.

« Enlève ton chandail », m'ordonna-t-il.

J'obéis.

Je fis passer mon chandail par-dessus ma tête et le pied droit de Frank monta de nouveau, manquant de justesse le côté droit de ma tête. Il me repoussa comme un moins que rien.

« Petite femmelette, dit-il avec arrogance. Et tu veux te *battre* ? »

Il s'éloigna d'un bond, se mit à kickboxer, se débarrassa de son blouson, me cria des injures sanguinaires ; ses poings se propulsaient de chaque côté de ma tête ; mortellement dangereux, son pied gauche s'élançait dans les airs. Son ombre dansait autour de la pièce. Les yeux de Frank Yuen se rétrécirent ; il me regarda d'un air menaçant. Il ressemblait à l'un des dieux de porcelaine. La jambe de son pantalon se retroussa et j'aperçus une bosse avec un manche qui déformait sa chaussette.

« Qu'est-ce que c'est ?

— Tu veux voir ? »

Il s'arrêta, se pencha et leva sa jambe pour me montrer un manche d'ébène qui sortait d'un étui de cuir attaché autour de sa chaussette. Il le détacha ; une lame étincelante de six pouces émergea, effilée comme un rasoir. Avec ce couteau, on pouvait facilement, d'un seul mouvement, trancher la gorge d'un homme ou, en visant bien, transpercer ses os.

« Acier allemand affûté, dit-il. Première Guerre mondiale. Tu pourrais te raser avec ça si t'étais pas encore un bébé. »

La lame retourna dans sa gaine de cuir.

« Dans une bataille, je gagne toujours, me dit-il en rattachant d'un coup sec la courroie qui maintenait le couteau en place. Des fois, j'ai l'aide de mon ami le lion. »

Frank Yuen tenait à clamer ses convictions.

« Bats-toi toujours pour gagner ou… meurs.

— Meurs ? »

J'avais toujours pensé qu'on ne mourait que dans les films. Dans la vraie vie, personne ne se battait jusqu'à la mort. Quand on met l'autre knock-out, on a gagné.

« Si tu ne gagnes pas, reprit Frank comme s'il s'agissait d'une vérité indéniable, tu ne mérites pas de vivre. »

Pour une raison idiote, je crus que je pourrais surprendre Frank, lui prouver que j'étais aussi habile que lui. Sans savoir pourquoi, je voulais être respecté par lui.

Suivant son exemple, je lançai mon pied dans les airs ; la pointe de ma botte atteignit à peine sa poitrine. Il projeta vivement son pied gauche, frappa mon propre pied dans les airs et m'envoya m'écraser au sol comme une quille heurtée par la boule. Je crus entendre des rires de porcelaine.

« Pas juste, protestai-je en me relevant à demi. Tu es plus grand que moi.

— *Mukka hai* », jura-t-il et, de son poing droit, il me renvoya au sol.

Mes yeux se remplirent de larmes ; sous le choc, la peau de mon visage se raidit.

« Petit bâtard imbécile, tu penses qu'aucun homme ne va te battre, hein ? »

Il dansa autour de moi, son pied gauche sifflant tout à coup à un cheveu de mon oreille droite. « Tu veux que ce soit *juste* ? »

Je me figeai.

« Stupide avorton, dit-il, ses poings de plus en plus près de mon visage. Les petits malins comme toi font de parfaits sacs de sable, tu savais pas ? »

Il cessa de danser, dressé au-dessus de moi, haletant.

« Tu es sûr que tu aimes boxer ? »

Je hochai la tête. Il ouvrit la main et me gifla fort sur ma pommette droite. Je m'affalai par terre. Je savais qu'il s'attendait à me voir pleurer ou demander grâce. En lui, quelque chose de sauvage était déchaîné ; ses yeux voyaient à travers moi. Il se rua près de moi, attendant un signe de faiblesse, un geste indiquant que je cédais. Je me relevai. Son autre main frappa ma joue gauche. Le bruit se répercuta dans le corridor. Mon visage brûlait.

Je résistai consciencieusement, mais cela décupla sa fureur et l'incita à me frapper de nouveau, mais plus fort, cette fois. Un poids enfoui au fond de moi commença à se lever, mais aucun mot ne vint, seulement un son qui montait, une mélopée funèbre, un son mi-animal, mi-humain. Une autre partie de moi devint instinctivement froide, elle me disait : « *Gagne !* »

Malgré ma bravoure, la douleur cuisante sur mes joues brûlait ; j'avais les yeux pleins d'eau. Je me braquai pour ne pas pleurer, pour ne pas flancher. Je me braquai pour penser… réagir… *me battre pour gagner ou mourir.*

« Christ, dit Frank Yuen, dégoûté. Tu n'es qu'une maudite poule mouillée de merde ! »

Une résolution glacée, intense, me submergea, et je compris clairement ce que je devais faire. Je me laissai tomber, fonçai de côté et agrippai la jambe de Frank Yuen. Surpris, il essaya de me repousser, de résister. Je retroussai vivement le revers de son pantalon et mes doigts tirèrent sur le couteau allemand jusqu'à ce qu'il glisse hors de son étui. Et au moment précis où les yeux incrédules de Frank Yuen commençaient à comprendre, je saisis l'arme mortelle. Par sa chemise ouverte, je vis la gorge nue de Frank juste au-dessus de mon visage.

Je serrai dans ma main le manche d'ébène, soupesai l'espace d'une seconde son poids étrange ; puis, vif comme un crotale, j'inspirai à demi et je projetai la pointe du couteau vers la pomme d'Adam tressautante de Frank Yuen.

Il fit un bond en arrière, juste à temps. Ses bras battirent l'air devant la pointe du couteau dirigée vers lui comme une lance. Un sifflement — le mince tissu de sa chemise se déchira tandis que la lame montait.

« *Arrête !* » dit-il.

Une douleur aiguë explosa dans mon poing et dans mon épaule. Mes doigts s'ouvrirent ; le couteau s'envola.

Le pied gauche de Frank était entré en contact. Comme un petit animal affolé, le couteau d'acier vola en frôlant le sol à travers la salle de réunion.

Je retombai, plus fort qu'avant.

« Merde, dit-il. Tu allais me tuer. »

J'étais à genoux. Les larmes commencèrent à couler. Ma poitrine se serra.

« Ça va, ça va, dit-il. Allez, reprends ton souffle. » Il s'agenouilla pour voir comment j'allais.

L'ombre de Frank tomba sur moi. Sur le mur, les ombres longues bougeaient en même temps que nous.

La douleur à mon épaule, une brûlure.

Un souvenir me revint, le souvenir de quelque chose de dur qui frappait mon dos, de quelque chose de métallique, d'acéré qui déchirait ma chair ; des lignes de feu, le fouet dans mon dos. Les mots se bousculèrent dans ma bouche, ma voix était une voix d'enfant, terrorisée, qui parlait un dialecte que j'avais oublié. « *Bah-Bah, ne me frappe pas… ne me frappe pas…* »

Je me recroquevillai sur le sol. Ma voix d'enfant ne pouvait plus cesser de supplier. À genoux, Frank Yuen se pencha vers moi et pressa ma tête qui balbutiait contre sa chemise déchirée. Il se mit à me bercer, et le rythme lent de ce mouvement d'en avant en arrière me prit au dépourvu. Il y avait l'odeur de la sueur de Frank, de son tabac ; sa respiration rapide semblait aussi forte et épuisée que la mienne. Nous étions effondrés ensemble sur le sol. À l'autre bout de la salle, les dieux de porcelaine nous regardaient. Des minutes passèrent. Les lèvres de Frank effleurèrent mon front, s'attardèrent une seconde, puis s'éloignèrent.

Mais Frank Yuen ne pouvait passer sa vie à me consoler. Il poussa un profond soupir, desserra son étreinte, laissa doucement quelque chose de sombre se dégager.

Comme j'essayais à mon tour de me redresser, je sentis soudain tout mon corps s'allumer sous le coup d'une tension involontaire, frémissante ; un étrange désir s'éveilla en moi, un désir vivant, quelque chose de sensuel et d'incontrôlable qui se languissait, qui se tendait implacablement entre mes jambes ; mes mains s'ouvrirent, je fus projeté en avant, sans bruit, mes doigts se tendirent pour agripper l'air tactile.

Je fermai les yeux, goûtai le sel et respirai la poussière de l'air. J'entendis un rugissement dans mes oreilles. Un bruit de moteur, dehors — une voiture passa.

« Jung, dit une voix dominant le rugissement, ça va ? »

J'ouvris les yeux et je regardai, stupéfait de découvrir la profondeur et la hauteur du grand plafond plein d'ombres au-dessus de la tête de Frank. Debout, silencieux, au-dessus de moi, Frank ressemblait à l'un des dieux du temple. Nous restâmes un instant à nous regarder. Lorsqu'il parla, je fus surpris du ton normal de sa voix.

« Ça va ?

« Mmm », dis-je. Mes joues étaient humides. « Toi ? »

Frank agita la main, me montrant sa chemise déchirée.

« Espèce de petit morveux, tu as failli me tuer », dit-il, et il sourit.

Je souris aussi, puis la douleur qui me vrillait l'épaule me fit tressaillir. Il prit un mouchoir propre dans sa poche.

« Mouche-toi, dit-il. Tu peux le garder. »

Je m'essuyai les joues et me mouchai.

« Alors, *Champ*, où est passé mon couteau ? demanda Frank en jetant un regard circulaire.

— Là, sous la chaise », répondis-je.

Je me levai. Il m'avait appelé *Champ*, champion.

Frank alla ramasser le couteau et le remit dans son étui. Il me lança mon chandail et me rappela que Kiam et Jenny Chong nous attendaient au Blue Eagle.

Je poussai mes bras dans les manches, prenant garde de ne pas lui montrer à quel point il m'avait fait mal. Frank éteignit les lumières. Nos ombres disparurent.

Après le jour de mon affrontement avec Frank Yuen, rien ne fut plus jamais pareil.

Je me rappelais avoir pensé : *Frank Yuen est le soleil* et je me rappelais aussi que l'Aïeule avait dit à Mme Lim : « Jung-Sum est la lune. »

Oui, me dis-je en finissant de mettre mon manteau, mon armure, *je suis la lune*. Je marchais vite pour accorder mon pas à celui de Frank tandis que nous nous dirigions vers le Blue Eagle, et les mots de l'Aïeule me suivirent tout le long du chemin dans les rues enneigées de Chinatown.

Sept

Un an après notre première rencontre, Frank annonça qu'il allait à Seattle pour s'engager dans l'unité des Marines. Ils accueillaient les Chinois parlant anglais. Max, l'entraîneur noir du gymnase Hastings, et toute la bande lui organisèrent une fête d'adieu. Kiam et Jenny Chong étaient invités, et Frank insista pour que je sois présent, moi aussi. La soirée commença par un repas de dix services au W. K. Gardens, où les gens se passaient une bouteille camouflée dans un sac de papier et versaient du « thé » dans leurs tasses. J'eus du soda à la cerise dans la mienne et Frank me donna les meilleurs morceaux de poulet, de canard et de porc qu'il prenait avec ses baguettes.

Le repas se termina vers dix-neuf heures trente seulement. Tous les hommes — ils étaient environ une douzaine — retournèrent au gym pour boire un coup dans l'arrière-salle avant la fête. Je les accompagnai. Les trois filles, dont Jenny Chong, voulaient aller d'abord chez elles « se rafraîchir ». Un peu pompette, Frank regardait ostensiblement l'heure à sa montre. C'était la montre en or que le vieux Yuen lui avait donnée en souvenir. Devant tout le monde, Frank me la tendit théâtralement.

« Elle est à toi, champion, si je ne reviens pas », dit-il, plaisantant à moitié.

Depuis le jour de notre affrontement dans la salle de réunion de l'association Tong, Frank m'appelait « petit frère », « champion » ou « *killer* ». Il me laissait parfois l'accompagner, et quand Kiam et lui allaient à des matchs de boxe ou de rugby, j'étais autorisé à les suivre. Il m'avait à l'occasion laissé tenir cette montre pour chronométrer un match ou vérifier le temps qu'il mettait pour faire dix tractions.

Frank était un peu éméché et, fier de moi, il mit son bras autour de mes épaules. J'avais commencé à remporter certains de mes combats de démonstration, exactement comme Max l'avait prédit. Le bras de Frank était toujours autour de mes épaules.

Je me sentais vaguement nauséeux, mais c'était peut-être à cause des deux ou trois gorgées de bière que Max m'avait laissé boire de sa bouteille quelques minutes plus tôt.

« Hé ! avait dit Max. Ne t'étouffe pas ! Bois, c'est tout ! »

Je pensais que c'était formidable qu'on me laisse boire quelques gorgées. En riant, Frank m'attira contre sa poitrine et resserra son étreinte.

Débordant de joie affectueuse, sûr de lui, bouffon, il m'appliqua un baiser sur le front en criant joyeusement à ses amis : « Hé ! vous, bande d'épais ! C'est mon petit frère, Jung-Sum, le champion, le *Yellow Bomber,* le bombardier jaune ! »

Je commençai par rougir, puis je me mis à rire avec les autres. Tout à coup, je sentis une faiblesse au centre de mon corps. Je repoussai Frank pour me dégager de son étreinte. Il me laissa. Il pensa peut-être que son attitude était idiote et qu'il embarrassait son champion. Mais ce n'était pas ça. J'avais peur.

Je voulais qu'il me serre encore dans ses bras, qu'il me presse contre lui, plus fort, plus près. Mais je le repoussai. Je le repoussai. Un frémissement chaud, sensuel, monta à l'intérieur de moi, à partir de l'aine, se faufilant le long de ma colonne vertébrale. Une sensation identique à celle que j'avais éprouvée la fois où, sur le plancher de la salle de réunion, Frank m'avait tenu dans ses bras, m'avait bercé.

Des visages distordus, ricanants, celui de Frank et celui de Kiam, entre autres, se mirent à défiler dans mon esprit. Je pensais que quelqu'un pouvait voir à l'intérieur de moi. J'attendais que quelqu'un me dénonce. J'attendais que Frank se tourne contre moi, qu'il me crache au visage. À l'autre bout de la pièce, le flash d'un appareil photo crépita. Je serrai désespérément dans mes mains la montre en or dont le métal était encore chaud de son contact avec le corps de Frank.

Rien ne se passa. Trois des gars levèrent d'autres bouteilles de bière et hurlèrent *Bon voyage**! Quelqu'un entonna « Ce n'est qu'un au revoir… » et tout le monde se mit à chanter. Le flash crépita de nouveau.

Quelques minutes plus tard, nous regardions tous Frank lire, à l'autre bout de la pièce, ses messages d'adieu sur une grande carte que Jenny Chong avait achetée chez Woodward's.

Frank éclata de rire, rejeta la tête en arrière pour boire encore de la bière.

Mes yeux se fixèrent soudain sur la petitesse de son oreille, la courbe de sa nuque ; je pensai que je pourrais respirer encore l'odeur suave du soya, le sel de son corps. Je reculai, assoiffé de ces sensations qui déjà me fuyaient.

Parfois, un éclair zigzaguait dans le noir, rendant visibles à des milles de distance une frise de toits de maisons, d'arbres et de montagnes sculptés contre le ciel, et l'on voyait en même temps notre insignifiance contre l'immensité du monde. Tournant son corps musclé pour sourire devant l'appareil photo, Frank m'envoya la main.

Sous l'effet de la peur, ma colonne vertébrale se liquéfia soudain. Mes poings se mirent à trembler. Qu'arriverait-il si Frank comprenait ? Serais-je encore son petit frère ? Serais-je encore le champion ? Derrière moi, une main toucha mon épaule. C'était la main de Max, noire et chatoyante dans la lumière qui se déversait du ring. Il agrippa fermement mon épaule. Toute l'attention était de nouveau tournée vers Frank, qui chantait quelque chanson paillarde parlant de filles sur la banquette arrière d'une voiture. Seule cette main d'ébène pouvait sentir mes tremblements.

« Tout va bien, Jung, me chuchota Max à l'oreille, non pas pour me mettre en garde, mais pour me délivrer. Tout va bien. »

Pour commencer, il ne sourit pas, pas avant que je ne le regarde dans les yeux, que je ne cesse de trembler.

---

* En français dans le texte.

« Bon garçon, champion, dit Max. Tiens. »

Il mit la bouteille dans ma main et me laissa boire un peu de sa bière. Puis il me reprit la bouteille et, sans regarder en arrière, il alla se mêler aux autres pour applaudir la fin des braillements de Frank.

Dans cette salle, j'étais le plus jeune. Tous les garçons et les trois filles, dont Jenny Chong, voulaient aller danser dans l'arrière-salle du Jazz Hut. Kiam me dit de faire mes adieux à Frank et de rentrer ; il se faisait tard.

Je me frayai un chemin parmi les gens. Je serrai la main de Frank et lui souhaitai bonne chance. Il me donna un autre baiser mouillé sur le front. Tout le monde nous acclama en riant. Puis, Max dit qu'il allait m'accompagner, moi, le champion, au vestiaire, parce qu'il avait la clé de la pièce où nous rangions nos manteaux et nos choses.

En chemin, nous ne parlâmes pour ainsi dire pas, sauf pour plaisanter et nous demander combien de méchants Frank allait tuer. Quand il ouvrit avec sa clé la porte du vestiaire, Max déploya mon manteau et le drapa sur mes épaules, comme si j'étais un vrai champion.

« Courage, petit, me dit-il.

— Merci, Max », répondis-je, et j'enfilai le manteau.

Max resta à la porte du gym et il me regarda disparaître dans l'escalier.

Je rentrai à la maison en palpant la lourde montre de Frank dans la poche de mon manteau. Je m'arrêtai sous un réverbère pour réfléchir. Je sortis la montre, contemplai le boîtier doré et vis mon visage reflété sur le verre bombé. Je jouai avec le remontoir et le fis tourner entre mes doigts. Le froid de novembre frappait le métal tiède.

Sous les chiffres de la vieille montre, on avait gravé un croissant inversé, et le demi-cercle de la face antique du soleil se levait et retombait, puis la lune prenait son tour. Je me mis à réfléchir à tout ça. À seulement réfléchir. Je ne sais pas combien de temps je restai là. Peut-être juste quelques minutes, mais je l'ignore.

Dans le halo du réverbère, la vieille montre sonna doucement huit coups. Je prononçai dans un souffle le nom de

Frank, mes lèvres remuant à peine. J'essayai de sentir de nouveau son bras musclé pressé autour de mes épaules.

Max m'avait chuchoté d'être courageux, mais ce n'était pas le courage que je désirais le plus à ce moment-là. C'était Frank Yuen.

Quand je rentrai chez moi, il n'était qu'un peu dépassé vingt heures trente, mais j'avais l'impression qu'il était minuit. Ils étaient tous là, assis dans le salon. Ils admirèrent la montre en or et me dirent que j'étais très gâté, puis belle-mère me recommanda de la ranger dans un endroit sûr jusqu'au retour de Frank. Il allait revenir, bien entendu, dit père.

« Et il reviendra avec des médailles, renchérit Sekky pour me réconforter.

— Frank Yuen aura fière allure dans cet uniforme de l'armée », ajouta Liang, et elle regarda sur une page de son magazine *Screen Stars* un acteur de cinéma américain qui se tenait fièrement à côté d'un char d'assaut.

J'examinai attentivement la lune dans le croissant bleu de la montre en or, puis je demandai à Poh-Poh ce que la lune était en plus d'être la force yin. Elle répondit que la lune était le signe du raconteur noir. Dans la Chine ancienne, c'était celui qui disait les choses cachées, les choses invisibles à la lumière du jour. Comme elle, les gens de la lune *sentaient* les choses, des choses que les gens ne nommaient pas. Je vis père, à son bureau, qui secouait la tête, voulant interrompre ces fadaises de la Chine ancienne.

Ce soir-là, Poh-Poh voulut nous montrer, à Liang, à Sekky et à moi, certaines de ses amulettes de jade. Elle retira soigneusement chaque pièce de sa petite enveloppe de soie.

« Voici une pièce de la lune, Jung-Sum, dit-elle en me montrant un cercle de jade. Tu vois comme elle brille, pâle comme un fantôme ? »

Poh-Poh tendit la main vers moi, prit mon doigt et le fit glisser sur le bord du cercle de jade, puis elle sourit.

« Chaque pièce est différente, dit-elle. Chaque pièce est précieuse. »

Liang s'approcha de Poh-Poh. Elle mit son magazine *Screen Stars* de côté et prit une mince tige de jade, l'une des parures de cheveux préférées de Poh-Poh.

« Raconte-nous encore l'histoire de cette pièce », demanda-t-elle.

Grand-mère nous raconta cette histoire, puis une autre, et chacune d'elles était brève, triste et merveilleuse. Il y avait sept morceaux de jade sculptés en forme de symboles antiques. Nous savions que, pour elle, le plus précieux, de la taille d'une pièce de monnaie, était une pivoine taillée de façon exquise dans un jade translucide blanc et rosé ; ses pétales étaient gravés en un simple relief dans la rondeur parfaite de la pierre. Le dessous était lisse et sans défaut.

Grand-mère dit que la vie en elle-même n'était que perte, douleur et souffrance. Celui qui oserait prétendre le contraire était un fou, s'exclama-t-elle. Puis, elle déclama quelques dictons chinois sur l'amer et le difficile, qui firent sourire père.

« À Chinatown, la moitié du jade vient de morceaux d'os et de chair, dit-elle en rassemblant ses pièces.

— Et l'autre moitié ? demanda Liang en feuilletant un autre magazine de cinéma.

— L'autre moitié, répondit Poh-Poh, est faite de sang. »

Liang se redressa. Père, qui travaillait à un nouvel article de fond sur la Chine et l'invasion japonaise, éclata de rire. Le loyer du mois suivant le préoccupait davantage. Il avait dépensé en épicerie une partie du loyer du vieux Yuen et il devait rembourser cette somme avant le lundi. Il ne voulait pas emprunter encore de l'argent à troisième oncle.

Poh-Poh me tendit une enveloppe de soie en disant que je pourrais y garder la montre de Frank.

« Ce sachet de soie contenait une belle pièce de jade porte-bonheur, dit-elle. Mais je l'ai donnée au vieux Wong Suk… *aaiiiyah*, trop d'années ! Je meurs bientôt !

— Cesse de raconter ces bêtises sur la mort, dit père. Tes manières anciennes ne sont pas celles d'aujourd'hui. Il faut que tes petits-enfants vivent à la façon d'aujourd'hui.

— Pourquoi ? protestai-je.

— Pourquoi ? répéta père. Parce que, Jung, je dois penser à ce qui attend mes trois fils quand cette guerre sera finie. Qu'arrivera-t-il à Liang ?

— Quand je me battrai pour le Canada... quand je m'enrôlerai, je veux dire, dit Kiam en déposant une facture qu'il entrait dans le grand livre de troisième oncle, je prendrai le nom de *Ken*. Ça te plaît, Liang ?

— Ça plaira à Jenny Chong, répondit Liang. Jenny prétend que nous devrions tous avoir de vrais noms anglais. Que quand nous sortons de Chinatown, nous devrions essayer de ne pas être si différents. »

L'Aïeule haussa les épaules et tint la pivoine de jade pour la faire voir au petit Sekky, comme elle l'avait fait pour chacun de ses petits-enfants, tournant lentement le talisman en dévidant une histoire de sa vie dans la Chine ancienne.

Elle le leva vers la lumière du plafonnier, incitant Sekky à distinguer le tourbillon de rose changeant dans le cœur nacré de la pierre. Sekky leva son avion jouet dans sa main comme s'il pouvait voler, enchanté de lui-même. Je le pris dans mes bras et le fis sauter dans les airs.

« Assez, Jung-Sum », dit Poh-Poh. Elle donna une petite tape sur la tête de Sekky. « C'est l'heure, petit. Nous allons monter faire notre travail. »

Kiam et père se regardèrent en haussant les épaules. Père soupira, mais pas trop fort. Il ne semblait manquer que le froncement de sourcils de troisième oncle, et tous trois auraient eu le même air agacé. Mais j'appartenais encore à Poh-Poh, à ses histoires et à ses fantômes, tout comme Liang et Sekky.

J'aidai Poh-Poh à glisser les pièces de jade dans leur sachet de soie, et elle les mit dans la grande poche de sa veste. Il manquait une pièce.

« Un jour, celle-ci sera à moi, grand-maman ? demanda Sekky qui tenait la dernière pièce dans sa main serrée. Elle sera à moi ?

— Pourquoi pas ? » répondit l'Aïeule en riant.

Elle prit la petite pierre ronde dans la main de Sekky et s'éloigna dans la pénombre du corridor pour aller travailler au carillon éolien qu'elle lui avait promis.

TROISIÈME PARTIE

Sek-Lung
Troisième frère

Huit

En 1939, quand j'avais six ans, toute ma famille — mes deux frères et ma sœur, et tous nos parents — pensait que j'étais idiot.

« *Mo no!* disait belle-mère en cantonais, pointant un doigt vers ma tête. *Pas de cerveau!* Attends que ta tante Suling vienne au Canada. Elle te donnera un cerveau! » Je considérais la meilleure amie de belle-mère, Chen Suling, comme mon ennemie.

Tout le monde savait pourquoi j'étais idiot. Une infection pulmonaire tenace me tenait écarté du système scolaire public de Vancouver. Mais ma famille expliquait plutôt la chose par les erreurs que je commettais en donnant à mes *Gim San gons* (oncles de la Montagne d'or) leurs titres respectifs. Je disais, par exemple, « *troisième* oncle » au lieu de « *grand*-oncle »

Chaque fois que je me trompais d'appellation en saluant un visiteur, belle-mère secouait la tête, demandait pardon pour ma bévue. Puis, elle se mettait à chantonner dans son dialecte *Sze-yup*: « *Suling, Suling*, viens à la Montagne d'or, donne à mon fils Sek-Lung un cerveau, un cerveau! »

Suling avait l'âge de belle-mère; c'était une femme qui avait renoncé à la richesse de sa propre famille pour devenir une institutrice chrétienne dans la Chine ancienne. Belle-mère possédait une photo d'elle-même et de Suling dans un cadre de bambou. Elle vénérait cette photo. On les voyait debout devant une grille au clair de lune à l'époque où elles étaient toutes deux jeunes et que tout semblait possible.

« Le photographe ambulant, un vieillard, trouvait Suling si jolie ! »

Chen Suling, serrant une épaisse Bible dans ses mains, avait découvert le Dieu chrétien au printemps de l'année 1920. C'est-à-dire que, comme le disait belle-mère, « le Dieu chrétien l'avait choisie ».

« Suling m'avait donné ce beau foulard de soie avec les fleurs dorées, dit belle-mère, en le montrant d'un geste de la main. Regarde comme il tombe bien sur mes épaules. »

Sur la photo, les deux jeunes filles étaient guindées, elles souriaient à peine. Suling semblait stricte, comme Mlle MacKinney, mon enseignante de première année à l'école Strathcona. Mlle MacKinney avait une règle de bois avec une bordure d'acier, rigide. Elle la frappait sur votre pupitre quand vous n'étiez pas attentif en classe. Mlle MacKinney ne m'appelait pas Sek-Lung, mais « Sekky », parce que, disait-elle en souriant, c'était « plus canadien ».

Je regardai la photo de l'amie d'enfance de belle-mère. Cette femme paraissait si austère que, pensai-je, elle devait avoir une règle à bordure d'acier dans chacune de ses mains. Je vis plutôt un dragon brodé, à la mâchoire acérée, qui se faufilait furtivement sur la large manche de Chen Suling. Belle-mère me vit le regarder.

« N'est-ce pas une veste superbe ? Suling et moi l'avions choisie ensemble. Quand elle viendra au Canada, Sek-Lung, dit-elle, faisant une pause pour imaginer ce jour béni, je porterai le foulard fleuri qu'elle m'a donné, comme par le passé. »

Le dragon sur la manche semblait puissant, menaçant. Le long *cheong-sam* de Chen Suling cachait tout à l'exception de son visage sévère.

La coquetterie de belle-mère lui interdisant de porter des lunettes, elle affirmait être incapable de déchiffrer l'écriture des lettres que Suling lui envoyait de Chine, et père les lisait à voix haute : « Aujourd'hui, les fermiers nous apprennent que les propriétaires et les chrétiens ont été arrêtés dans les Districts extérieurs, près de Tsingyuan. Certains d'entre eux ont été décapités. C'est difficile à écrire. Prie pour nous. » Le propre groupe de Suling, celui de la Première mission, échappa de justesse à la mort ; ensuite, les Japonais poursuivirent leur avancée dans la Chine du sud, et nous ne reçûmes plus que rarement de ses nouvelles.

Malgré cela, belle-mère persistait à croire qu'un jour Suling viendrait au Canada. De riches familles de marchands chinois, des étudiants et des chrétiens baptisés arrivaient tous les trois ou quatre mois.

« Pourquoi pas ? disait-elle à M. Tom, le marchand de légumes. Même si la famille Chen l'abandonne, Suling a son Dieu pour l'aider. Et mon fils *mo no* a besoin de son cerveau. »

Dans une famille, la hiérarchie et les termes chinois définissant les liens de parenté me donnaient mal au crâne. Belle-mère, par exemple, était notre mère biologique, à Liang et à moi. De la Chine, elle avait été envoyée au Canada pour devenir la servante de la famille ou une concubine, une sorte d'épouse de deuxième classe, après la mort de la première femme de père en Chine. Kiam était le fils de père et de sa première épouse, et Jung avait été adopté.

Grand-maman décida qu'il était plus simple pour tout le monde d'appeler la deuxième femme de père « belle-mère ».

« Au Canada, un mari, une femme », dit grand-maman. À cause de son grand âge, la vieille dame maigre et noueuse était la seule personne que père nous interdisait de défier.

Quand troisième oncle me dit que « belle-mère » était d'un rang beaucoup plus respectable que celui de « servante », plus honorable que celui de « concubine », mais que jamais il n'équivaudrait en honneur ou en respect au titre de « première épouse » ou de « mère », belle-mère resta silencieuse.

J'avais l'impression que tous les Chinois avaient un statut énigmatique, un ordre de pouvoir et de respect qui leur était mystérieusement attaché.

« Un bébé garçon ne vaut-il pas plus qu'un bébé fille ? » demandai-je un jour à père. Je parlais, évidemment, de ma sœur Liang et de moi.

« Le plus vieux, interrompit Liang, vaut toujours plus que le plus jeune. »

Liang avait dix ans ; j'en avais six.

Liang était toujours jalouse parce que grand-maman, qu'elle appelait Poh-Poh, me traitait mieux qu'elle ; depuis mon plus jeune âge, grand-maman m'accordait toute son attention. J'étais de constitution maladive. Et j'étais un garçon.

Naturellement, mes deux demi-frères se sentaient supérieurs. Kiam avait quinze ans et il n'obtenait que des « A » à l'école secondaire King Edward ; Jung, lui, avait douze ans et il apprenait à boxer comme Joe Louis au gymnase Hastings.

Un après-midi, tout en sirotant de petites tasses de vin avec troisième oncle et père, oncle Dai Kew changea soudain de ton et parla de père, de sa première épouse et des « autres ».

« Quelles autres ? » demandai-je, car je savais que la femme numéro un de père était morte en Chine.

Les trois hommes continuèrent à boire leur vin médicinal, se regardèrent et restèrent silencieux.

« Restons simples, dit père. Nous sommes au Canada maintenant.

— Simple, meilleur », ajouta grand-maman, l'air sévère, en tapant avec son doigt sur la table de la cuisine. Elle ignora Liang et me prit dans ses bras. Liang me fit une grimace.

Je voulais toujours que les choses soient simples, comme père le conseillait, mais cela ne faisait que les compliquer davantage.

En ce qui concernait les amis et les membres de la famille, la hiérarchie chinoise constituait quelque chose d'accablant. Pour les personnes liées à nous, les titres différaient selon l'âge du père, celui de la mère, celui des quatre grands-parents, et selon que le lien était du côté maternel ou paternel — alors, quand il s'agissait d'une *belle*-mère et de *sa* meilleure amie ! Et si ces personnes étaient également liées à nous par de faux papiers pour obtenir des visas d'immigrant, elles devenaient, par le biais d'un réseau de subterfuges illégaux, des « fils de papier » ou des « oncles de papier », car une loi stipulait que seuls les parents de résidents officiels de la classe « marchande » ou « instruite » étaient autorisés à émigrer de la Chine vers le Canada. L'argent de papier pouvait acheter des parents de papier. Mais quels papiers étaient liés à quels parents ? La tête m'élançait.

Premier frère Kiam m'enseigna quelques termes de parenté répertoriés dans un dictionnaire anglais-chinois conçu pour les missionnaires. Pour chaque terme anglais comme « cousin germain » ou « tante », il y avait dix expressions chinoises. Jésus, par exemple, avait quelque chose comme onze frères et sœurs dont la traduction chinoise, en note de bas de page, s'étalait sur une demi-page. Je conclus que Chen Suling devait être très brillante et que Jésus avait besoin d'elle en Chine.

« Heureusement que Jésus n'était pas chinois, dis-je, très sérieusement.

— Ces rangs, approuva Kiam, ils nous confondent plus que Confucius ! »

En allant un jour faire des courses avec grand-maman, j'examinai le drapeau chinois, l'Union Jack et les affiches pour les bons de la victoire suspendues dans les vitrines des magasins de Chinatown. Une question me brûla alors les lèvres. J'entrai dans la maison et j'interrompis belle-mère, occupée à apprendre à tricoter des chaussettes pour les soldats en Chine.

« Suis-je chinois ou canadien ? lui demandai-je.

— *Tohng yahn*, répondit grand-maman qui se laissa tomber dans sa berceuse et déposa ses sacs d'épicerie par terre. *Chinois.*

— Quand Chen Suling viendra au Canada, dit belle-mère qui venait de rater une maille, elle t'enseignera la bonne façon d'être chinois. »

Père tendit la main pour toucher la sienne, mais elle la retira. Belle-mère n'aimait pas que je passe tout ce temps avec grand-maman. Ils avaient dû se disputer une fois de plus à ce sujet. « L'Aïeule gâte le petit ! Tout le monde le dit ! »

« Nous sommes aussi canadiens », dit père.

Après un long moment, belle-mère lui laissa sa main, et il la tint un instant. Elle ne voulut pas sourire, alors il recommença à trier ses coupures de journaux chinois étalés sur le plancher.

Je connaissais juste assez de chinois et d'anglais pour parler aux gens, mais je ne saisissais pas toujours les subtilités de la conversation ; pour empirer encore les choses, à chacune des langues se mêlaient une demi-douzaine de dialectes de Chinatown. Je n'avais jamais suffisamment de détails, dans une langue ou dans l'autre, pour comprendre comment, dans notre famille, les innombrables cousins, parents par alliance, tantes et oncles, étaient liés les uns aux autres. Derrière leurs mains ridées, les quelques femmes âgées et les vieux hommes célibataires, les *lao wah-kiu*, chuchotaient leur savoir secret : lignages, clans dont on se réclamait, clans désertés, femmes échangées contre des pièces d'argent, enfants mis en apprentissage, achetés ou vendus pour rembourser les dettes de la famille ou assurer les héritiers mâles.

Chaque *lao wah-kiu*, chaque ancien de Chinatown, avait été chassé de Chine par la sécheresse, la guerre civile et la famine. Ils avaient tous apposé leur marque sur des contrats de travail étrangers, puis ils avaient abouti à la Montagne d'or, engloutis dans leurs secrets.

Les mots anglais me paraissaient plus directs, plus carrés, comme des panneaux de signalisation. Je préférais l'anglais, mais il n'existait pas de mots anglais pour rivaliser avec les subtilités de la langue chinoise. J'aurais parfois voulu voir ma peau devenir blanche, mes cheveux devenir bruns, mes yeux s'agrandir et devenir bleus, j'aurais voulu être adopté par nos voisins, M. et Mme O'Connor, et devenir le petit frère de Jack O'Connor.

« Sekky est en train de perdre la boule, se lamenta Liang.

— Restez simples, s'il vous plaît, nous pria père.

— Sek-Lung ne fera jamais rien de bien, dit belle-mère. Même mon amie Suling ne pourrait l'aider.

— Racines différentes, fleurs différentes, psalmodia grand-maman en éminçant un chou. Cerveaux différents. »

Tout était un casse-tête pour moi. Tout le monde était une énigme.

Lorsque grand-maman, encore robuste malgré ses quatre-vingts ans, et notre voisine, Mme Lim, qui avait une cinquantaine d'années, s'asseyaient ensemble sur notre perron, elles se parlaient par énigmes, utilisant un dialecte de la classe servante, plein de mots brefs et de grammaire brisée. Et ce dialecte n'était qu'un parmi les nombreux dialectes de Chinatown qu'elles connaissaient toutes deux. Pour elles, chaque dialecte ouvrait une autre réalité, une autre époque, un autre lieu qu'elles avaient en commun.

Les anciens savaient ce qu'était la survie. Comme Mme Lim le disait à grand-maman d'une voix pleine de trémolos : « *Aaiiiyaah* ! Le thé est amer, mais nous le buvons. »

Et elles trinquaient en riant.

« *Nous sommes tous chinois*, dit Mme Lim. *Daaih ga tohng yahn.* »

Grand-maman fit un signe d'assentiment, car penser autrement aurait été une trahison. Et la trahison signifiait qu'on pouvait encore être renvoyé en Chine, interdit de séjour au Canada, banni de la Montagne d'or, exilé, humilié, privé du privilège d'envoyer quelques dollars au clan familial qui mourait de faim dans une mère patrie déchirée par la guerre, dévastée par la famine et la sécheresse. Et les lettres de supplication ne cessaient d'arriver des villes et des villages : « Envoyez plus d'argent, envoyez-en plus, envoyez-en plus. »

Et d'autres lettres arrivaient, comme celles de Chen Suling : « Peux-tu m'aider, ma chère Lily ? Il faut que je vienne à la Montagne d'or et que je te revoie. » Car, évidemment, une fois au Canada, une personne était en sûreté.

Mais les enfants nés au Canada, comme moi, *pouvaient* trahir quelqu'un. Parce que nous étions des enfants *mo no*. Des enfants sans l'histoire de la Chine ancienne dans leur cerveau.

« Qu'est-ce que tu es, Sek-Lung ? me demanda Mme Lim. Es-tu *tohng yahn* ?

— Canada ! » répondis-je, pensant aux dix jours où j'avais fréquenté l'école avant d'être renvoyé chez moi par le médecin. Je me rappelais comment, chacun de ces matins, j'avais salué l'Union Jack, fait vérifier la propreté de mes mains et récité le *Notre Père qui êtes aux Cieux*.

Pourtant, même si j'étais né à Vancouver, j'aurais eu beau saluer l'Union Jack cent millions de fois, avoir les mains les plus propres de tout le dominion du Canada et prier sans jamais m'arrêter, je serais encore *chinois*.

Belle-mère savait cela dans son cœur et elle avait peur pour moi. Tous les adultes de Chinatown s'inquiétaient pour leurs enfants récemment nés au Canada, ceux qui étaient nés « ni ceci ni cela », ni chinois ni canadiens, nés sans comprendre les frontières, nés *mo no*, sans cerveau.

Les *mo no* fréquentaient l'école anglaise, ils se mêlaient aux démons étrangers et même qu'ils *les* aimaient. Ils voulaient *les* inviter à la maison. Un *mo no* pouvait parfois laisser échapper un mot imprudent, et les démons de l'immigration fonçaient alors sur nous. Une parole inconsidérée — peut-être parce qu'une fille ou un garçon *mo no* voulait éblouir la galerie — et les démons de l'immigration déboulaient au milieu de la nuit, exigeaient de voir une pile de documents portant des timbres rouges en relief. Puis, les démons de l'immigration séparaient les membres de la famille et posaient des questions pièges. Ensuite, certains des membres de la « famille » disparaîtraient. Des ménages seraient alors brisés. Des emplois seraient perdus. La prison, la honte et les suicides s'ensuivraient.

« Restons simples », répétait père.

Sous la surface, bien entendu, rien n'était simple. J'étais l'enfant né au Canada d'immigrants non désirés et non autorisés à devenir des citoyens. Les mots RÉSIDENT ÉTRANGER étaient estampillés sur mon certificat de naissance, comme si j'étais un vagabond venu d'ailleurs.

Je voyais parfois belle-mère assise dans le grand fauteuil d'osier de père. Elle regardait dans le vague, et je savais qu'elle était encore en train de penser à son enfance chinoise et à la famille qu'elle avait laissée derrière elle, à l'histoire qui était la sienne, l'histoire que lui chuchotaient les fantômes. Deux objets précieux étaient en équilibre sur ses genoux : la vieille photo au cadre de bambou sur laquelle on voyait deux jeunes filles près d'une grille au clair de lune, et une grande boîte en bois de santal, délicatement gravée. Cette boîte dégageait une odeur sucrée, mystérieuse ; belle-mère y conservait ses photos de famille et toutes les lettres et les quelques photos envoyées par Suling.

Une fois, belle-mère me dit, du ton d'une personne abandonnée sur une île déserte : « Suling est la seule de mes amies qui connaisse les histoires de ma famille. Pas les histoires que Poh-Poh te raconte. »

Je pris l'une des enveloppes couvertes de timbres et en sortis une liasse de feuilles minces comme des pelures d'oignon. Quand on tenait à contre-jour un seul de ces feuillets, on distinguait de minuscules nuages dans sa couleur bleue. Belle-mère me reprit les feuilles et les replia soigneusement.

« Regarde comme sa calligraphie est élégante, dit-elle. Quand Suling viendra à la Montagne d'or, elle t'enseignera peut-être à écrire aussi bien. »

Je vis une règle à bordure d'acier s'abattre sur ma main.

« Comme une fille ! ? ! » répondis-je en ricanant et j'envoyai un Spitfire larguer bruyamment ses bombes au-dessus d'un village en bois.

« Tu as raison, dit belle-mère. Elle aura déjà suffisamment de travail à montrer à un *mo no* comme toi à saluer convenablement ses oncles. »

Pour mon esprit d'enfant, la question était simple. En anglais, je pouvais dire, sans risque de me tromper, *Uncle*, *Sir*, ou même *Mister*. Trois possibilités de base au lieu de dix douzaines de casse-tête chinois.

« Je vais parler et écrire uniquement en anglais ! »

Belle-mère sourit.

« Un jour, Suling a remporté un prix d'anglais, dit-elle. Si seulement Suling était ici… »

Je détestais Chen Suling. Mais, quand elle vivrait ici, elle travaillerait peut-être, comme belle-mère, dans une de ces manufactures au sous-sol d'un édifice, à coudre des pièces de sacs à dos et d'uniformes militaires. Suling ferait peut-être deux quarts de travail et, quand elle rentrerait à la maison, elle serait, comme père, trop épuisée pour s'occuper de moi. Après avoir trimé douze ou quatorze heures par jour partout où l'on embauchait du monde (mais rarement ailleurs que dans les restaurants, les buanderies, les magasins et les bureaux de

Chinatown), père parvenait à peine à garder l'œil ouvert et il me laissait tranquille. Comme tout le monde, sauf grand-maman.

Pour finir, la famille de Chen Suling lui donna l'argent pour venir au Canada. Nous obtînmes aussi un document, vérifié en Chine par trois fonctionnaires, certifiant qu'elle était la fille aînée de troisième oncle, de la classe marchande. Désormais, nous pouvions la parrainer, par le biais de troisième oncle, pour venir au Canada.

Chen Suling au Canada.

Cette pensée me remplissait d'horreur.

Elle devait avoir une règle à bordure d'acier plus grande que celle de Mlle MacKinney. Grand-maman disait toujours que, dans la Chine ancienne, les choses étaient plus grandes et plus belles que tout ce qu'on pouvait trouver au Canada. À Vancouver, par exemple, il y avait ce mur devant l'océan, à Stanley Park, le long duquel nous avions un jour marché ; à la fin, j'étais si fatigué que Kiam avait dû me porter.

« Tu ne connais pas la Grande Muraille de Chine ? » demanda grand-maman. Et elle m'en raconta l'histoire. Elle me dit qu'il faudrait dix vies entières pour en parcourir une seule fois la longueur. Évidemment, me dis-je, Suling devait avoir déjà longé la Grande Muraille deux fois et en avoir mesuré chaque pouce avec sa règle !

Mon esprit se mit au travail pour comploter la chute de Suling. J'en savais suffisamment pour comprendre que la personne appelée Chen Suling aurait des papiers « délicats », des papiers forgés, au mieux, des papiers à demi vrais.

Oh ! pensai-je, et *si je l'appelais par un titre faux le premier jour aux douanes ?*

Si nous commettions la moindre erreur quand nous irions l'accueillir, les démons blancs de l'immigration et leurs traducteurs se jetteraient sur nous. Ils la renverraient sur le même bateau, sans même lui laisser le temps de déballer sa règle à bordure d'acier. Mais belle-mère voulait retrouver sa meilleure amie… Cela m'était égal… Ma décision était prise : je le ferais *exprès* de me tromper en saluant Chen Suling.

Le dimanche, au souper, j'interrompis troisième oncle qui parlait des documents à remplir pour l'amie d'enfance de belle-mère.

« Quand Suling sera à la Montagne d'or, demandai-je dans mon dialecte *Sze-yup* limité, sera-t-elle l'épouse numéro trois de père ou sa concubine numéro un ? »

Je jouais avec mon riz, mais je levai les yeux en constatant que troisième oncle ne répondait rien. L'air estomaqué, il dit d'un ton ferme : « Ça ne me regarde pas. »

Tout le monde éclata de rire.

« *Mo no*, dit belle-mère en secouant la tête dans ma direction. Suling t'enseignera à parler convenablement chinois, ajouta-t-elle. Suling est institutrice à la mission, en Chine. »

Les mots de belle-mère, prononcés avec son accent villageois de Sun Wei, carré et définitif, me brûlèrent les oreilles, tandis qu'elle faisait rissoler le plat frit au poêlon du souper. « *Mo no... mo no...* pas de cerveau... pas de cerveau ! » Puis, j'entendis père soupirer dans l'autre pièce. L'entêtement de belle-mère l'exaspérait.

J'allais affronter les baguettes que belle-mère pointait vers moi, les profonds soupirs de père, et leur prouver qu'ils avaient tort : *moi aussi, j'avais un cerveau !* Suling n'avait rien à me montrer !

Quand j'irais enfin à l'école anglaise, je m'appliquerais. S'il était impossible de savoir correctement parler chinois, j'allais conquérir ma langue seconde. Je serais un maître en anglais, meilleur que Chen Suling, même si Mlle Chen remportait dix mille prix !

Pour apprendre, j'avais déjà de vrais livres en anglais, je n'aurais pas besoin de m'escrimer comme Suling l'avait fait. « Comme un éboueur », m'avait dit belle-mère.

Chen Suling avait été obligée d'écrire dans son cahier les mots anglais qu'elle déchiffrait sur les tableaux d'affichage et les affiches de guerre, elle avait dû prendre de vieux magazines anglais jetés en tas derrière le Quartier des étrangers. Belle-mère ajouta que Suling avait dû affronter son père, courroucé de la voir apprendre les mots des démons étrangers. Suling croyait qu'on ne pouvait aller au ciel qu'en mangeant la chair et le sang d'une personne appelée Jésus, et son père était horrifié. Elle faisait brûler de l'encens pour les ancêtres de la famille, mais elle refusait de s'incliner trois fois devant leurs images. Son père l'avait chassée de la famille, il avait déclaré aux villageois qu'elle n'était plus sa fille.

« Elle a fui son foyer comme le Dragon du ciel », dit belle-mère.

« À l'église de la mission, Chen Suling a appris un anglais de première classe », renchérit-elle.

J'aurais voulu que quelqu'un me chasse et que je puisse vivre ailleurs. Ç'aurait été amusant. Au lieu de cela, je fis semblant qu'il était dangereux d'apprendre l'anglais au Canada. Je ramassai furtivement de vieux livres mystérieux et des magazines empilés derrière l'école Strathcona. Je découpai des images de guerre que je rangeai dans une caisse de bois doublée de fer-blanc qu'oncle Dai Kew m'avait rapportée du port. Elle sentait la marjolaine. Sur le couvercle, j'écrivis au crayon : « INTERDIT DE TOUCHER !!! »

Je pris même l'habitude de lire les bouts de journaux en anglais qui emballaient nos provisions, et je harcelais mes deux frères pour qu'ils m'expliquent les mots.

Personne ne se moquait de mes efforts pour apprendre l'anglais. L'étude, quelle que fût la langue, était quelque chose de respecté. Dans mon entourage, il y avait des « oncles » qui avaient étudié à l'université dans les années 1920 et 1930, mais qui restaient sans emploi parce que seuls les citoyens canadiens pouvaient se qualifier comme professionnels. Car lorsqu'on était chinois, même si l'on était né au Canada, on n'était qu'un *étranger* instruit — une personne qui ne deviendrait jamais un citoyen, un Canadien avec le droit de vote —, on n'était qu'un « fou instruit », comme le disaient quelques vieux Chinois, ou un « fou plein d'espoir », comme le disaient ceux qui savaient que le monde allait bientôt changer.

« Meublez votre esprit, répétait notre père. Vous ne devez pas être pauvres à l'intérieur aussi. »

« Regarde ton fils », dit un jour *Sam gon*, l'un des vieux oncles, à belle-mère qui dressait la table. Elle repoussa mon album illustré qui tomba sur mes genoux.

« Il lit des livres comme s'il était instruit, dit belle-mère. Il aime lire, exactement comme mon amie Chen Suling.

— Mais il ne sait pas comment m'appeler quand je viens, insista *Sam gon*. Tous ces mots *low fan*, tous ces mots étrangers, et pas de chinois. Quel gaspillage ! »

Je refermai brusquement mon livre et lançai un regard sombre à *Sam gon*. D'une voix forte, je dis dans mon meilleur chinois : « Quelle différence ça fait comment on *vous* appelle ? Mon *huhng-moh gui*, mon ami le démon aux cheveux roux, dit qu'on n'a qu'à laisser tomber une assiette dans un restaurant, pour qu'une douzaine de Chinetoques nous répondent ! »

Les yeux de *Sam gon* s'agrandirent comme des soucoupes. Une grande assiette tomba des mains de belle-mère. Grand-maman sortit de la pièce. Ce soir-là, il n'y eut pas de souper pour moi. Belle-mère pouvait frapper fort, mais quand père rentra de son travail au restaurant, il me frappa encore plus fort. Il me tapa avec une liasse de *Chinese Times* repliés.

On m'envoya dans ma chambre où je me mis à haïr encore plus la langue chinoise qui me faisait passer pour un idiot. Je détestais les mots cantonais, la complexité des dialectes villageois sur lesquels trébuchait ma langue. J'aurais voulu être quelqu'un d'autre, quelqu'un comme Freddy Bartholomew, qui était riche, vivait dans une superbe maison et n'avait pas besoin de connaître un seul mot de chinois.

Un jour que j'étais coincé à la maison parce que j'avais du mal à respirer, le facteur nous apporta quelque chose d'important. Tous les autres étaient sortis, j'étais seul avec belle-mère. Les documents bizarres l'effrayaient, et elle m'appela à la porte. « Que nous veut ce démon blanc ? » Je compris qu'elle aurait voulu que Suling soit ici avec son anglais irréprochable.

Le facteur barbu m'expliqua qu'il avait besoin d'une signature ; il nous tendit un paquet, comme pour nous tenter. Belle-mère regarda le colis avec notre adresse en anglais et quelques mots en chinois qui cascadaient le long des mots estampillés : DE CANTON, INSPECTÉ/ZONE INTERNATIONALE.

« Demande juste à ta maman de tracer un *X* », me dit l'homme en dessinant la lettre dans les airs. Je dis à belle-mère qu'elle devait signer.

Elle prit le crayon du facteur, et il lui indiqua d'un geste le document qu'il avait à la main. Belle-mère traça soigneusement deux lignes, l'une par-dessus l'autre. Elle aurait pu écrire son nom en idéogrammes chinois, mais l'homme ne voulait qu'un *X*. C'était la première fois que je voyais belle-mère écrire quelque chose en anglais. *X*. Le sourire en coin du facteur lui déplut.

« Sek-Lung, dis au démon blanc de me donner la boîte.

— Monsieur, dis-je, ma maman veut la boîte tout de suite.

— Tu es pas mal dégourdi, mon petit bonhomme, dit-il en lui mettant le colis dans les mains.

Il salua belle-mère, referma son livret de reçus et s'en alla.

« Tu as entendu ça ? demandai-je. Il a dit que j'étais *dégourdi*.

— Dégourdi en anglais, ce n'est pas dégourdi en chinois », répondit belle-mère.

Je la suivis jusqu'à la table de la cuisine. À l'aide d'un grand couteau aiguisé qu'elle tenait adroitement dans sa main, belle-mère trancha la corde. Je déchirai l'emballage en papier kraft.

Belle-mère hésita un instant, puis elle mit la main dans la boîte et en sortit une veste matelassée en soie verte. Quand, avec une grande délicatesse, elle l'eut dépliée, nous découvrîmes une épaisse Bible tachée d'eau en anglais et en chinois, trois photos — dont l'une était en tout point identique à celle du cadre de bambou — et une enveloppe officielle de l'*Hôpital de la mission*.

Muette, belle-mère effleura la crête tachée du dragon sur la manche de la veste. Les griffes de la bête s'enfoncèrent dans ma poitrine. Ses ailes géantes poussaient contre mes côtes.

Belle-mère sortit une feuille de papier pelure de l'enveloppe et contempla d'un air vide les deux petits paragraphes tapés à la machine ; la langue des démons lui rendit son regard vide. Elle mit la feuille dans ma main.

« Que dit ce papier ? me demanda-t-elle à voix basse. Vite, Sek-Lung, dis-le-moi ! »

Je lus silencieusement le message tapé à la machine, puis je commençai à les bredouiller dans mon chinois déficient, *mo no* :

« … une bombe… Mlle Suling Chen… »

À la fin, pour éviter le regard de belle-mère, et pour ne pas entendre le silence qui résonnait désormais plus fort que n'importe quel bruit, je déposai la lettre et j'ouvris la Bible usée. Il y avait quelque chose d'écrit à la main sur la page de garde. Ces mots faisaient face à une page décorée expliquant que le livre avait été offert comme premier prix de langue étrangère. Belle-mère pointa le doigt vers les mots écrits à la main en anglais.

« *Lis* », m'ordonna-t-elle.

Je lus.

POUR SEK-LUNG, FIL DE LILY, MON AMIE LONGUE DATE. JE NE PAS L'OUBLIER JAMAIS. VESTE À FEUILLES ET LIVRE AVEC BÉNÉNICTIONS DE DIEU.

— CHEN SULING

Pendant qu'elle m'écoutait, belle-mère s'efforçait de déchiffrer les deux colonnes de mots chinois tracés au pinceau à côté des mots anglais. Elle hocha la tête. Oui, cela voulait dire la même chose. Oui, c'était bien de la main de sa meilleure amie. Oui, même si les idéogrammes étaient tremblés, même s'il y avait des taches d'encre ici et là, des hésitations, comme si la force ou la foi déclinaient.

Belle-mère me prit la Bible des mains. « Tu vois comme son anglais est excellent, Sek-Lung ? Elle gagnait des prix. Je ne t'avais pas dit que Suling était la meilleure ? »

Je ne répondis pas.

Belle-mère referma le gros livre, le tint un moment et me le remit dans les mains. Dans ma poitrine, le dragon desserra ses griffes, les tordit une fois et s'envola. Belle-mère replia la veste et se hâta de tout ramasser, puis elle se dirigea silencieusement vers sa chambre.

Jamais plus je n'entendis belle-mère prononcer le nom de Chen Suling.

Neuf

En 1940, lorsque grand-maman mourut à l'âge de quatre-vingt-trois ans, toute notre famille retint son souffle. Elle nous avait promis un signe de son départ, une dernière preuve que sa vie avait connu une bonne fin. Mes parents savaient que, sans un signe clair, la chance de notre propre famille s'en trouverait affectée, menacée. Chaque jour, belle-mère allait inspecter la petite chambre en désordre que la vieille dame avait occupée. Rien n'avait été touché ; rien n'avait été changé. Croyant qu'un signe devait apparaître dans le jardin de grand-maman, père regardait les tiges tuées par le gel et reculait : *Non, ça ne pouvait être ça.*

La conduite de nos parents plongeait mes deux frères adolescents et ma sœur, Liang, dans l'embarras. Qu'est-ce que les Blancs de Vancouver allaient penser de nous ? Nous étions désormais des Canadiens, des *Chinois-Canadiens*, une réalité à trait d'union que nos parents ne pourraient jamais accepter. Il semblait donc que, pour des raisons différentes, nous retenions tous notre souffle, attendant *quelque chose*.

J'avais presque sept ans à la mort de grand-maman. Pendant des jours, elle avait résisté, refusant d'aller à l'hôpital… *un rhume, juste un rhume*… Elle préférait répéter à belle-mère comment faire bouillir les racines de gingembre mêlées à de l'extrait amer. Le soir, entre les quintes de toux et les silences mortels, grand-maman se faisait frictionner le dos et la poitrine avec de l'huile de camphre chauffée et sirotait une infusion bleutée faite à base d'une herbe appelée queue de paon.

Tous ces moyens ayant échoué à faire baisser sa fièvre, elle demanda à père de l'aider à fixer les détails de son testament. « Je suis trop têtue, finit-elle par avouer. Le seul remède contre la vieillesse, c'est la mort. »

Père pleura en entendant ces mots. J'étais debout à son chevet : elle se tourna vers moi. Son visage rond paraissait plus foncé, et ses yeux doux, surmontés de minces sourcils arqués, semblaient épuisés. Je repoussai quelques mèches de cheveux gris et rêches de son visage ; elle parvint à me sourire. Comme j'étais le plus jeune, j'avais passé presque tout mon temps avec elle, et je savais qu'elle serait toujours à mes côtés. Et pourtant, quand elle parla et que j'entendis sa voix hésiter, craquer, les ombres noires de sa chambre me donnèrent froid dans le dos. Son front ridé devint moite de fièvre, et son petit corps parut encore plus minuscule.

« Tu sais, petit-fils, quoi qu'il arrive, je ne te quitterai jamais », me dit-elle. Elle tendit la main vers la mienne. Sa paume était moelleuse et chaude, les vieux doigts minces étaient fermes, osseux ; son étreinte était si magiquement solide qu'il m'était impossible d'imaginer qu'elle puisse un jour me quitter. Impossible.

Ses mains *étaient* magiques. De longs doigts élégants aux ongles impeccables, un réseau de veines fines à peine visibles, une peau ridée de la couleur du pin pâle. Ces mains étaient agiles quand elle m'enseignait, à six ans, de simples tours de jongleur. Elle avait appris ces tours dans son enfance, quand une troupe de baladins avait séjourné à la ferme de son père dans un village du sud de Canton. L'un d'eux, « grand et pâle comme la blancheur des pétales », s'était épris d'elle, lui avait promis de revenir. « Mon jongleur, dit-elle, il n'est jamais revenu d'Honan… peut-être la famine… » Pendant ses dernières années, l'image de cet homme était réapparue dans la vie de grand-maman. C'était un magicien, un acrobate, un jongleur, et, par ses histoires et par ses jeux, elle me transmettait certaines des choses qu'il lui avait apprises.

J'étais particulièrement émerveillé par la rapidité et l'agilité des mains de grand-maman, qualités qui se révélaient quand elle confectionnait des carillons éoliens à l'occasion de nos anniversaires. Ces carillons ressemblaient à celui que son ami lui avait offert avant de partir, fabriqué avec des bouts de ficelle et la précieuse pivoine de jade, une pierre gravée de la taille d'un gros sou ; suspendue au centre du carillon au bout d'un ruban de soie rouge, la pivoine oscillait comme le battant d'une cloche sacrée. Ce magnifique cadeau avait été brisé des années auparavant en Chine, mais grand-maman conservait le pendentif de jade dans un petit sachet de soie rouge, et elle le garda toujours dans sa poche, jusqu'au jour de sa mort.

Ceux qu'elle fabriquait n'étaient pas des carillons ordinaires, bâclés, comme ceux qu'on trouve aujourd'hui dans nos magasins de Chinatown, et dont le bruit de crécelle nous rend dingues. La fabrication de ces carillons particuliers causa toutefois de la dissension au sein de notre famille, et de la honte. Tous ceux qu'elle faisait étaient créés à partir de son trésor — un coffre rempli de tessons et de bijoux en toc jetés aux ordures. Pour le reste de la famille, le problème était celui-ci : cette chasse au trésor amenait grand-maman à rôder dans les ruelles derrière les rues Keefer et Pender, à fouiller dans les poubelles de nos voisins et à lancer des imprécations pour éloigner les chats nerveux et affamés.

« Tous nos amis se moquent de nous ! » finit par dire deuxième frère Jung à notre père un jour que grand-maman était allée prendre le thé chez Mme Lim.

« Nous ne sommes pas pauvres, déclara premier frère Kiam. Pourtant, elle et Sek-Lung fouillent dans les poubelles comme… des mendiants ! » ajouta-t-il en me repoussant, frustré. Je m'affalai contre ma sœur.

« Elle va rendre petit frère complètement fou », renchérit ma sœur Liang. À l'improviste, elle me pinça alors violemment dans le dos. Je bondis. « Vous voyez comme il est *nerveux* ! »

Je levai légèrement mon pied, assez pour le balancer et en donner un coup au mollet de Liang. Elle poussa un hurlement et serra le poing pour me frapper à nouveau. L'air menaçant, Jung fit un pas dans ma direction.

« Arrêtez, vous tous ! » Exaspéré, père secoua la tête. Comment oserait-il dire à l'Aïeule, sa vieille mère, que ce qui convenait dans un village pauvre de la Chine était ici source de honte ? Comment pouvait-il m'empêcher, moi, son plus jeune enfant, d'accompagner ma grand-mère ? « Elle n'est pas une mendiante à la recherche de nourriture. Elle cherche... elle cherche... »

Belle-mère voulut dire quelque chose, puis elle se tut. Elle aussi se sentait perplexe, et quelque peu mortifiée. Ils aimaient tous grand-maman, mais elle n'était pas convenable, elle dérangeait.

Quant à nos voisins, la plupart d'entre eux prenaient grand-maman pour une lunatique ; d'autres admettaient qu'elle fabriquait vraiment de jolis jouets, mais dans quel but ? *Pourquoi ?* demandaient-ils, et les histoires qu'elle me racontait, l'histoire du jongleur qui lui avait souri, scintillaient dans ma tête.

Pour finir, par ses remarques caustiques, la famille exerça assez de pression sur grand-maman pour qu'elle cesse d'annoncer ouvertement nos expéditions. Elle m'emmena plutôt « magasiner », soi-disant pour acheter des vêtements ou de la nourriture ; en réalité, nous passions presque tout notre temps à explorer des quartiers plus éloignés, où nous étions moins connus, à la recherche de rebuts magnifiques : les morceaux tintinnabulants d'un vase brisé, des fragments de verre rouge canneberge sur lesquels des feuilles étaient embossées, les perles de verre de colliers achetés chez Woolworth. Nous les rapportions clandestinement dans des sacs de riz bruns, emballés en petits paquets, et nous les cachions sous son lit. Pendant la journée, quand les autres étaient à l'école ou au travail, nous sortions les sacs et lavions nos trouvailles dans une grande marmite noire remplie d'eau bouillante et de lessive, nous les séchions soigneusement et les replacions, étincelantes, dans leur cachette sous son lit.

Nous fûmes particulièrement excités quand un incendie rasa la grande église presbytérienne chinoise à trois rues de chez nous. Le lendemain, nous nous précipitâmes vers les ruines encore fumantes pour enjamber les poutres noircies et recueillir les tessons de vitraux qui luisaient dans la lumière du soleil. Sa petite silhouette courbée, enveloppée dans un manteau matelassé bleu foncé pour se protéger du vent d'automne, ma spirituelle compagne de jeu ramassait joyeusement chaque tesson, comme si c'était une pépite d'or. « En voilà un bon ! *Là !* »

Des heures plus tard, couverts de suie, sentant la fumée, nous rentrâmes avec une caisse remplie de délicats fragments ; il était encore assez tôt pour faire entrer le tout dans la maison et cacher la petite boîte sous le lit de grand-maman.

« Ce sont des pièces spéciales, dit-elle en donnant une dernière poussée à la boîte, parce qu'elles viennent d'un lieu sacré. »

Elle se releva lentement et, pour la première fois, je vis sa main se mettre à trembler. Puis, dans sa joie, elle me serra dans ses bras. J'enfouis mon visage dans son manteau bleu matelassé et, l'espace d'un instant, le monde entier sembla parfait.

Un soir que la famille était réunie au salon, chacun à sa place habituelle, grand-maman m'adressa son signal d'alarme secret : un léger clin d'œil et un frémissement de ses narines. Il y avait des problèmes dans l'air. Le souper s'était mal passé, les examens scolaires approchaient. Père avait échoué à rendre un article pour le *Chinese Times* à la date d'échéance.

Sœur Liang soupira profondément. « Mais c'est inutile, ce chinois qu'on nous enseigne ! se plaignit-elle en se tournant vers premier frère Kiam pour obtenir son appui.

— Je pense comme elle, commença Kiam. Vous devez comprendre que ce mandarin ne fait que nous embrouiller. Nous parlons le cantonais…

— Et vous ne vous plaignez pas du latin, du français et de l'allemand que vous apprenez à votre école anglaise ? »

Père froissa son journal, un signe que sa patience était à bout.

« Mais, père, ce sont des langues *scientifiques*, insista Kiam en agitant son pinceau dans les airs. Nous sommes maintenant dans un monde scientifique, un monde logique. »

Père resta silencieux. Il voulait que ses enfants apprennent les manières anciennes et les manières modernes.

Grand-maman continua de se bercer calmement. Elle félicita belle-mère pour son tricot, fit une remarque sur la

« beauté forte » des coups de pinceau de Kiam. Malgré lui, Kiam se rengorgea en entendant le compliment.

« *Daaih ga tohng yahn*, dit grand-maman. Nous sommes tous chinois. » Son ton catégorique indiquait que ces propos troublants sur l'ancien et le moderne devaient cesser.

« Et Sek-Lung, lui ? dit deuxième frère Jung en pointant le doigt dans ma direction, l'air irrité. Il était malade l'an dernier, mais, cette année, il aurait au moins dû commencer l'école chinoise au lieu de fouiller dans les poubelles !

— Il commence l'an prochain », dit père.

Il avait parlé de cette voix sèche qui fit aussitôt comprendre à tout le monde qu'il valait mieux se taire. Liang referma brusquement son livre.

En fait, je déplorais de ne pas avoir commencé l'école l'année précédente. Je savais que fréquenter l'école comportait certains privilèges. Le retard causé par l'infection pulmonaire dont j'avais souffert à cinq et à six ans n'avait fait qu'attiser mon désir d'aller à l'école. Tous les membres de la famille m'enseignaient à tour de rôle, le dimanche, Mais c'était grand-maman qui m'enseignait le plus. Me donnant de petites tapes sur la tête, elle disait : « Viens, Sek-Lung, nous avons notre travail », et nous montions l'escalier jusqu'à sa petite chambre encombrée. Là, au milieu de ses châles antiques, de la calligraphie ancestrale et des étoffes brodées multicolores suspendues au plafond, sous les étagères supportant de mystérieuses herbes à l'odeur suave et des potions amères, nous continuions à fabriquer des carillons.

« Je ne peux pas durer toujours, déclara-t-elle en me confiant le secret du carillon que nous avions commencé à faire ce matin-là. Il chantera et dansera et brillera. » Ses longs doigts s'étirèrent dans les airs, mimant le balancement de son carillon fantôme. « Mon esprit entendra sa musique, il verra sa lumière et reviendra dans cette maison pour te dire adieu. »

Avec adresse, elle fouilla dans la caisse de carton qu'elle avait placée sur la chaise à côté de moi. Elle en tira une pièce ambrée en forme de poisson et, à l'aide d'une règle d'acier et d'un instrument semblable à une aiguille, elle la raya. Pressant la lame d'un couperet contre le bord, elle releva le verre jusqu'à ce qu'il ait pris la forme exacte dont elle avait besoin. Sa main se mit à trembler, les bouts de ses doigts frémirent comme la surface ridée de l'eau.

« Tu vois ça, petit ? » Elle leva sa main. « C'est mon corps qui lutte contre la Mort. La Mort est maintenant dans cette chambre. »

Je fus pris de panique et mes yeux s'exorbitèrent, mais grand-maman demeura calme et elle poursuivit son travail sans se laisser perturber. Je pris le pot de colle et j'enlevai le bouchon de liège pour elle. Ses mains retrouvèrent bientôt leur gracieux mouvement rituel, et je me perdis dans la magie de sa tâche ; elle appliqua à petits coups un mélange secret de colle à une extrémité du morceau de verre et y laissa adroitement tomber le bout tressé d'un cordon de soie. Cette étape m'émerveillait toujours : la tresse se défaisait lentement, *très* lentement, se déployant comme une queue de poisson. En quelques secondes, tandis que je soufflais légèrement dessus, la colle artisanale commençait à durcir, soudant sur lui-même chaque fil de soie distinct.

Chacun des pots de colle — de la taille d'un bocal de confiture — était un trésor ; chacun des gros bouchons de liège avait été enveloppé dans un bout de soie rose. Nous allions dans les meilleurs magasins de Chinatown pour trouver le coupon de soie parfait dont elle avait besoin. Il devait être d'un rose profond, tirant sur le rouge. Et la nuance devait, dans la mesure du possible, s'accorder avec son précieux morceau de jade gravé, la petite pivoine de jade blanc et rouge pâle, son talisman irremplaçable. Au centre de la pierre presque translucide, il y avait une nappe rose pâle, large d'un pouce au maximum, dont les veines jaillissaient en spirales pour former les pétales de la fleur.

« Cette couleur est celle de mon esprit », dit grand-maman en l'élevant vers la fenêtre pour me permettre de voir le pastel délicat dans les larges rayons du soleil. Elle baissa la voix, et je retins mon souffle, ébloui par la couleur. « Ceci m'a été offert par le jeune acrobate qui m'a montré à jongler. Il en avait quatre, et chacun avait un centre de cette couleur rare, la couleur de la chance. » La pierre sembla palpiter quand elle la retourna. « Oh ! Sek-Lung, il avait les cheveux blancs et la peau blanche *jusqu'aux orteils !* C'est vrai : je l'ai vu se baigner. » Elle se mit à rire et rougit, son regard s'attendrissant à ce souvenir. La soie devait s'accorder avec le cœur rose du pendentif car, pour elle, la couleur était magique : elle retenait ensemble les fils épars de sa mémoire.

Six mois avant la mort de grand-maman, nous commençâmes à travailler à son dernier carillon éolien. Trois minces tiges de bambou de longueurs variées furent passées à la vapeur et recourbées pour former de petits anneaux ; vingt longueurs exactes de fil de soie, de l'espèce la plus solide, furent coupées et tressées aux deux extrémités, puis collées à des morceaux de vitrail. Ses mains travaillaient de leur propre chef ; agiles, elles avaient leur vie propre : elles coupaient, cassaient, tressaient, nouaient. Parfois, grand-maman respirait fort, et son corps menu, de plus en plus filiforme, s'affaissait contre moi. *La Mort*, pensais-je, *est dans la chambre*, et je redoublais d'ardeur à côté de grand-maman. Pendant des semaines, elle et moi avons poursuivi ce travail un soir sur deux ; chaque fois, nous préparions une demi-douzaine de pièces. Le tremblement de ses mains empira, mais elle ne dit rien. Enfin, après avoir rejeté cent morceaux, elle me dit qu'elle avait les vingt pièces nécessaires. Mais, cette fois, comme il s'agissait d'un carillon sacré, je ne serais pas autorisé à l'aider à l'assembler, je n'aurais pas la joie de le suspendre.

« Une fois assemblé, dit-elle pour me consoler de ma déception, même moi je ne pourrai pas le suspendre. Il ne doit produire aucun son avant ma mort.

— Que va-t-il se passer ?

— Ton père prendra le cordon tressé du milieu et soulèvera le carillon. Il l'accrochera dans la fenêtre de ma chambre pour que mon esprit puisse le voir, et l'entendre, et revenir. Je dois dire convenablement adieu à ce monde, sinon je vais errer pour toujours dans cette terre étrangère.

— Tu peux prendre le tramway ! » m'écriai-je, soudain bouleversé en comprenant qu'elle avait vraiment l'intention de me quitter.

J'eus l'impression d'entendre le son cristallin du carillon, de voir ses couleurs chatoyer sur le mur ; je m'affalai contre grand-maman et me mis à pleurer et là, au milieu de mes larmes, je sus qu'elle allait mourir. Je me rappelle encore la sensation de sa main sur ma tête et l'odeur de son gros chandail de laine pressé contre mon visage. « Je serai toujours avec toi, petit Sek-Lung, mais d'une façon différente… Tu verras. »

Des semaines passèrent, et rien n'arriva. Puis, un soir de la fin de septembre, grand-maman préparait le souper quand, regardant par la fenêtre de la cuisine, elle vit un chat — un chat blanc efflanqué — sauter dans notre poubelle et la renverser. Elle sortit en vitesse pour le chasser, lui criant des malédictions. Elle ne portait pas son épais chandail et, quand elle rentra, elle était transie. Elle s'appuya contre la porte. « Ce n'était pas un chat », dit-elle et, en entendant le ton bizarre de sa voix, père la regarda avec inquiétude. « Je ne peux pas reprendre mes malédictions. C'est trop tard. » Elle prit le bras de père. « Il était tout blanc et il avait les yeux roses comme le feu sacré. »

Père sursauta et ils pâlirent tous deux. Mes frères et ma sœur, qui débarrassaient la table, se figèrent.

« Le brouillard vous a trompée, dit belle-mère. Ce n'était qu'un chat. »

Mais grand-maman secoua la tête, car elle savait que c'était un signe. « Je ne vivrai pas toujours, dit-elle. Je suis prête. »

Le lendemain matin, un rhume sévère la garda alitée. Je pris quelques-uns de mes jouets et allai m'asseoir à son chevet. Là, je la questionnai à propos du chat. « Pourquoi père a-t-il sursauté quand vous avez dit que le chat était blanc avec des yeux roses ? Vous l'avez vu, mais pas lui.

— Mais lui et belle-mère savent ce que ça veut dire.

— Qu'est-ce que c'est ?

— Mon ami, le jongleur, le magicien, était aussi pâle que du jade blanc, et il avait les yeux roses. »

Je crus qu'elle allait commencer à me raconter une de ses histoires, une histoire d'enchantement ou d'aventures merveilleuses, mais elle ne fit que s'arrêter pour déglutir ; ses yeux luisaient, perdus dans ses souvenirs. Elle prit ma main, ouvrit et referma doucement ses doigts sur elle. « Sek-Lung, soupira-t-elle, il est revenu vers moi. »

Puis, grand-maman retomba dans ses oreillers et les fleurs brodées se soulevèrent pour encadrer son visage ridé. Elle posa sa main sur la mienne, et ma propre main se mit à trembler. Je dormis par intermittence à côté d'elle. Quand je me réveillai, il faisait noir et son lit était désert. On l'avait conduite au sous-sol de l'hôpital Saint-Paul, où l'on accueillait les Chinois malades. Je ne fus pas autorisé à aller la voir.

Quelques jours plus tard, grand-maman mourut des suites d'une pneumonie. Aussitôt après sa mort, père rentra à la maison. Il ne nous dit rien, mais il monta à la chambre de sa mère, écarta les rideaux de dentelle de sa fenêtre et leva le carillon éolien vers le ciel.

Fondant en larmes, je mis rapidement la main dans ma poche pour prendre un mouchoir. Au lieu du mouchoir, mes doigts trouvèrent la petite pivoine de jade ferme et ronde. Dans l'œil de mon esprit, je vis grand-maman sourire et j'entendis, doucement, le centre rose battre comme un beau cœur saisi d'une crampe.

Dix

En septembre, un mois avant la mort de grand-maman, tout le monde s'inquiéta à mon sujet. Je voulais désespérément retourner à l'école, j'avais hâte de prouver que j'étais désormais grand comme mes deux frères aînés, Kiam et Jung. Une fois de plus, le médecin de l'école refusa de m'accepter.

« Sek-Lung a encore des problèmes respiratoires, demanda-t-il à Kiam d'expliquer à père. Je recommande qu'il continue d'étudier à la maison et tente de nouveau sa chance l'an prochain. »

Père hocha doucement la tête et premier frère haussa les épaules. Il n'existait pas d'argument contre la science de la médecine. Cette année encore, mes deux frères aînés et ma grande sœur Liang allaient devoir superviser mes études. L'école renvoya Kiam à la maison avec une pile de livres et de feuilles d'exercices polycopiés pour me garder l'esprit occupé.

Grand-maman vit que j'étais profondément déçu.

« Pas pleurer, dit-elle en ouvrant une série de pots remplis de poudres et de tiges à l'odeur âcre. Je te fais guéri. Je fais tes poumons plus forts.

— Je ne veux plus d'herbes ! » protestai-je.

La première fois que j'avais été renvoyé de l'école, en première année, ç'avait été entièrement ma faute. Jung m'avait averti de ne pas me faire remarquer, de m'occuper de mes affaires ; et, grâce à la réputation de dur de mon frère, les fiers-à-bras de l'école me laissaient tranquille. Mais, après la deuxième semaine, j'oubliai les conseils de Jung et, quand Mlle MacKinney demanda un élève pour nettoyer les brosses du tableau pendant la récréation, j'agitai joyeusement la main. Je voulais recevoir d'elle une étoile de bonne conduite.

Debout dans l'escalier de l'école, fier comme un paon dans ma nouvelle culotte courte, je frappais les brosses l'une contre l'autre au même rythme que belle-mère quand elle hachait des légumes dans la cuisine. Il n'y avait pas de vent, ce jour-là. Des nuages de poussière de craie montèrent dans l'air et retombèrent sur moi. Des particules pénétrèrent dans mon nez et ma gorge ; pris de panique, je me mis à suffoquer. Deux filles plus âgées se précipitèrent à mon secours. Du sang jaillit de ma narine gauche. Craignant de tacher ma culotte neuve, je me penchai en avant et me pinçai le nez pour faire cesser l'hémorragie, puis me redressai très vite par manque d'oxygène.

« Bonté divine ! s'écria l'une des deux grandes filles, l'air incrédule. Respire par la bouche ! »

J'obéis.

Épouvantées, les deux filles me firent monter les marches de bois et me poussèrent dans le corridor jusqu'au bureau de la direction. Lorsque je trébuchai, elles m'attrapèrent par mes bretelles et traînèrent mon corps maculé de sang à l'infirmerie.

Installé dans un fauteuil de cuir, je finis par me calmer suffisamment pour respirer un air aux relents d'iode. L'infirmière m'appliqua une compresse froide sur le nez et essuya efficacement le sang sur mes jambes nues. Mon pantalon court en flanelle grise était fichu. Elle s'agenouilla et me fit me gargariser avec une eau bleutée à la saveur de menthe, mais rien ne put arrêter le sifflement de mes poumons. On alla chercher ma sœur Liang dans la classe de travaux manuels de Mlle Dafoe pour qu'elle me ramène chez nous. Liang ne m'en voudrait pas trop, je le savais ; elle détestait Mlle Dafoe, qui enseignait aux élèves à lire une règle en leur frappant les jointures quand ils ne pouvaient indiquer la marque du quart de pouce.

« Tu es un vrai désastre, dit Liang en me tirant dans la rue. J'espère que je ne serai pas obligée de te laver. »

Grand-maman commença à faire bouillir des herbes amères pour me faire une infusion ; elle me tint la tête en arrière, me frotta la poitrine avec du baume du tigre et me fit respirer dans un nuage de vapeurs d'eucalyptus.

Trois jours plus tard, le représentant médical de la ville de Vancouver nous rendit visite. Il déboutonna ma chemise et renifla. Le baume de tigre lui fit retrousser le nez. Il examina les pièces de notre maison.

« C'est toujours aussi humide ? demanda-t-il.

— Seulement chez riches pas humide », répondit père dans cet anglais déficient qu'il utilisait avec les autorités blanches.

Le médecin nous fit tous passer un test de tuberculose.

Nous le passâmes avec succès. Je n'avais pas la tuberculose, mais mes poumons étaient congestionnés. J'avais des fièvres nocturnes.

« Sek-Lung doit rester à la maison jusqu'à ce qu'il respire sans problème », décréta le médecin.

Quand grand-maman était vivante, je lui disais que je voulais désespérément aller à l'école et être grand comme premier et deuxième frères. Kiam et Jung revenaient à la maison et ouvraient des livres impressionnants, ils écrivaient des mots et des formules en se servant de longs porte-plumes de bois. Ils en trempaient la pointe dans une bouteille d'encre Bluebird qu'on refermait en vissant le couvercle. Kiam me laissait parfois presser un buvard sur son texte et le tenir devant le miroir de l'entrée pour voir si je pouvais lire les mots qui s'y reflétaient.

Liang lisait rapidement et j'étais impressionné en la voyant tourner les pages de *Beautiful Joe* et de *Little Women* avec des larmes et des sourires soudains. Elle me faisait parfois la lecture à voix haute, simplifiant les passages pour m'aider à comprendre. L'histoire du chien était ma préférée.

Quand je les regardais partir pour l'école le matin, j'aurais voulu suivre des cours donnés par un vrai professeur, comme Mlle MacKinney, qui avait une ombre de moustache au-dessus de la lèvre supérieure et des lunettes à monture d'acier ; j'avais été dans sa classe pendant mes deux premières semaines d'école. J'avais aimé la voir sourire tout à coup, et la joie qui avait éclairé ses yeux bleus quand elle avait découvert que je pouvais lire des mots en anglais (même si ma prononciation n'était pas tout à fait juste). À ses yeux, je n'étais pas différent des enfants japonais, ukrainiens, russes, juifs et italiens de sa classe.

« T'in fais pas, Sek-Lung, m'avait dit Mlle MacKinney. Moi aussi, j'ai un accint ! »

Après une année de tutorat, mes deux frères et ma sœur étaient devenus impatients, irascibles. Deuxième frère Jung martelait la table pour m'apprendre à épeler correctement ; sœur Liang refermait brusquement le livre de lecture quand je lui demandais d'aller moins vite, et premier frère Kiam grognait chaque fois qu'il devait répéter, encore et encore, les tables de multiplication de sept, huit et neuf avec moi. Liang se plaignit que c'était injuste : elle avait aussi tous ces devoirs de l'école chinoise alors que je n'avais que des devoirs anglais. Kiam et Jung se réjouissaient parfois de mes progrès, mais je me sentais toujours floué, exclu des mystères recelés dans l'imposant édifice rouge brique de l'école Strathcona. Quand, les jours de beau temps, nous longions les rangées de fenêtres ouvertes, un sentiment de manque me submergeait et je me tournais vers grand-maman.

« Écoute, lui disais-je, ils chantent. »

Un piano entonnait un air entraînant et un chœur de voix suivait comme une joyeuse armée. Les larges feuilles des érables bruissaient dans la brise. Je m'asseyais avec grand-maman dans les marches et, pendant quelques minutes, nous contemplions les montagnes de North Shore en écoutant les arbres et la musique.

Aller à l'école voulait dire beaucoup pour moi.

« Tu vas l'an prochain, me promit grand-maman, même si elle s'affaiblissait sous le poids de sa quatre-vingt-troisième année. Tu deviens plus fort.

— Comment ?

— Nous trouvons moyen. »

Après les funérailles de grand-maman au cimetière Ocean View, je me mis à chercher le fantôme de mon ancienne gardienne pour avoir de l'aide. Je savais que, bien que morte et enterrée dans un cercueil en pin, grand-maman ne m'abandonnerait jamais. Elle verrait à me faire commencer l'école en septembre de l'année suivante. Je n'avais qu'à la voir, en esprit, pour savoir que tout se passerait bien la prochaine fois. L'Aïeule était morte, je n'en doutais pas. J'avais vu grand-maman étendue sur les draps blancs de son cercueil, j'avais vu ses sourcils soulignés au crayon, son visage ciré. Mais je n'avais pas pleuré, parce que l'Aïeule ne me quitterait jamais. Je le savais.

J'errais dans la maison, l'esprit ailleurs ; j'ouvrais la porte de la chambre de grand-maman et, plein d'espoir, je contemplais la pièce encombrée, plongée dans le silence. Oscillant à peine, son dernier carillon éolien captait la lumière du matin. Belle-mère avait promis de faire le ménage de la chambre de grand-maman après le nouvel an chinois, en février. On allait donner cette pièce à sœur Liang. J'en voulais à belle-mère d'avoir fait cette promesse et j'entrepris une campagne de bouderie : comment pouvait-elle donner ainsi la chambre de grand-maman ? Je refusai d'accompagner troisième oncle au cinéma et, aux repas, je ne mangeais plus que la moitié de mon bol de riz. Je devins maigre et renfrogné. Il fallait me pousser pour me faire faire autre chose que jouer à la guerre. Chaque fois qu'on m'emmenait dehors, je prenais un air étrange, la bouche ouverte, et je chuchotais ouvertement des choses à grand-maman.

Les gens de Chinatown se détournaient et marmonnaient dans mon dos. Pauvre Sek-Lung... *Il a passé ses sept ans avec Poh-Poh... Il ne se remet pas.*

Pendant leurs parties de mah-jong, les amies de belle-mère lui donnaient de sages conseils, elles la suppliaient de se montrer patiente et m'offraient des sucreries, de précieuses oranges. Tant les amis que les ennemis politiques de père lui témoignèrent leur sympathie. Personne ne voulait débattre de l'avenir de la Chine avec lui ; personne ne voulait traiter avec un homme dont le fils était hanté. Parfois, Kiam et Jung roulaient leurs yeux. Sœur Liang refusait de m'emmener là où je risquais d'être vu ou entendu par les copines avec qui elle dansait le jitterbug.

En vérité, le fantôme de l'Aïeule me tirait par la manche et ne voulait pas lâcher prise.

Quand elle vivait encore, grand-maman m'avait enseigné que les esprits et les fantômes étaient partout parce que les Chinois étaient un peuple très ancien ; tellement de Chinois étaient morts que leurs dix mille millions de fantômes habitaient « comme le peuple Han » dans la Chine ancienne. Qu'ils soient paysans ou monarques, disait grand-maman, les gens de la Chine ancienne trouvent naturel que ces fantômes vivent constamment à leurs côtés.

Ces bons et méchants fantômes étaient des esprits malins et des démons terrifiants. Ils pouvaient déranger ou rétablir l'harmonie des forces *yin* et *yang* — les *fung-suih*, les éléments *vent* et *eau* qui contribuent à équilibrer notre nature « chaude » et « froide ». L'équilibre entre le *vent* et l'*eau* façonnait notre destin, guérissait nos maladies, apportait la chance ou la malchance. Autrement, comment pourrions-nous assurer notre chance ? Comment rester en santé et loin de la maladie ? L'Aïeule n'était-elle pas en train de ramener à la normale ma respiration oppressée avec ses mixtures d'herbes et de baumes anciens ? Chacune de ces mixtures n'exigeait-elle pas un équilibre extérieur, comme celui du vent et de l'eau, tandis que ses doigts massaient les points *che*, les points d'« énergie » situés sur la plante de mes pieds ?

« Les bons et les mauvais fantômes connaissent ces points, eux aussi », m'avait dit grand-maman.

Grand-maman m'avait également dit qu'ici, à Vancouver, il n'y avait qu'une population limitée de fantômes de Chinatown pour nous troubler, pas plus d'une centaine, en vérité, et la plupart d'entre eux étaient quelque peu confus de ne pouvoir retourner dans l'ancienne Chine avec leurs os.

Comme il fallait s'y attendre, l'Aïeule tint parole. Elle me récompensa de ma foi en revenant pour m'aider dans ma résolution de commencer l'école en septembre.

À la fin de janvier, trois mois après son enterrement, des choses, que ma famille préférait qualifier d'« incidents », commencèrent à m'arriver.

La porte arrière se referma soudain toute seule, exactement comme grand-maman (quand elle était en vie) la refermait pour empêcher les courants d'air de lui donner froid dans le dos.

« C'est grand-maman, déclarai-je.

— L'humidité, trancha premier frère Kiam d'un ton neutre. Le temps humide fait gonfler le bois.

— Il y a beaucoup de courants d'air, dit père. C'est une vieille maison.

— Encore le vent, ajouta belle-mère en serrant son chandail contre elle.

— C'est le vent et l'humidité », approuva deuxième frère Jung en regardant tout le monde à l'exception de moi.

Sœur Liang ne dit rien, mais elle me regarda fixement, troublée, incertaine. Me glissant vers elle, je lui chuchotai : « La porte s'est-elle déjà refermée toute seule comme ça quand grand-maman vivait avec nous ? » Liang écarquilla les yeux.

Une fois, avant le repas du midi, j'aperçus l'Aïeule dans l'escalier, l'air de m'attendre. Elle portait sa veste préférée, la bleue, matelassée, et sa main était posée sur la vieille balustrade en chêne. J'appelai deuxième frère Jung. Il arriva en courant, s'arrêta et regarda l'escalier. L'escalier était vide, mais Jung crut voir une ombre indistincte, comme un voile, flotter au loin.

Un après-midi nuageux, à trois heures piles (j'entends encore sonner l'horloge du corridor), l'Aïeule me fit une nouvelle visite. Cette fois, quand j'appelai, belle-mère se rua hors de la cuisine et s'immobilisa à côté de moi ; elle examina le corridor : rien.

J'avais vraiment vu grand-maman dans l'escalier, dans le corridor, et ce fait devint un sujet de débat au sein de notre famille. Personne ne voulait me croire, mais personne ne voulait réellement douter de moi non plus, car, à Chinatown, on avait coutume de dire : *et si…*

C'est-à-dire : *et si* Mme Jong n'avait pas un jour senti que quelque chose clochait et préféré ne pas s'asseoir sur ce siège près de la portière dans le tramway de la rue Hastings, le siège qui, quelques minutes plus tard, fut écrabouillé par un camion ? *Et si* M. Chan n'avait pas deux fois rêvé des chiffres 2-4-6-9, chiffres qui étaient sortis au tirage de la loterie ? *Et si* chacun des membres de la famille Soon n'avait pas vu en rêve brûler la maison ancestrale au village ? Comment auraient-ils su qu'il fallait télégraphier à leur famille là-bas pour l'avertir de quitter les lieux, et cela, trois semaines avant que les bombardiers japonais ne réduisent vraiment en cendres la maison déserte ?

Si les visions et le bon sens ne s'associaient pas pour attirer notre attention, quel était alors le sens de toute chose ? Grand-maman aurait parfaitement compris : les signes et les présages étaient le sang dans ses veines. Comme elle le répétait à son amie, Mme Lim : « Il faut seulement être attentif. »

J'entendis la grosse Mme Lim de l'autre côté de la rue demander à premier frère Kiam : « Avez-vous eu d'autres *incidents* ? »

Je n'entendis pas la réponse de premier frère, mais Mme Lim réagit en clamant de sa voix de stentor : « D'habitude, ces choses durent un an ou deux. »

Kiam grogna.

Puis, un jour de printemps, un après-midi chaud et sec, les trois fenêtres du salon se fermèrent mystérieusement : *Bang ! Bang ! Bang !*

« C'est grand-maman », annonçai-je, et tout le monde me jeta un regard sombre.

Père se hâta de « réparer » les trois fenêtres : il mit une grosse brique sur chacun des étroits rebords pour garder les fenêtres ouvertes quand nous avions besoin d'air frais. Chacune des briques disgracieuses tenait en équilibre précaire sur sa mince base, attendant de tomber.

« Père, dit poliment Kiam, ne devriez-vous pas utiliser des briques plus petites ?

— Pourquoi ? rétorqua père. Pour que Poh-Poh les fasse tomber comme des plumes ? »

Tout le monde éclata de rire, sauf moi. Cela m'était égal.

Père « répara » également la porte arrière qui continuait de se fermer mystérieusement. Désormais, il y avait un simple crochet et une chaîne pour la faire tenir en place ; la chaîne faisait pourtant parfois du bruit, comme si quelqu'un poussait contre la porte.

« Le vent, disait belle-mère d'une voix douce.

— Absolument », approuvait père, nous défiant de suggérer autre chose.

On éprouvait peu de sympathie à mon égard en me voyant m'accrocher à la présence de grand-maman. Père m'emmena même consulter un herboriste. Le vieillard ne me trouva aucun problème, sauf que j'avais la gorge un peu enflée.

« Alors, pourquoi souffle-t-il comme un asthmatique ? demanda père.

— Trop humide, ces jours-ci, répondit l'herboriste, comme si cela allait de soi. Certains enfants respirent comme ça jusqu'à ce qu'ils soient grands. »

Il me prescrivit un extrait de feuille de lotus en poudre et d'huile d'eucalyptus dans une base de miel à étaler sur ma gorge. Quand père le questionna au sujet de mes visions de l'Aïeule, l'herboriste haussa les épaules.

« Est-ce que cela fait du mal à quelqu'un ? »

Onze

Les semaines passèrent et la famille s'habitua à ma foi inébranlable dans le retour de grand-maman.

Belle-mère reprit ses travaux de ravaudage et de tricot ; père recommença à lire ses trois journaux chinois ; Kiam se remit à tourner les pages de ses gros manuels de sciences et de mathématiques et à faire la comptabilité de troisième oncle ; Jung recommença à feuilleter le cahier des sports du *News-Herald* et du *Vancouver Sun* pour lire les résultats du *Brown Bomber.* Mais, désireuse d'en apprendre davantage, sœur Liang s'attardait auprès de moi. Elle aimait parfois tenir dans ses mains la pièce de jade gravée que Poh-Poh (comme elle l'appelait) m'avait laissée avant d'être conduite à l'hôpital. Liang aimait regarder son cœur rose, passer le doigt sur les minuscules pétales gravés et se rappeler comment grand-maman parlait de son ami le jongleur et magicien ambulant. Liang me suppliait de lui raconter tout ce que je savais sur le premier amoureux de Poh-Poh. Mais seules les parties ennuyeuses l'intéressaient, et je décidai qu'il était inutile d'approfondir le sujet. Elle me demandait, par exemple, si le magicien et Poh-Poh s'étaient vraiment embrassés. Je refusais de lui répondre et nous finissions toujours par nous disputer à propos du lieu où Poh-Poh était allée après sa mort. Liang savait comment me perturber.

« Le corps de Poh-Poh est en train de pourrir dans sa tombe, dit-elle pour me provoquer. Exactement comme celui de John Brown ! » Puis, elle se mit à chantonner : « *Le corps de Poh-Poh pourrit dans sa tombe… voilà la vérité…*

— Les fantômes n'ont pas besoin d'un corps !

— Tu ne sais rien sur l'Aïeule, dit-elle. Poh-Poh est *morte* ! Demande à *Dai Goh* ! »

Dai Goh — premier frère Kiam — avait remporté un prix de sciences à l'école secondaire King Edward. Même père s'adressait à lui quand il avait besoin de renseignements sur les nouvelles bombes incendiaires que les Japonais larguaient sur les villes chinoises : il voulait savoir comment fonctionnaient ces dragons démoniaques crachant des flammes à des centaines de pieds à la ronde. Kiam connaissait les faits ; il certifierait, bien entendu, que l'Aïeule était morte. Mais je savais bien que la présence de grand-maman n'avait rien à voir avec les conclusions scientifiques d'une personne comme Kiam. Les dragons de feu étaient réels, mesurables, scientifiques ; mes visions de grand-maman, mes conversations avec elle, ne l'étaient pas.

Kiam n'avait jamais été proche de l'Aïeule. Il se targuait également d'être moderne, d'avoir dépassé ce qu'il qualifiait de « charabia illogique » ; il étudiait la physique et une chose appelée « structure atomique ». À l'école secondaire King Edward, il se classait premier en mathématiques et en sciences. Mais, chaque fois que je mentionnais avoir vu grand-maman, comme je l'avais vue au moins deux fois à côté du poêle dans la cuisine, deux fois dans l'escalier, et d'innombrables fois à la porte, Kiam se hâtait de me répéter les « faits ». *Elle est morte. Enterrée. Partie.* Elle se désintégrait en atomes et molécules élémentaires, m'expliquait-il patiemment. En particules de matière.

« Elle est là, criai-je. Je l'ai vue à la porte de la cuisine ce matin, avant le petit-déjeuner.

— Et qu'est-ce que tu fabriquais en bas de si bonne heure ? » demanda belle-mère en jetant des légumes dans le wok.

Les feuilles et les tiges se mirent à grésiller et à danser. Une odeur d'huile d'arachide, de gingembre, de coriandre et d'ail pressé embauma la cuisine.

« J'ai entendu grand-maman m'appeler, répondis-je d'un ton neutre. Elle voulait me dire… »

Mon cœur battit plus vite ; je m'interrompis.

« Voulait te dire *quoi* ? » demanda Jung en jetant un seau de bran de scie dans le poêle.

Le poêle soupira tandis que le bran de scie glissait le long des parois en fer-blanc de la chute.

« Rien », dis-je.

Belle-mère me regarda avec appréhension, mais je n'ajoutai rien.

Je savais que si j'avais répondu : « Grand-maman m'a dit : *Manières anciennes, meilleures*, tout le monde se serait moqué de moi. Père et Kiam affirmaient désormais que nous devions tous changer, progresser, rejeter l'ancien.

« Quand toutes ces sales guerres seront finies, avait déclaré père à troisième oncle, ceux qui comprennent les nouvelles manières survivront. »

Troisième oncle avait continué à tirer sur son narghilé comme s'il n'avait pas entendu.

Une autre fois, de façon encore plus inexplicable, l'Aïeule apparut sur le palier de l'escalier au-dessus de moi. Vêtue de sa veste bleue préférée, elle pointa le doigt derrière moi, et quand je remis mon regard au foyer, elle avait disparu. Par la fenêtre de la porte, je ne vis que la cabane entourée d'arbres de Mme Lim, de l'autre côté de la rue.

Mme Lim, je le savais, aimait les manières du passé, comme si elle n'avait jamais quitté Sun Wui. Elle confia à Mme Chang qu'elle avait cru voir l'Aïeule à l'étage, qui la regardait par la fenêtre. Agitant son bras couvert de bracelets d'or et de jade, Mme Chang le répéta à belle-mère pendant une partie de mah-jong, et belle-mère rejeta brusquement ses cartes.

« Ce ne sont que des histoires anciennes. »

Autour de la table, aucune des dames n'ajouta un mot. Quand nous rentrâmes à la maison ce soir-là, belle-mère laissa tomber son manteau.

« Ne répète jamais que Mme Lim raconte avoir vu l'Aïeule. C'est complètement fou, me dit-elle d'un ton indigné. N'aie pas le culot d'en parler à ton père quand il rentrera. La guerre en Chine le préoccupe déjà suffisamment. »

Ce que personne ne pouvait accepter, c'était que *grand-maman ne m'avait jamais quitté.*

À la fin du mois de mars, mes parents supplièrent mes oncles d'intervenir, d'unir leurs forces pour combattre mes lubies.

« Elle est partie, Sekky, me dit carrément troisième oncle. Ta Poh-Poh est partie. »

Je continuai à jouer avec mes soldats de plomb.

« Disparue, ajouta oncle Dai Kew. Tu reverras ta grand-mère quand tu iras au ciel. Exactement comme c'est écrit dans la Bible. »

Je regrettai d'avoir accompagné oncle Dai Kew à l'église. Pour lui, la Bible expliquait tout, même ses pertes au jeu.

Je me détournai.

Un soir que nous étions couchés, deuxième frère Jung se mit à me parler du nouvel emploi que belle-mère avait déniché à la filature de laine ; il me décrivit comment lui-même essayait de trouver de petits emplois aux quais et comment nous allions tous bientôt travailler parce que nous étions pauvres. Payer le loyer était un souci constant pour père et pour Kiam.

« Tu dois comprendre, Sekky, m'avertit-il, que la famille est complètement prise par le travail et les études. »

Il poursuivit sur sa lancée ; en vérité, c'était avec lui-même qu'il parlait. Je tombai dans une sorte de transe ; j'eus l'impression de respirer plus facilement, de devenir plus fort. Je regardai derrière Jung et je vis soudain l'Aïeule au bout du lit de deuxième frère.

« Qu'est-ce que tu regardes, Sekky ? me demanda Jung.

— Rien », répondis-je, ébranlé, et je croisai le regard de grand-maman avant qu'elle ne disparaisse.

Je me sentis mieux après l'avoir vue ; je sentis mes poumons se remplir d'oxygène et je m'endormis en souriant. Mais je sais que Jung resta longtemps assis dans son lit à contempler le clair de lune. Il voulait désespérément avoir sa propre chambre et il était exaspéré de devoir en partager une avec un petit frère qui ne cessait de voir un fantôme. Je n'y pouvais rien : mon cœur, mes yeux, ne m'avaient pas menti.

Après un autre de mes « incidents », j'entendis père jurer à troisième oncle que s'il parvenait un jour à trouver l'argent nécessaire, il ferait exhumer les os de l'Aïeule et les enverrait à la Maison des ossements de Victoria.

Liang m'avait raconté que son ami l'homme-singe était retourné en Chine avec une cargaison de la Maison des ossements — deux mille livres de vieux os, ceux de Chinois qui avaient travaillé dans des chantiers de bûcherons, sur des bateaux de pêche et à la construction du chemin de fer. Mais la guerre avait changé bien des choses. Désormais, on ne favorisait plus ces livraisons d'ossements vers la Chine. L'espace sur les bateaux était réservé aux munitions et aux marchandises d'urgence, au transport d'hommes vivants en route pour en tuer d'autres.

Dans notre famille, personne n'avait vraiment envie de parler des fantômes quand j'étais dans les parages. Ils se concentraient au contraire sur la réalité de la vie et de la mort.

Premier frère Kiam mettait l'accent sur ce Fait Primordial : la Mort voulait dire la fin de l'activité d'une personne sur terre. Les fantômes, les démons et autres esprits n'existaient pas. Je répondais en citant Mme Williams qui, à l'école du dimanche méthodiste, nous parlait du Saint-E-s-p-r-i-t et nous affirmait qu'il était partout. Partout. Comme grand-maman. Naturellement, les propos de Mme Williams ne concernaient que les esprits chrétiens avec leur visage rose et leurs ailes immenses ; elle n'avait jamais mentionné grand-maman dans sa veste bleue.

« Le fait est, dit troisième oncle à père, que tu n'as jamais rendu convenablement hommage à ta mère décédée. Tu dois *bai sen*, tu dois te prosterner. Rendre hommage. Tous ces machins politiques dont tu parles, un monde, une citoyenneté. Tu oublies que tu es chinois ? ! »

Père se leva brusquement de son fauteuil et sortit à grandes enjambées. Quand il claqua la porte derrière lui, l'une des briques posées sur le rebord de la fenêtre se renversa et atterrit sur le perron. La fenêtre retomba et la vitre se fissura.

Tout le monde se tourna pour me regarder.

Peu de temps après, on fit le ménage de la chambre de grand-maman et père demanda aux membres de la famille, dont troisième oncle et oncle Dai Kew, de se préparer pour une cérémonie d'adieu. Sauf moi, ils avaient tous l'air de savoir de quoi il s'agissait.

Kiam alla chercher Mme Lim de l'autre côté de la rue. La grosse femme portait une veste de soie bleue, de la même couleur que celle de grand-maman. Deux hommes l'accompagnaient. Père dit que le chauve en long manteau noir était un moine bouddhiste, un de ses vieux amis qui avait travaillé sur les bateaux du CPR longtemps avant le début de la guerre en Chine. Plus grand, l'autre homme était vêtu d'un complet occidental mal ajusté ; ses longs cheveux huileux retombaient sur son col. Nous montâmes tous vers l'ancienne chambre de grand-maman.

Je restai à la porte et regardai à l'intérieur, sentant la présence de l'Aïeule. Dans la pièce, il n'y avait rien d'autre que deux gros bols d'argile. On avait enlevé les rideaux et, par la fenêtre récemment lavée, je distinguai la silhouette des montagnes de North Shore au loin, évoquant des lions au repos.

Mme Lim m'attira à l'écart.

« Le moment est venu pour ta famille de laisser partir l'Aïeule », me chuchota-t-elle à l'oreille.

Mais elle l'avait déjà laissée partir, pensai-je.

Mme Lim m'expliqua que le grand homme aux cheveux longs était un expert en *fung-suih*, un géomancien qui comprenait la circulation harmonieuse des forces du vent et de l'eau.

« Si seulement ton père lui avait demandé conseil pour l'enterrement de ta grand-mère, ajouta-t-elle en secouant la tête, Poh-Poh ne vous dérangerait plus maintenant. »

Le géomancien paraissait plus âgé que père. Il avait les yeux étroits, il agitait sa main dans les airs et reniflait pour se donner un air important, comme le médecin qui avait tapoté ma poitrine à l'école en m'ordonnant d'inspirer profondément. Le moine chauve s'inclina devant père ; il avait un visage allongé et s'exprimait en termes brefs, dans un dialecte que je ne connaissais pas. Comme je l'appris des années plus tard, c'était mon entêtement qui avait conduit la famille à avoir recours aux services du moine et du géomancien.

Les deux hommes passèrent des tuniques blanches pardessus leurs vêtements ; ils plantèrent des bâtons d'encens allumés dans les bols d'argile rouge aux coins est et ouest de la chambre de grand-maman. De la fumée monta vers le plafond ; des incantations chuchotées flottèrent dans l'air solennel. La famille était désormais prête à renoncer à grand-maman, me dit Mme Lim, à laisser partir l'Aïeule.

Le géomancien aux cheveux longs et le moine chauve, troisième oncle, Mme Lim et même oncle Dai Kew encouragèrent notre famille à *bai sen*, à prier pour la prospérité future, la bonne santé et la longue vie. À penser à la Grande Aïeule. À rendre hommage à grand-maman. Après cela, père se sentit satisfait et il présuma que ma folie s'arrêterait là.

Il se trompait.

Je revis grand-maman trois autres fois. Mme Lim la vit aussi, et elle jura que ce n'était pas simplement une ombre qui flottait entre notre maison et celle de nos voisins, les O'Connor. Ce jour-là, Liang pâlit, disant qu'elle frissonnait même s'il faisait chaud et ensoleillé. Kiam eut l'air de compatir avec elle. Jung ajouta qu'il pensait avoir entendu la porte arrière se refermer toute seule.

« Tu as oublié de mettre la chaîne », répondit père en regardant belle-mère pour avoir son appui.

Belle-mère resta silencieuse. Il ne servait à rien d'argumenter avec l'Aïeule, qu'elle fût morte ou vivante.

J'inspirai profondément.

« Grand-maman veut que nous *bai sen* encore une fois », dis-je de but en blanc.

Kiam grogna. Père me tourna le dos. Mais, cet après-midi d'avril, dans notre salon, oncle Dai Kew éleva la voix.

« Quel mal cela ferait-il ? On peut respecter sa mère tout en étant moderne », fit-il valoir en déposant sa Bible.

Il l'ouvrit à une page montrant des femmes prosternées aux pieds de Jésus.

« Regarde, dit-il, regarde ces Blancs. Regarde-les à l'église, ils sont tout le temps en train de se prosterner, et ça ne les empêche pas de faire fonctionner des moteurs électriques. »

Père se laissa fléchir.

« Demain, je t'apporte de l'encens, dit troisième oncle. Je t'apporte un vin spécial et de l'argent de papier à brûler. L'Aïeule ne craindra pas la pauvreté dans l'autre monde.

— Je préparerai du poulet à la vapeur avec des champignons noirs, dit belle-mère. C'était le plat préféré de l'Aïeule.

— Je demanderai à Mme Lim d'apporter de la sauce rouge pour nous porter chance, ajouta père. Tout devrait bien se passer. »

Le lendemain après-midi, belle-mère étala une nappe blanche sur une des petites tables d'appoint du salon ; sur la nappe, elle déposa des assiettes de nourriture, un bol d'argile rouge et le portrait de grand-maman. De chaque côté de la photo, père suspendit de petites bannières couvertes de caractères chinois tracés à l'encre noire et bordés d'or. Le moine bouddhiste revint et il se prosterna devant la photo. Il alluma des bâtons d'encens.

À tour de rôle, nous nous inclinâmes trois fois, rendant hommage au portrait officiel de grand-maman ; ensuite, comme le moine l'indiqua à père, chacun de nous s'adressa directement, et à voix haute, à l'Aïeule.

Père la salua dans un dialecte officiel, et il brûla une liasse de billets d'or et d'argent. Des flammes ondulèrent dans les airs.

Père demanda à grand-maman d'accorder la chance et la santé à la famille. Belle-mère s'inclina et dit deux fois, en me regardant : « Une bonne santé pour Sek-Lung… »

« Poh-Poh, dit premier frère Kiam, s'il vous plaît, faites que je réussisse mes examens et que je reçoive une bourse d'études. »

Deuxième frère Jung chuchota quelque chose, mais personne ne parvint à saisir ses paroles.

« S'il vous plaît, permettez que Sekky commence l'école en septembre », demanda sœur Liang, et elle croisa les doigts pour doubler ses chances.

Ce fut à mon tour.

« Je prends des forces, n'est-ce pas, grand-maman ? »

Je sentis l'oxygène dans mes poumons ; l'oppression avait disparu. Même la fumée de l'encens ne me dérangeait pas. Grand-maman me regarda d'un air sévère.

Après avoir disposé une assiette de fruits devant la photo de l'Aïeule, belle-mère s'inclina trois fois sans rien dire.

Bai sen voulait dire que les atomes et les molécules ne comptaient pas.

« Tu as l'air plus robuste », dit père.

Je savais que l'amélioration de ma santé avait quelque chose à voir avec les paroles que la famille avait dites à grand-maman. Jung déclara que je ne ronflais plus et que ma respiration n'était plus sifflante quand je dormais. J'eus l'impression que je n'aurais plus jamais besoin de courir après mon souffle, que je ne sentirais plus jamais ma poitrine se serrer, ma tête brûler de fièvre.

« Vous voyez, dis-je un soir pendant le repas, en mangeant un troisième bol de riz — du jamais vu —, grand-maman avait bien dit que je guérirais.

— Seigneur ! » gémit Kiam.

Mais rien ne put enlever le sourire de mon visage. Liang me lança un regard féroce, me fit une grimace de singe, et aspira bruyamment une cuillerée de soupe au melon amer. Jung secoua la tête comme un boxeur attendant la sonnerie du gong. Père et belle-mère échangèrent un regard et avalèrent une autre bouchée de riz fumant. Grand-maman, dans sa veste matelassée bleue préférée, s'appuya sur son coude contre la porte de la cuisine et me rendit mon sourire.

Je ne parlai à personne de cette dernière apparition. Il n'était pas nécessaire de causer de nouveaux incidents.

Douze

Après que la famille eut accepté de rendre hommage à l'esprit de grand-maman, de se prosterner trois fois, de faire brûler des bâtons d'encens et de prier devant la photo de l'Aïeule dans son cadre doré — c'est-à-dire de *bai sen* —, elle cessa de nous hanter. Désormais, quand je prenais la pivoine de jade grosse comme une pièce de monnaie, en revoyant grand-maman la lever dans la lumière et me raconter des histoires, la pierre gravée presque translucide me disait seulement qu'elle n'était plus là.

Quelques jours plus tard, père demanda à Kiam de planter trois clous dans le mur du salon qui faisait face aux fenêtres. Entre deux élégants parchemins mortuaires couverts d'idéogrammes, père accrocha le portrait de grand-maman. Mais l'odeur de la myrrhe subsista dans le salon et dans sa chambre à l'étage, qui était dorénavant plus ou moins celle de Liang. Selon Mme Lim, la présence de ce parfum qui s'attardait était un signe favorable, et Jung déclara en aimer l'odeur qui lui rappelait celle de la salle de réunion de l'association Tong où, certains jours spéciaux, des rangées de bâtons d'encens et de grosses bougies rouges brûlaient devant les dieux guerriers.

Une sorte de paix s'installa dans notre foyer.

Cet été-là, sept mois après la mort de grand-maman, une période très longue pour un petit garçon, j'empoignai sans elle la vie à bras-le-corps.

Je voulais grandir vite, avoir la chance de piloter un Fighting Tiger montrant les dents dans le ciel de la Chine, je voulais vrombir au-dessus de l'Europe, bombarder et mitrailler autant d'ennemis que possible, faucher autant de nazis et de Japonais que mes deux frères et leurs copains adultes juraient d'en tuer.

J'imaginais belle-mère et père, et même Liang, et mes frères Kiam et Jung, sur les quais du port de Vancouver ; ils m'envoyaient la main tandis qu'une fanfare militaire avec tambours, trompettes et cornemuses jouait à intervalles irréguliers. Et moi, superbe dans mon uniforme militaire, je promettais de rester en santé et de ne plus jamais respirer comme un asthmatique.

Cette année-là, 1941, je passai mon premier été dehors ; mes deux frères m'emmenèrent à des entraînements de soccer et de football, m'incitant à être aussi vigoureux et sportif qu'eux-mêmes.

Tout l'été, chaque fois qu'il avait du temps libre — il travaillait à l'entrepôt de troisième oncle —, Kiam me faisait attraper et botter des ballons de soccer dans la cour de l'école ; il se moquait parfois avec bonhomie de ma maladresse. Je suivis Jung au gymnase de la rue Hastings où lui et ses camarades m'enseignèrent à me servir de mes poings pour me défendre.

Jusqu'alors, il m'avait été interdit de sautiller ainsi, de piétiner, de bousculer et de pousser, parce que je risquais d'étouffer et de me mettre à suffoquer. Mais toutes ces énergies physiques coincées à l'intérieur de mon corps explosèrent soudain. J'étais une nouvelle personne.

Quand mes deux frères étaient au travail, ou quand ils étaient trop occupés pour prendre soin de moi, je me mêlais à une demi-douzaine de jeunes matamores — une bande de gamins fanfarons et vantards de huit et neuf ans. Rassemblant nos têtes rasées comme pour un caucus au football, nous passions notre temps à imaginer des jeux inspirés des films de guerre.

Bien entendu, nous incarnions tous les « bons gars » combattant les sales nazis et les Japonais. En groupes de trois ou de quatre, les bras en croix, grondants, nous imitions des formations d'attaque aérienne et larguions nos bombes de brique et de béton sur les pentes herbeuses du parc MacLean. Produisant des tourbillons de poussière, nous rugissions dans des caisses d'emballage géantes conçues par Joe Eng pour ressembler à des chars d'assaut Sherman et, armés d'allumettes volées, nous mettions le feu à des villes et à des villages de carton. Nous faisions un vacarme d'enfer en entrechoquant des couvercles de poubelles ébréchés, et nous glapissions allègrement, à en avoir la gorge sèche, tandis que les enfants plus jeunes fuyaient en hurlant devant nos fusils. Nous tirions une mesquine satisfaction de nos victoires meurtrières. Un jour, vers la fin de l'après-midi, Alfred Stevorsky, le plus vieux de la bande, sauta sur un tas d'ordures et en arracha une poupée en bakélite de la taille d'un vrai bébé. Il l'installa contre une pile de briques.

« Regardez ça », cria-t-il.

Il versa un peu de liquide d'un petit pot de peinture, prit une allumette dans la poche de sa chemise et mit le feu à la poupée à moitié habillée.

Fascinés, horrifiés, nous regardâmes tous la tête du faux bébé commencer à fondre. Sa bouche de cupidon rose s'ouvrit toute grande et se tordit dans une grimace. Ses deux grands yeux vitreux sortirent de leurs orbites métalliques et lentement, l'un après l'autre, coulèrent sur les joues déformées qui brûlaient.

« C'est ce que font les vraies bombes, dit l'un des frères Han. Mon oncle Bing me l'a dit. »

Alfred Stevorsky déboutonna sa braguette et exhiba son zizi prétentieux. Un long jet d'urine éclaboussa le massacre.

L'ennemi était partout. Le *Vancouver Sun* l'affirmait. Les actualités filmées le disaient. Les films hollywoodiens et les films anglais le racontaient. Tout Chinatown le clamait.

Le 20 juin 1941, à vingt-deux heures quinze, un missile torpillé par un sous-marin japonais frappa Estevan Point sur l'île de Vancouver ; puis, le lendemain, des bombes frappèrent la côte de l'Oregon. On localisa un sous-marin non identifié dans le détroit. C'est vrai, je pense. L'ennemi est partout.

Le gouvernement ordonna à chaque foyer de la côte Ouest de suspendre une pièce de tissu épais et opaque à toutes ses fenêtres. On simula des raids aériens, des sirènes hurlèrent et les oiseaux terrifiés s'envolèrent dans le ciel. Certains jours clairs, à midi, des cornes de brume et des sirènes testaient les modèles « Alerte » et « Tout est clair ». Kiam et père approuvaient les éditoriaux du *Sun* : les Japonais vivant le long de la côte étaient des espions et des traîtres potentiels. Des lettres de lecteurs adressées aux journaux exigeaient qu'on fasse quelque chose pour contrer l'« infiltration de traîtres » japonais en Colombie-Britannique. Des bandes de garçons plus âgés, chômeurs, faisaient la chasse aux Japonais dans les ruelles. Des batailles éclatèrent. Dans certaines rues, on se servit de couteaux et, à l'angle de Fourth Avenue et d'Alberta, un gamin japonais qui tentait de protéger sa mère fut abattu par balles. Belle-mère demanda à père d'écrire quelque chose à ce sujet, de protester contre ce meurtre.

« Ils tuent des enfants chinois en Chine, répondit père dans le dialecte de belle-mère. J'ai perdu trois cousins, dont le plus jeune avait sept ans. Tu as perdu ton amie de l'église de la mission quand ils ont bombardé Canton. Qu'est-ce que je suis censé écrire ? »

Nos jeux de guerre se poursuivirent sans perdre leur intensité, nourris par les films, les bandes dessinées d'espionnage, les défilés rythmés par le roulement des tambours, les cartes à échanger, les campagnes de financement et les jouets de guerre de toutes sortes. J'avais une douzaine d'avions jouets — chasseurs américains et avions de combat britanniques. Je me rappelle mon plaisir quand, en manque de soutien terrestre, j'échangeai un Curtiss B-24 de la première heure et un Hurricane à l'aile ébréchée (il avait aussi la queue brisée) contre trois blindés Sherman trapus.

Les gars de la bande étaient fascinés par le bric-à-brac militaire et les vêtements de la Première Guerre mondiale récupérés dans les magasins du surplus de l'armée. Alfred Stevorsky avait le meilleur équipement. Son frère aîné lui donna une veste de l'armée américaine rapiécée, jurant que le trou dans le bras gauche avait été fait par une vraie balle, et la mère d'Alfred ouvrit une malle et lui donna une casquette, à visière rigide, de capitaine de la R.A.F. Certains, comme les frères Han, trouvaient leurs effets dans les magasins de vêtements d'occasion de la rue Hastings. Aux soldes du magasin du surplus de l'armée, je convainquis père de m'acheter un casque d'aviateur en cuir de fabrication britannique, avec ses authentiques lunettes craquelées, ses authentiques cache-oreilles et un chiffre mystérieux écrit à l'encre à l'intérieur du gauche. Le monde était plein de secrets.

En septembre, le médecin de l'école appliqua son stéthoscope froid sur ma poitrine et déclara que le léger sifflement qu'il entendait provenait d'une sorte d'allergie. Je subis nerveusement le reste de l'examen médical ; ensuite, sûr de moi, je répondis aux questions d'un test de lecture anglaise de six pages, dans lequel je fis concorder des images de bande dessinée avec des mots anglais ; j'écrivis un paragraphe sur le sujet de mon choix. Je réussis tous les tests et je fus autorisé à entreprendre ma troisième année avancée à l'école Strathcona. J'étais content : ce serait comme si je n'avais pas manqué une seule journée d'école.

Grand-maman avait tenu parole. Rues Pender et Keefer, les imposants édifices de brique rouge de l'école Strathcona me livreraient enfin leurs secrets : encore cinq jours et je commencerais l'école. Kiam et Jung me donnèrent quelques crayons et trois cahiers neufs. Même Liang m'offrit des cadeaux : un porte-plume avec une pointe non émoussée et une grosse gomme à effacer qui n'avait presque jamais servi. Belle-mère me fabriqua un cartable en velours côtelé brun. Père me montra une nouvelle plume Waterman qui m'appartiendrait dès que je saurais écrire convenablement.

J'allais peut-être même commencer mes cours à l'école chinoise.

La troisième année avancée de l'école Strathcona était une classe pour les enfants d'immigrants qui connaissaient trop peu d'anglais, ceux qui comprenaient l'anglais mais n'étaient pas capables de bien le lire ou le parler, ou ceux qui, comme moi, commençaient en retard et avaient besoin de plus d'attention.

Jung m'avait montré à me servir de mes poings et, à la récréation, mes affrontements se conclurent par deux matchs nuls et une défaite. Cela en valut la peine ; j'appris à cracher le sang comme les grands crachaient le tabac. Je n'aimais pas vraiment me battre, mais j'aimais être le centre d'intérêt. À l'exception de quelques égratignures et des noms qu'on me cria pendant les deux premières semaines à la récréation — *Sick-kee! Sekkk-kee!* —, tout alla comme sur des roulettes.

Heureusement, dans la classe de Mlle E. Doyle, personne n'insultait personne ; il n'y avait ni bousculades ni coups de pied. On n'avait même pas le droit de chuchoter. Ses ordres étaient simples, et simplement aboyés : « Assis. » « Yeux devant. » « Pieds à plat sur le sol. » Tous les garçons et les filles obtempéraient.

« Je suis le général de cette classe », dit-elle en regardant particulièrement les grands garçons, dont Alfred Stevorsky et Joe Eng, qu'elle avait délibérément placés dans la première rangée.

La corpulente Mlle Doyle agitait une règle à bordure d'acier exactement comme l'avait fait Mlle MacKinney, mon enseignante de première année. Avec ses grandes paumes, Mlle Doyle lissait les revers empesés de sa veste écossaise aux boutons cuivrés.

« Vous êtes tous mes soldats et certains d'entre vous, comme Joseph et Piscatella, devez faire des progrès en anglais avant de changer de classe. Certains d'entre vous avez besoin de cours de pro-non-ci-a-tion. »

Elle regarda un grand garçon dans la première rangée.

« Je constate que tu as beaucoup amélioré ton anglais parlé cette année, Joseph. »

Mlle Doyle jeta un regard circulaire et adressa un signe de tête à un ou deux visages familiers. Elle remarqua mon casque d'aviateur soigneusement plié sur mes genoux.

« La prochaine fois, Sek-Lung, ceci reste au vestiaire », dit-elle.

Une fillette aux cheveux roux portant aux jambes un appareil orthopédique sourit à l'institutrice. « À la récréation, les garçons l'ont appelé Sekky, Mlle Doyle. »

Mlle Doyle lui rendit son sourire. « Merci, Darlene, mais rappelle-toi ce que j'ai dit l'an dernier : en classe, tu dois lever la main et attendre qu'on te donne la permission de parler.

— Oui, Mlle Doyle. »

Après l'appel des présences, quel que fût le temps — pluie ou soleil, chaud ou froid —, Mlle Doyle demandait à l'un des garçons plus grands, comme Joseph, d'ouvrir une fenêtre. Elle demandait à d'autres volontaires d'arroser la rangée de pots de fleurs qu'elle semait consciencieusement au début de chaque année scolaire. Semer faisait partie de son cours de sciences naturelles. À la fin de juin, les meilleurs élèves recevaient les plantes aux fleurs épanouies.

« Sek-Lung, dit Mlle Doyle en me regardant dans les yeux, tu aimerais peut-être aider Darlene à porter l'arrosoir le lundi.

— Oui, Mlle Doyle. »

Joe Eng ricana.

« Et Joe l'aidera le mardi, et il époussettera aussi les fenêtres… oui, Joe ?

— Oui, Mlle Doyle. »

Il n'y eut pas d'autres ricanements.

Dans la classe de Mlle Doyle, nous devions nous asseoir le dos droit « comme des soldats », les mains jointes devant nous. Nos mains reposaient sur un livre ouvert à la page dont le numéro était écrit à la craie sur le tableau ; et nos pieds, soumis à l'inspection de Mlle Doyle, étaient posés, plats comme des fers à repasser, sur le plancher.

Avec sa grosse voix rauque et son œil de faucon, Mlle Doyle était la véhémente gardienne de notre éducation. Elle régnait sur sa classe de troisième année, et la terreur que nous ressentions était palpable quand elle vociférait le nom au complet d'un élève fautif, comme si elle était la trompette du Seigneur réclamant vengeance. Peu importe le nombre de syllabes, chaque voyelle de ce nom — japonais, indonésien, européen de l'Est, italien ou chinois — était articulée, chaque voyelle claquait avec la précision du tonnerre. Mlle Doyle marchait si pesamment que les lattes du parquet grinçaient sous la pression. Et quand elle était contente de nous, elle prenait un air amusé et elle ouvrait brusquement la veste rouge qui moulait son corps épais, laissant jaillir ses deux gros seins. Alfred Stevorsky adorait ça.

La plupart d'entre nous, comme Darlene ou Joseph, aimaient faire plaisir à Mlle Doyle, mais elle était comme une mère, plus facile à irriter qu'à satisfaire, et comme un père, prompte à faire valoir son autorité. Dans son cas, cette autorité prenait la forme d'une courroie de cuir suspendue à l'avant de la classe, à côté de la grande carte du monde portant le logo du chocolat Neilson. Elle s'en servait pour nous indiquer les dernières batailles de l'empire britannique — de couleur rouge sur la carte — ou la lutte qui se livrait en Angleterre même.

Tous les après-midi, nous attendions, fébriles, que Mlle Doyle nous décrive les combats et les victoires de la journée. Il s'agissait parfois de conflits insignifiants ; d'autres fois, le nombre de victimes était considérable. De toute façon, Mlle Doyle parlait rarement des gens qui s'entretuaient, mais elle mentionnait toujours les « sauvetages », le « courage » et la « bonté ».

Régulièrement, elle nous lisait à voix haute les lettres de son frère, dont elle articulait clairement le nom pour nous : John Wil-lard Hen-ry Doyle. Il était capitaine des pompiers dans le district de Saint-Martin, à Londres.

« Un capitaine des pompiers, nous dit le général, est une personne chargée d'éteindre les incendies causés par les bombardements. Mais son principal travail, les enfants, consiste à sauver des vies, pas des édifices. »

Elle répétait au complet le nom de son frère aîné, son seul frère, pour nous faire comprendre, disait-elle, que notre propre variété de noms n'était pas plus insolite.

« Un nom est un nom, insistait Mlle Doyle. Montrez-vous toujours assez braves pour être fiers du vôtre. »

Dans sa classe, la bravoure revêtait une importance capitale. J'imaginais son frère, en uniforme de pompier, grimpant dans des échelles et s'avançant dans les flammes.

Dans le monde de son frère, les bombes tombaient jour et nuit, des édifices s'effondraient et des victimes étaient retirées des décombres, des enfants étaient blessés, mais courageux. Mlle Doyle gardait un portrait de lui dans un petit cadre argenté sur son bureau. Il paraissait très jeune sur cette photo, très grand, et la fillette à côté de lui, qui levait les yeux vers le sourire épanoui de John Willard Henry, c'était Mlle Doyle en personne.

Elle nous lisait des passages des lettres éloquentes de son frère, et nous étions tous remués.

Je me rappelle comment la fumée montait en nuages furieux au-dessus d'une place appelée *Pick-a-dill-lee* Square, comment, dans un endroit appelé Kensington Gardens, les bombes à concussion n'avaient pas fait, même d'un pouce, bouger la statue d'un garçon appelé Peter Pan. Il y avait les odeurs épouvantables exhalées par les usines et les maisons en flammes, le poids terrible des murs écroulés, des poutrelles métalliques tordues, il y avait les cris et les hurlements venus des ténèbres et des nuages de poussière sous des poutres tremblantes. Il y avait les sauvetages et le courage, un inlassable espoir de voir le cauchemar prendre fin. « Nous ne nous rendrons jamais », écrivait John Willard Henry, citant un homme appelé Churchill qui, insistait Mlle Doyle, était un ami loyal du roi et de la reine.

« Quand j'étais une petite fille, nous dit Mlle Doyle, mon frère John me lisait l'histoire de Peter Pan. Qui a écrit le livre, Darlene ?

— M. J. M. Barrie. »

Les lettres incitaient tous les élèves de la classe à croire en « la cause juste » et la bravoure. Nous économisions nos sous pour aider nos familles à acheter d'autres bons de la victoire. Un jour, John Doyle fit remarquer que les bombes tombaient de plus en plus près de Saint-Martin ; Darlene laissa alors tomber sa tête rousse sur son pupitre, comme si elle avait peur. Et Joe Piscatella se mordait nerveusement la lèvre inférieure en écoutant chaque mot écrit par le courageux John Doyle.

« *Les temps sont durs, ma petite chouette*, écrivit-il dans une lettre, donnant à Mlle Doyle un sobriquet affectueux, *mais nous nous en sortirons.* »

Le soir, dans mon lit, je priais grand-maman de protéger John Willard Henry des bombes. La nuit, je voyais parfois en rêve un grand homme coiffé d'un casque de pompier, debout à côté de grand-maman, en sûreté. J'apprendrais à être aussi brave que le merveilleux frère de Mlle Doyle. À l'occasion, dans nos jeux de guerre, nous jouions à sauver des gens, mais nous préférions toujours plonger du ciel, faire sauter des villes et torpiller des vaisseaux.

Mlle Doyle était contente quand nous étions braves, c'est-à-dire quand nous levions la main pour répondre à ses questions, ou quand nous nous risquions à parler à voix haute. Pour la plupart, nous connaissions l'humiliation et les moqueries — « Moi vois poux ! Vois beaucoup poux ! » —, les ricanements provoqués par nos accents d'immigrants. Dans les tramways et dans les boutiques où l'on ne parlait que l'anglais, les gens nous ignoraient, faisaient semblant de ne pas nous entendre ou, pis encore, nous criaient : « QUOI ? QU'EST-CE QUE TU DIS ? TU NE PEUX PAS PARLER EN ANGLAIS ! ? ! »

Mlle Doyle ne nous ignorait jamais, elle ne ricanait jamais ; quand nous parlions ou lisions à voix haute, elle restait au garde-à-vous, comme pour nous féliciter de nos vaillants efforts, défiant quiconque de se moquer de nous.

Nous étions braves, disait-elle, comme le roi et la reine, dont les portraits encadrés étaient accrochés séparément devant nous, nous incitaient à l'être. Sur le tableau de liège au fond du vestiaire, Mlle Doyle épingla une photo découpée dans un journal, sur laquelle le roi George et la reine s'adressaient à un groupe d'Anglais ; ils se tenaient tous devant un immeuble bombardé, à bavarder comme si c'était un jour ordinaire.

« Leurs Majestés articulent toujours à la perfection », nous informa Mlle Doyle d'une voix forte.

Jour après jour, nous absorbions ses syllabes articulées, les syllabes du roi et de la reine. Un peu à notre insu, notre vocabulaire anglais se développa, s'améliora. Quand, dans mes prières, je redemandais à grand-maman d'aider le frère de Mlle Doyle, capitaine des pompiers, j'utilisais de plus en plus de mots anglais, impeccablement prononcés. Dans l'autre monde, grand-maman devait comprendre toutes les langues.

Bien qu'ayant tous découvert assez vite ce qui irritait le général, personne ne savait vraiment ce qui, à part le courage, pouvait lui plaire.

Pour une personne vivant au Canada, il n'existait pas beaucoup de possibilités de se montrer vraiment courageux. Omniprésentes dans les brèves et palpitantes histoires de sauvetage et de courage du frère de Mlle Doyle, les bombes meurtrières ne tombaient toutefois pas sur Vancouver comme elles tombaient sur Londres.

Les lettres de John Doyle étaient écrites sur du papier pelure et pliées en trois. Mlle Doyle nous en lut des passages sur les jours les plus sombres de la bataille d'Angleterre, racontés dans l'éclairage réconfortant des sauvetages effectués par son frère. Nous la regardions replier les lettres et les remettre dans leurs enveloppes couvertes de timbres, et nous sentions le courage raidir notre dos.

Je fus tellement impressionné par l'un de ces épisodes que je le racontai à Jung. On entendait un bébé se débattre dans une partie sombre d'un hôpital bombardé, et l'équipe de John Willard Henry, cinq hommes et une femme appelée Grace, risquèrent le tout pour le tout pour atteindre l'enfant pris au piège. Lorsqu'elle entra sa main dans un petit espace dégagé pour rejoindre le bébé gémissant, Grace recula en poussant un hurlement. L'enfant était couvert de poils. John Willard Henry finit par faufiler sa main et sortit du trou un petit terrier terrifié.

« *J'ai un bout de doigt arraché pour le prouver*, écrivait-il. *Risquer sa vie pour un chiot ! Tu parles d'un maudit travail de fou !* »

Mlle Doyle prononça même le mot « maudit », comme son frère l'avait écrit.

Jung éclata de rire, puis il attendit que j'aie à mon tour cessé de rire.

« Tu veux que je te dise quelque chose ? » me demanda-il, prudemment.

Je fis signe que oui. Il allait probablement me dire que cette histoire avait été inventée de toutes pièces, mais j'étais prêt à lui répondre que c'était écrit à la main dans une vraie lettre envoyée d'Angleterre.

« Tu n'es pas au courant, n'est-ce pas, Sekky ?

— Au courant de quoi ?

— L'an dernier, à Noël... le frère de Mlle Doyle... a explosé en mille morceaux. »

Je restai bouche bée. Je refusais de croire Jung qui, quelques années auparavant, avait été dans la classe de Mlle Doyle et qui la détestait parce qu'elle lui avait donné des coups de *strap* quand il avait déclenché l'alarme d'incendie.

« Tout le monde sait qu'il est mort, Sekky, insista Jung. Sa photo était dans le *Sun*. Demande à Kiam. »

Je n'osai interroger Kiam, ni personne d'autre dans la classe, pas même Alfred Stevorsky ou Joe Eng. Après tout, si John Willard Henry était vraiment mort, pourquoi personne ne le disait-il pas ? pourquoi Mlle Doyle ne le disait-elle pas ?

Tourmenté toute la semaine, je n'adressai même pas une prière à l'Aïeule. Personne ne savait que je continuais à lui parler. Grand-maman aurait dû m'avertir.

Je restai après l'école pour questionner Mlle Doyle au sujet de son frère. Elle venait de ranger une autre de ses lettres sur papier pelure et de permettre aux élèves de sortir. Nous entendions les élèves de M. Barclay, dans la classe voisine, piétiner le sol comme du bétail, mais, dans la classe de Mlle Doyle, tout le monde sortit en ordre, comme d'habitude. Mlle Doyle était en train de nettoyer le tableau.

J'entendis l'appareil orthopédique de Darlene s'éloigner en cliquetant.

« Sekky, dit Mlle Doyle en se retournant. Tu es encore là ?

— Mlle Doyle, commençai-je, M. Doyle a-t-il explosé en mille morceaux ? »

Elle parut décontenancée, puis ses yeux étincelèrent. Le choc, la trahison se lurent sur son visage.

Il fallait que je sorte de la pièce. Je fis brusquement volte-face et me précipitai vers le vestiaire pour prendre mon blouson et mon casque d'aviateur.

« Sek-Lung, gronda Mlle Doyle, viens ici. »

Mon blouson et mon casque à la main, je revins lentement vers elle. Elle m'avait utilisé, trompé, fait aimer quelqu'un, prier pour la sécurité de quelqu'un qui était déjà mort.

Les yeux exorbités, Mlle Doyle me regarda de son air voulant dire : ÉCOUTE-MOI BIEN.

« Ce premier jour, dit-elle, comme si j'avais oublié d'aider Darlene à porter l'arrosoir, quand j'ai commencé à lire les lettres de mon frère, ce jour-là, tu dois te *rappeler* que je… *Oh ! mon Dieu…* » Elle prit ma main. « Tu n'étais pas présent, ce jour-là. »

C'était vrai. Je m'étais absenté de sa classe un après-midi.

« Oh ! Sekky, tu étais au bureau de l'infirmière ! » La voix de Mlle Doyle s'adoucit soudain, comme si elle était redevenue la fillette de la photo. « Je l'ai fait. J'ai dit aux élèves que John était mort. Oui… il est… mort. » Puis, Mlle Doyle répéta les mots de Jung, mes propres mots, des mots d'enfant, à voix si basse que je les entendis à peine. « … *explosé en mille morceaux.* »

Dans un silence inconfortable, je laissai Mlle Doyle lever mes bras et les passer dans les manches de mon blouson. Je la laissai me guider vers l'avant de la classe. Mais, en passant devant son bureau, je la repoussai et je m'arrêtai pour examiner la photo dans le petit cadre argenté.

Sur la photo, je vis comme les cheveux blonds de la fillette chatoyaient ; son visage souriant proclamait : *Rien de mal ne pourra jamais arriver dans le monde.*

Je pris mon casque d'aviateur et sortis de la pièce. Je savais que j'aimais encore Mlle E. Doyle.

Dans la classe de Mlle Doyle, aucune interruption, aucun comportement relâché n'étaient tolérés.

Non seulement préférait-elle rester au garde-à-vous pendant la majeure partie du temps qu'elle passait avec nous, mais elle s'attendait aussi à ce que tous ses élèves adoptent son attitude militaire, son sens précis du décorum.

Nous formions un groupe hétéroclite d'enfants rebelles et négligés, immigrants et personnes déplacées, légaux ou illégaux, et il était de son devoir de nous faire perdre nos peurs et nos incertitudes et de nous mouler en une sorte d'unité militaire animée d'un idéal commun : conquérir l'anglais du roi, appartenir enfin à un pays qui, prévoyait-elle, nous engloberait tous.

Après la prière du matin, un chuchotement soigneusement modulé, Mlle Doyle nous disait d'ouvrir les yeux et de garder nos têtes penchées devant elle, puis de mettre « soigneusement et calmement » nos doigts sous le rebord de la tablette de nos pupitres et de la soulever. Un seul chuintement résonnait dans la pièce lorsque, comme des ailes d'oiseaux, les tablettes étaient simultanément soulevées. On entendait un brouhaha de livres et de coffres à crayons remués et les tablettes retombaient. Nous devions maintenant penser à poser nos pieds à plat sur le plancher.

Quand nous étions tous prêts, elle disait : « Excellent. » C'était le signal que nous pouvions nous détendre.

Dans le cadre de notre formation, elle n'hésitait jamais à se servir de sa règle sur nos fesses cuisantes ou à faire claquer sa courroie sur nos mains nues. Et nos parents, élevés dans la misère, épuisés par la guerre, attendaient rarement autre chose d'un professeur, homme ou femme.

Sa manière vigilante d'entraîner ses troupes avait produit des miracles, comme ce silence quasi surnaturel qui régnait dans la classe au moment d'ouvrir nos pupitres. Un jour, au milieu d'un tel silence, nous entendîmes au fond de la salle un coffre à crayons s'écraser comme une bombe sur le plancher de bois franc.

Tout le monde se tourna pour regarder : sur le sol, au milieu de la dernière allée, nous vîmes une boîte de cigares de la marque Grand Dutch Coronas absurdement trop grande, aussi grande que la Bible de Mlle Doyle. Le couvercle était fermé et une épaisse corde jaune nouée le maintenait résolument en place.

Certains élèves regardèrent fixement la courroie de cuir accrochée au mur, n'osant même pas cligner des yeux. Certains se tournèrent pour regarder Tammy Okada dans sa robe fleurie pas très propre ; elle était livide de peur et ses genoux sales tremblaient.

Tammy Okada, enfant de sang mêlé, avait les cheveux brunâtres coiffés en petites nattes serrées et elle portait des vêtements de toute évidence usagés ; son anglais était terrible. Pas une fille ne voulait jouer avec elle, pas même celles qui venaient plus ou moins du même genre de milieu, les Japonaises. Stupide, plutôt moche, Tammy Okada avait une taille épaisse causée par une mauvaise alimentation. Incapable de dénouer la corde qui entourait sa boîte, elle devait toujours emprunter un crayon à quelqu'un. Elle était néanmoins trop fière pour permettre qu'on l'aide à dénouer la corde.

Pour une raison quelconque, Mlle Doyle n'avait jamais obligé Tammy à ouvrir sa boîte ; elle ordonnait plutôt à l'un des élèves de prêter une règle, une gomme à effacer ou autre chose à Tammy. Et voilà que la boîte de cigares avait glissé de sa tablette et qu'elle était tombée avec fracas sur le sol.

Le général au regard d'aigle vit tout de suite quel stupide coffre à crayons c'était. N'importe quoi, vraiment.

Mlle Doyle parcourut l'allée, se pencha et ramassa l'objet. On entendit aussitôt un bruit de roulement, comme si cette boîte ne contenait qu'un minuscule objet solitaire : une bille d'acier, peut-être, ou une petite boule en papier d'aluminium qui roulait à l'intérieur… ronde, ronde, ronde. Tout le monde entendait le roulement sonore provenant de la boîte tenue dans l'air, figée dans l'étreinte de Mlle Doyle éberluée. Désormais, nous le savions tous : cette boîte de presque dix pouces carrés et de trois pouces de hauteur était pratiquement vide !

Vide ! Cette découverte absurde amena trois ou quatre filles de la classe à échanger de petits sourires narquois à travers les allées. Florence Chang gloussa. Elizabeth Brown rejeta la tête en arrière. Alfred Stevorsky renifla. Joe Eng pouffa de rire, mais il s'arrêta net en constatant que la tête blonde du général ne bougeait pas. La classe se figea. Aux aguets, nous attendions. Tammy Okada mit instinctivement ses mains sur son crâne, comme si elle s'attendait à voir Mlle Doyle, dont les yeux gris lançaient des étincelles, lui casser la boîte sur la tête.

Pendant un long, très long moment, la grosse femme ne fit rien. Son immobilité nous avertissait également que son radar mental était allumé. Encore un ricanement, même le plus léger, encore un reniflement, ou même un soupir déplacé, et la courroie se mettrait à l'œuvre. Nous retenions notre souffle.

Le général se racla bruyamment la gorge : *Hum !*

En trois secondes, les soldats disciplinés que nous étions s'assirent, mains jointes, pieds à plat sur le sol, yeux devant, fixés sur la carte du monde. Je ne pus pourtant m'empêcher de tourner un peu la tête, de glisser un regard du coin de l'œil. Sans sourire, le général Doyle tenait toujours dans ses énormes mains la boîte entourée de la corde. Ses yeux d'acier se rivèrent sur Tammy Okada.

« Sors tes livres et fais-en une pile », ordonna-t-elle. Chaque mot résonna, clair et sec comme une sonnerie d'alarme. Silencieuse, elle regarda la fille aux cheveux brunâtres vider nerveusement son pupitre avec ses mains tremblantes.

Mlle Doyle tendit la main, agrippa l'épaule de Tammy, remonta l'allée et s'arrêta devant la seule place vide qui restait dans la première rangée.

« *Ici*, Tammy Okada, dit-elle en articulant soigneusement chaque syllabe, tu pourras écouter avec beaucoup plus d'attention, *oui ?* »

De ma place au milieu de la classe, je vis tressauter les petites tresses de Tammy Okada.

« Tu deviendras ma meilleure élève, *oui ?* »

Malgré elle, le dos de Tammy Okada sembla se redresser un peu.

« Assis. »

Mlle Doyle s'éloigna en tenant toujours fermement la boîte de cigares. Nous pensâmes voir pour la dernière fois cette boîte sale, pathétique. Nous nous demandions si Mlle Doyle la rangerait dans le tiroir où elle gardait les objets confisqués ou si elle la jetterait dans la corbeille avant d'essuyer ses grandes mains et de se diriger vers la courroie suspendue au mur.

Tammy Okada devait se sentir comme un sous-marin qui prenait l'eau, pensai-je. J'avais un peu pitié d'elle, mais Mlle Doyle passa devant la corbeille et se rendit directement à son propre bureau. Elle ouvrit un tiroir du bas que personne ne pouvait voir. Nous entendîmes des petits coups de ciseaux. Mlle Doyle jeta les bouts de corde et déplaça bruyamment des objets, mais nous ne pouvions voir ce qu'elle faisait. Puis, nous entendîmes claquer des élastiques.

Toujours sans sourire, Mlle Doyle retourna au pupitre de Tammy Okada dans la première rangée et déposa la grande boîte de cigares sur la tablette. En entendant bouger et cliqueter des objets dans la boîte, toute la classe comprit soudain qu'elle était pleine, qu'elle contenait tout le bric-à-brac imaginable dans un coffre à crayons : des choses tirées de la caverne secrète où le général conservait son butin.

J'imaginai des objets de collection confisqués depuis des années — crayons de couleur de toutes les teintes, de toutes les longueurs, porte-mines, becs de plume, porte-plumes, crayons de cire, trombones, aiguisoirs, pochoirs, élastiques, billes, gommes à effacer, règles pliables, figurines de boîtes de Crackerjack, et peut-être même un *compas* —, tout cela dans cette seule boîte. Incrédule, Tammy Okada glissa timidement un doigt sur les élastiques croisés.

« Tammy Okada, dit Mlle Doyle, prononçant le nom avec la même précision, ton coffre à crayons, *oui ?*

— Oui, répondit Tammy, à voix si basse que nous l'entendîmes à peine.

— *Seigneur !* » souffla Elizabeth Brown.

Le reste de la classe soupira.

Mlle Doyle donna un petit coup sur le tableau avec un bâton de craie pour attirer notre attention, et elle entreprit de nous enseigner l'utilisation de la lettre *s* pour exprimer la possession en anglais. Le général écrivit en lettres majuscules : *Alfred's book*, le livre d'Alfred, *Sekky's cap*, le casque de Sekky, *Tammy's pencil box*, le coffre à crayons de Tammy.

« Vous êtes tous attentifs, *oui ?*

— *Oui*, Mlle Doyle », répondîmes-nous à l'unisson, comme des soldats.

Aux *oui ?* et aux *non ?* dont le général ponctuait ses phrases, nous avions appris à répondre sur le même ton : « *Oui*, Mlle Doyle » et « *Non*, Mlle Doyle ».

Jung, qui avait été dans sa classe plusieurs années auparavant, me conseilla de ne pas lever la main pour répondre à une seule question, même si je connaissais la réponse.

« Ce sera mieux pour toi si le général beugle ton nom et que tu la surprends avec la réponse. »

Ensuite, les gros seins jailliraient.

Les filles de la classe se mirent à admirer Mlle Doyle et à adopter son maintien : dos droit, menton levé, chandail boutonné jusqu'au cou. Le plus vieux des garçons, âgé de douze ans, qui arrivait de Pologne, regardait Mlle Doyle avec de grands yeux. « Denny » — son vrai nom était trop facile à déformer et trop difficile à prononcer — aimait, lui aussi, faire plaisir à Mlle Doyle, même si, comme Tammy Okada, il ne pouvait dire correctement qu'une demi-douzaine d'expressions en anglais. Mlle Doyle lui donna un jour des coups de courroie et, à la récréation, il marmonna : « Je tue cette chienne… Je tue ! » Le lendemain, Denny s'efforça pourtant de copier des lignes impeccables de mots correctement espacés et orthographiés. Comme nous tous, il voulait mériter l'étoile d'or du général collée en haut de la page.

À la récréation, nos dialectes et nos accents entraient en conflit, nos vêtements, tailles et handicaps nous trahissaient, la couleur de notre peau et notre provenance s'affrontaient, mais dans le royaume sévèrement discipliné de Mlle Doyle, nous étions tous — agneaux ou lions — égaux.

Un aperçu du paradis.

Treize

Après avoir survécu à ces premières semaines de septembre, j'étais, comme les autres enfants de la troisième année avancée, anxieux de plaire à Mlle Doyle. Pourtant, quand son autorité à toute épreuve se fixait sur moi, je désirais soudain rentrer sous terre.

« Sekky, tu joues avec… *quoi ?* »

Contre le tonnerre de son autorité, il n'existait pas d'appel. Si, par exemple, un garçon innocent se plaignait à ses parents parce que Mlle Doyle avait injustement confisqué l'avion de combat jouet inopinément tombé de sa poche pendant l'heure de lecture silencieuse, la correction qu'il recevait de ses parents était encore plus cuisante. La vie était dure. Ma liberté me manquait.

Chaque jour, après l'école, je faisais de mon mieux pour rester dans la bande formée par Alfred Stevorsky et ses guerriers fanfarons. Je me hâtais de faire mes devoirs devant père ou belle-mère quand l'un ou l'autre se trouvait dans les parages, et je m'échappais dès que j'avais fini.

Père, belle-mère, mes frères Kiam et Jung, et même ma sœur Liang travaillaient partout où on les embauchait, chaque fois qu'ils le pouvaient. Notre foyer était constamment à court d'argent. Mes frères et ma sœur plus âgés allaient aussi à l'école chinoise.

Je jouais.

J'étais, tout compte fait, censé être trop chétif pour effectuer un vrai travail, et, bien sûr, trop jeune pour être pris au sérieux par les adultes. Je n'étais pas autorisé non plus à fréquenter l'école chinoise. « Trop de stress pour l'enfant », avait dit à père le médecin de l'école Strathcona.

« Laissez-le jouer », ajouta le Dr Palmer et, en entendant le mot « jouer », père avait pensé qu'il était vraiment absurde de gaspiller toutes ces heures.

Tout en sachant qu'il se trompait, père voyait en chacun de ses fils un lettré confucéen, comme si ses garçons du Chinatown de Colombie-Britannique pouvaient refléter la Chine ancienne de son enfance. À Sun Wu, son village du comté des Quatre Districts, lorsqu'un garçon n'était pas trop pauvre, il aspirait à se consacrer à la lecture et à l'écriture après ses tâches à la boutique familiale ou ses corvées dans quelque champ ancestral. Il s'asseyait alors sur une chaise qui craquait et, le pinceau à la main, il se plongeait dans le *San zi jing*, le *Livre des trois caractères*. C'était du moins ce que disaient les anciens aux garçons de Chinatown. Dans la Chine ancienne, aucun enfant de la classe instruite ne jouait vraiment après l'âge de six ans. Il renonçait aux puérilités et trouvait dans l'étude ses loisirs et son inspiration.

« En Chine, me dit troisième oncle, un garçon pauvre a capturé cent lucioles et les a mises dans un bocal. Tu sais pourquoi ? »

Je m'attendais à entendre une histoire merveilleuse comme celles que grand-maman avait coutume de raconter.

« Pour avoir assez de lumière pour étudier le soir. »

Je pensai qu'il devait être amusant de capturer des lucioles, mais fastidieux de lire le soir.

« La nuit, c'est pour rêver, m'avait affirmé l'Aïeule. Pour laisser les signes apparaître. »

D'ailleurs, je n'étais pas ce genre de garçon. J'avais presque huit ans, et je jouais. Je jouais jusqu'à être trop fatigué même pour rêver. Ma bande et moi devînmes la terreur du quartier.

Je ne me contentais pas de crier les mots appris en boxant au gym avec les amis de Jung, mais les mots comme *chinetoque*, *négro*, *bougnoule*, *rital*, *jap* et *moron* se mirent à faire partie de mon vocabulaire sur les terrains de jeu. J'étais conscient qu'il ne fallait pas prononcer ce genre de mot devant des garçons plus grands, et jamais devant un adulte, mais nos voisins les entendirent et en parlèrent à père et à Kiam. Jung avait beau dire des choses comme « Ça ne vaut pas de la merde », Liang faisait constamment semblant d'être scandalisée par mes expressions vulgaires, celles, en particulier, qui décrivaient les parties intimes des filles et des chiens. Elle avait toujours l'air sur le point de s'évanouir, ce qui ne l'empêchait pas de s'arranger pour répéter à père ce que j'avais dit.

Un jour, je m'ennuyai.

Alfred Stevorsky et les autres étaient allés à Exhibition Park ; le cirque Barnum, un vrai cirque, à trois pistes, était en ville et ils avaient décidé d'y entrer sans payer. Il y avait un hic : il fallait prendre le tramway de la rue Hastings et premier frère Kiam avait refusé de me donner les quelques sous nécessaires pour payer mon billet. Pendant l'été, Kiam s'était montré plus gentil ; désormais, il ne pensait qu'à la guerre, à ses projets scolaires, à son travail à l'entrepôt ou à sa petite amie, Jenny Chong. Il me dit de ne pas m'éloigner.

Je pris ma caisse de jouets de guerre et je sortis de la maison.

De notre perron, j'aperçus une rangée de journaux *Sun* et *Province* liés en paquets sur le trottoir à côté d'autres articles qui seraient récupérés pour l'effort de guerre. Tout cela attendait le camion de cueillette. J'imaginai que les paquets de journaux de deux et trois pieds de haut étaient les montagnes entourant la route de la Birmanie. Les Japonais attaquaient. Je pris mon Curtiss P-40 Warhawk favori, celui avec les dents du tigre volant peintes des deux côtés de son fuselage. Le premier pilote Sek-Lung allait larguer quelques bombes sur la route de la Birmanie. Je coiffai mon casque d'aviateur.

Le « bombardement » était un jeu formidable inventé par Alfred Stevorsky avec des allumettes empruntées chez lui. Pour commencer, on mouillait très légèrement deux bouts d'allumettes avec sa langue. Ensuite, on frottait le bout épais, sulfureux, d'une allumette contre le bout de la deuxième. Lorsque l'allumette humide se mettait à grésiller et à fumer, on la projetait dans les airs en lui donnant une pichenette avec son majeur. La « bombe » montait aussitôt vers le ciel avant de redescendre en formant une spirale suivie par des cercles de fumée blanche et de s'enflammer. Si l'on chronométrait bien les choses, la « bombe » chauffée à blanc explosait au moment précis où elle « frappait » la cible, comme ces bombes incendiaires que nous avions tous vues aux actualités filmées. Un après-midi, mes copains et moi avions mis nos sous en commun et acheté sept grosses boîtes d'allumettes pour nous entraîner dans la ruelle. Je m'en étais plutôt bien tiré.

Avec les allumettes que j'avais « empruntées » à un Kiam distrait, plongé dans ses manuels scolaires et ses brochures du recrutement de l'armée canadienne, je descendis du perron, me dirigeai vers les journaux empilés au bord du trottoir et allumai mes allumettes. Je ne voulais créer que de la fumée et des crépitements, pas des flammes.

En retombant, chacune des allumettes forma une spirale parfaite, suivie par un sillage de fumée et de grésillements qui firent roussir les piles de journaux. Je me précipitai vers la chaîne de montagnes en frottant l'une après l'autre des paires d'allumettes humides. Chaque fois, je retenais mon souffle, plissais les lèvres pour produire le rugissement d'un avion de combat descendant en piqué. C'est alors que, tandis que je bombardais à mort des milliers de troupes japonaises, M. O'Connor surgit en proférant une litanie de jurons et jeta un plein seau d'eau sur la pile de journaux en flammes derrière moi.

Ce fut le meilleur bombardement jamais vu, exactement comme ceux que j'avais imaginés dans mes rêves éveillés. J'aurais voulu que tous les autres garçons voient ça : une fumée blanche, brûlante, et du feu comme de l'or fondu tournoyaient dans les airs, des cendres grises valsaient, comme dans des tirs antiaériens, soudain enveloppées par mon Warhawk. L'air enfumé brûlait mes narines.

Même le chapelet d'expressions colorées proférées par M. O'Connor ajoutait une touche incroyable à la scène.

Mais, au bout de tout au plus deux ou trois minutes, il ne resta que la fumée suffocante et le bruit de l'eau qui dégouttait, et, dans la brume de l'après-midi, M. O'Connor dans son pantalon dégoulinant, ses yeux gris perçants comme ceux de Mlle Doyle regardant fixement mon bombardier.

Lorsqu'il rentra avec Liang, père ne fut pas content du tout de voir le dégât de suie mouillée devant la maison. Si vous voulez mon avis, M. O'Connor n'avait pas besoin d'utiliser autant d'eau, expliquai-je calmement à père.

Une heure plus tard, belle-mère arriva et père la regarda de son air qui voulait dire : *il s'est passé quelque chose*. Il demanda à Kiam de me faire monter à ma chambre pendant que mon sort se réglait. Puis, Kiam alla retrouver sa petite amie Jenny Chong.

« Bonne chance, frérot », me dit-il en refermant soigneusement la porte derrière lui. J'entendis ses pas qui dansaient dans l'escalier. Il échangea quelques mots avec père et sortit de la maison.

De la chambre à l'étage que je partageais avec deuxième frère Jung, j'entendis les voix de mes parents auxquelles se mêlait le cliquetis des assiettes entrechoquées. Le rire de ma sœur fusa soudain. Puis, j'entendis Jung qui rentrait et, quelques minutes plus tard, je l'entendis s'écrier : « Oh ! Merde ! » Les cris se turent. Je renversai ma boîte de jouets militaires et disposai quelques soldats et chars d'assaut pour un jeu de guerre. Jung frappa à la porte entrouverte et entra.

« Tu es coincé au sol, m'annonça-t-il. Père dit que, si elle accepte, tu devras aller chez Mme Lim chaque fois qu'il n'y aura personne à la maison pour s'occuper de toi. »

Mme Lim habitait de l'autre côté de la rue. Elle parlait trois ou quatre dialectes qu'elle partageait avec grand-maman. Du vivant de grand-maman, toutes deux aimaient bavarder ensemble. Elles parlaient toujours de la Chine ancienne, de ses mœurs et de ses secrets. Elles échangeaient aussi des remèdes à base d'herbes : grand-maman savait tout ce qu'on pouvait savoir sur le pouvoir, l'*essence*, des racines et des herbes, des choses qui rampaient et qui nageaient ; pour sa part, Mme Lim connaissait les feuilles et les propriétés médicinales des organes des gros animaux.

D'habitude, Mme Lim s'habillait en noir, comme si elle vivait encore dans l'ancien monde paysan chinois. Chaque fois qu'elle nous rendait visite, elle et grand-maman disaient que je devais être élevé selon les préceptes anciens, les meilleurs, que je devais apprendre à m'adresser convenablement à mes aînés et me rappeler comment dire leur nom sans me tromper. Mme Lim me comparait à sa fille, Meiying, quand la fillette âgée de huit ans lui avait été donnée des années auparavant.

« Presque le même âge que toi maintenant, Sek-Lung, disait-elle. Meiying a tout appris très vite. »

Certains jours, de notre perron, j'entendais Mme Lim crier après sa fille adoptive, crier après les voisins, crier après nous, les garçons, quand nous faisions trop de bruit en jouant, crier après quiconque traversait son chemin. Mais elle criait surtout après sa fille.

Meiying ne protestait jamais. Elle savait peut-être que sa propre mère n'avait jamais voulu d'elle. La mère de Meiying, qui avait été une actrice — et une joueuse, selon la rumeur —, ignorait lequel, parmi les nombreux hommes célibataires dont elle avait partagé le lit et la nourriture, était le père. Rentrant un jour chez elle avec ses sacs d'épicerie, Mme Lim l'avait croisée en face du Fast Service Laundry.

« Je ne veux plus de cette petite chienne », avait dit la mère de Meiying dans les vapeurs de l'alcool en poussant la fillette de huit ans vers Mme Lim.

Mme Lim avait ramené Meiying chez elle et les gens racontèrent que la mère de l'enfant alla s'installer à Toronto avec un homme. Elle laissa quelques vêtements à sa fille, une paire de châles de soie, quelques accessoires de théâtre et une petite poupée de l'opéra chinois avec une ravissante tête peinte en blanc. La poupée portait un costume de prince instruit. Mme Chang raconta que cette poupée avait été donnée à la mère de Meiying par la compagnie de l'opéra de Canton à son départ de la Chine. Une diseuse de bonne aventure lui avait déclaré que la poupée représentait son futur mari, un bel homme vivant dans un palais royal et qui consacrerait son temps à l'étude des langues étrangères. « Comme vous le savez peut-être, ajouta Mme Chang en riant lorsqu'elle raconta l'histoire aux dames du mah-jong, Mabel a trouvé un homme qui étudie chaque jour les résultats des courses et qui vit à Toronto dans la rue King ! Oh ! Que c'est royal ! Quel érudit ! Ma foi, Tommy Chong est sûrement un bel homme quand il est aussi soûl que Mabel ! »

Meiying se révéla être un bienfait pour Mme Lim ; elle avait une intelligence vive, pleurait peu et troqua avec reconnaissance le chaos de sa mère alcoolique contre la ferme éducation chinoise traditionnelle de Mme Lim. Grand-maman répéta très souvent l'histoire de la mère de Meiying à ma sœur Liang. Liang répondait toujours : « Nous sommes au Canada, pas dans la Chine ancienne.

— Nous sommes à Chinatown, disait grand-maman. Ici, les choses sont différentes. »

Frustrées, Mme Lim et grand-maman secouaient la tête quand ma sœur faisait ainsi la sourde oreille. « *Aiyahh, ho gitsum ! Aiyahh !* s'exclamaient-elles. *Comme la vie nous donne des crampes au cœur !* »

Liang se demandait comment la belle Meiying, avec ses longs cheveux et les notes parfaites qu'elle obtenait tant à l'école chinoise qu'à l'école anglaise, pouvait supporter de vivre ne serait-ce qu'une minute dans la cabane de Mme Lim. De plusieurs années sa cadette, Liang admirait Meiying de loin.

« Si seulement May, me dit un jour Liang en appelant Meiying par son prénom anglais, avait une autre mère que Mme Lim… »

Les seules choses positives concernant Mme Lim, c'était qu'elle avait les plus magnifiques roses grimpantes jaunes du voisinage et qu'elle faisait les meilleures nouilles quand nous partagions notre farine et nos œufs avec elle.

Je poussai mon plus gros blindé contre une rangée de soldats.

J'avais toujours été content de ne pas être une fille. Quand Jung m'annonça que j'allais me retrouver sous la férule de Mme Lim parce que nos parents en avaient assez de mes jeux de guerre et des plaintes des voisins, j'enviai ma sœur Liang pour la première fois. Liang avait de la chance. Elle pouvait travailler à l'occasion et elle accompagnait père partout où elle le voulait.

La plupart du temps, Liang essuyait et empilait la vaisselle au Hon Lee's Café (et on la payait dix cents pour faire ça) ou elle collait des étiquettes d'adresses au *Chinese Times*. Elle aimait être avec père, et il lui permettait même parfois de rester avec lui au bureau du journal quand il s'efforçait de terminer un article pour la date d'échéance.

Père était préoccupé par la Chine, par la guerre civile entre les communistes et les nationalistes ; il était préoccupé par nos études et par les Japonais ; il s'inquiétait parce que Kiam voulait s'enrôler et défendre le Canada alors que le Canada ne voulait pas des Chinois. Il s'inquiétait parce que belle-mère était toujours de mauvaise humeur. Et puis, bien sûr, il s'inquiétait à propos de Jung qui travaillait au lieu d'aller à l'école, et de Liang qui portait des chandails trop grands pour elle, comme un clown, et il s'inquiétait à mon sujet. Rien, semblait-il, ne l'inquiétait pas. Et il écrivait dans le journal sur les choses qui l'inquiétaient, puis il s'inquiétait de ce que les autres en penseraient.

J'aimais accompagner père au bureau du journal, mais, à ma troisième visite, je renversai accidentellement un petit plateau de caractères anglais en essayant d'attraper la lettre *S*. On utilisait ces caractères pour imprimer les noms anglais et ceux des rues de Vancouver. Les pièces métalliques ne tombèrent pas toutes sur le sol et ne disparurent pas toutes sous les presses, le bureau du rédacteur en chef et le comptoir à l'entrée, mais le propriétaire décréta qu'il ne voulait plus me voir là. Je pensais qu'il voulait dire que je ne devais plus m'approcher des plateaux de caractères, mais père refusa d'entendre mes arguments.

Partout où père m'emmenait, quelqu'un ne voulait plus me voir après la deuxième ou la troisième visite. Un jour que je m'étais assis sur le comptoir de verre du Ming Wo, le comptoir se brisa. Je ne fus pas blessé, mais on perdit la moitié d'un sac de précieuses crevettes séchées. C'était le propriétaire lui-même qui m'avait installé sur le comptoir pour me montrer le fonctionnement d'un boulier ; ce n'était donc pas ma faute. Mais père décréta que la question était réglée.

Selon Mme Chang, Liang avait désormais l'âge de s'occuper de moi, mais Liang ne voulait même pas y songer. D'ailleurs, mes parents n'aimaient pas l'idée de nous voir seuls ensemble à la maison. Ma sœur et moi ne nous entendions pas vraiment.

Onze mois après la mort de l'Aïeule, ma sœur déclara avec insistance que je n'avais pas encore réintégré le monde partagé par les autres membres de la famille — le « vrai monde », comme elle le précisa avec la sagesse de ses douze ans. Pour lui faire peur, je fis semblant de voir le fantôme de grand-maman.

« Poh-Poh est morte, dit-elle, en tournant avec indifférence une page du magazine *Movie Story* sur laquelle on voyait Sonja Henie en patins. Il est temps que tu grandisses, Sekky. »

Je mimai un écrasement d'avion avec mon Spitfire.

« Et arrête de jouer à ces stupides jeux de guerre. Tu ne sais rien de la guerre. »

J'étais dans la chambre de Liang, celle de grand-maman avant sa mort.

Je reniflai et je dis : « Je sens encore l'odeur de l'Aïeule. » Incrédule, Liang ferma les yeux.

« Vas-tu sortir d'ici ? dit-elle. C'est *ma* chambre, maintenant. »

Je jetai un regard circulaire. On avait récemment tapissé la pièce avec un papier peint à motif de roses blanches et roses. Il y avait une petite commode, la malle que son ami Wong Suk au visage de singe, rentré en Chine des années auparavant, lui avait donnée, et un pupitre récupéré au dépotoir, peint en blanc ciel. Il manquait au pupitre le tiroir du bas. Une chaise en bois, également peinte en blanc, était posée sur un petit tapis.

« Maintenant, on s'ennuie dans cette chambre, dis-je.

— « Sors », dit Liang, qui commença à écrire ses secrets dans son journal intime, s'assurant que je pouvais voir les lettres de mon nom en majuscules au travers de la page, qui attendaient les méchancetés qu'elle allait inventer.

Cela m'était égal. Depuis que grand-maman n'était plus là, tout le monde était mon ennemi. Je descendis me barricader dans la pénombre fraîche du garde-manger.

Une semaine plus tôt, j'avais accidentellement fait tomber l'un de mes avions de combat dans le garde-manger. En grimpant pour le récupérer, j'avais découvert sur une étagère les herbes médicinales de grand-maman. Je me mis à saliver au souvenir des parfums familiers, des saveurs âcres et amères. Belle-mère avait rangé tous ces « médicaments dangereux » sur l'étagère la plus haute qu'elle avait pu trouver. Mme Lim l'avait aidée à mettre de côté les précieux hippocampes séchés et la dure pépite de rate d'ours, le flacon trapu contenant de la poudre de bois de cerf ; elle avait nommé les herbes pulvérisées et les pommades brunâtres inconnues de tous. Sur l'étagère, on trouvait de mystérieuses graines semblables à des grains de poivre hérissés de minuscules piquants, des paquets de feuilles amères aux veines épaisses et de racines de mandragore, des tubes de pilules qui ressemblaient à de petites perles de couleur, de petits pots de produits cosmétiques contenant des onguents à l'odeur sucrée, une ou deux boîtes métalliques à l'étiquette à moitié déchirée. Et une petite boîte de cachets d'aspirine Bayer. Il ne fallait rien jeter ; il ne fallait rien gaspiller. Des racines et des feuilles. Des choses desséchées qui avaient un jour rampé et bondi au clair de lune.

« La vieille dame n'est plus là, dit Mme Lim à belle-mère, et je n'ai pas la moitié de son savoir. »

Le garde-manger contenait désormais toutes les connaissances de grand-maman sur les herbes. Les secrets de ma sœur, même si elle gribouillait mon nom dans son journal intime, ne pouvaient se comparer à ceux de grand-maman. Revigoré par les odeurs médicinales, je remontai à l'étage. Liang écrivait encore dans son journal.

« On s'ennuie ici, répétai-je.

— C'est toi qui es ennuyeux, Sekky, dit Liang. Pourquoi tu ne vas pas dans ta chambre penser à… *Mme Lim* ? »

Père et belle-mère me dirent que Mme Lim allait probablement m'étrangler après mon premier jour chez elle.

« Fantastique, s'écria Liang. J'ai vraiment hâte à la semaine prochaine. »

Il me restait encore une semaine avant d'aller chez Mme Lim. Le lundi, Mlle Doyle remarqua que je parlais en avalant mes mots. À la récréation, je me battis avec Jack McNaughton et je perdis. Je n'étais même plus capable de concentrer mon attention sur mes jeux de guerre.

Mme Lim fut invitée à prendre le thé afin que je me familiarise avec elle. Elle bavarda avec belle-mère. Je fis semblant d'avoir la polio et d'être paralysé. Elles m'ignorèrent.

Le mercredi, j'étais devenu entêté et hostile, en colère parce que je n'étais pas encore fort et indépendant comme Jung, brillant et mature comme Kiam. Je n'étais heureusement pas aussi laid que ma sœur Liang. Je fis tout ce que je pus pour me rendre insupportable quand ils étaient dans les parages. J'étais une peste. Je geignais et boudais et je me battais, sauf en présence de père, évidemment. L'affronter aurait été dangereux. Père parlait de plus en plus fort, d'une voix de plus en plus irritée chaque fois qu'il recevait des nouvelles de Chine. Des territoires, des comtés et des provinces tombaient aux mains des Japonais. La BBC annonça l'arrivée de troupes du Commonwealth à Hong Kong. Bientôt, des soldats canadiens les rejoindraient. Père était convaincu que Hong Kong serait le prochain bastion à tomber. Comment, à deux océans de distance, les Britanniques pourraient-ils en diriger la défense ? La route de la Birmanie, ligne de vie de la Chine, avait été perdue. Les tigres volants avaient échoué à arrêter l'ennemi. Les troupes japonaises s'avançaient de plus en plus profondément dans la Chine du sud.

Le jeudi, belle-mère tenta d'empêcher père de gâcher notre dîner en crachant sa rage contre « ces chiens de Japs ! » Elle l'empêcha de décrire en détail les atrocités commises par les Japonais contre la population chinoise.

« Mais les enfants doivent savoir que ces Japs sont des salauds, des chiens !

— Ils en savent déjà suffisamment comme ça, dit belle-mère. Tu penses qu'ils ne savent rien ? Demande-leur s'ils ne savent rien !

— Ils transpercent à la baïonnette des femmes enceintes, dit Liang, les yeux agrandis de terreur.

— Ils enterrent vivants les villageois et les religieuses, renchérit Jung.

— Ils font cuire des bébés chinois », ajoutai-je avec une autorité sinistre.

À la récréation, nous avions tous échangé des anecdotes et commencé à nous détourner des filles et des garçons japonais dans la cour d'école. Dans les classes plus avancées, il y avait déjà des batailles entre les bandes de « bons gars » et les « Japs ».

À toutes les tables de restaurants, à tous les comptoirs de cafés de Chinatown, les gens se lamentaient et se chuchotaient des nouvelles sur les pertes subies par la famille, une tante ici, un ami là, un père, une mère, une sœur. On racontait des histoires sur l'incroyable cruauté de l'ennemi. Une cousine de Shanghai écrivit comment l'armée japonaise enterrait les gens vivants, des femmes et des enfants. Une autre écrivit qu'elle avait vu des personnes vivantes, attachées à des poteaux, servir de cibles pour des exercices d'entraînement à la baïonnette. Il y avait des rumeurs encore plus macabres : les Japonais avaient des camps où ils faisaient des expériences médicales, d'autres camps spéciaux où des femmes étaient gardées en otages. Une douzaine d'incidents de tueries massives furent montrés aux actualités filmées : on y voyait des mitraillettes faucher une rangée de citoyens sans défense ; des bombes tombaient sur des cibles civiles ; des réfugiés affamés se déversaient dans la campagne ravagée ; des sanctuaires — églises, temples et hôpitaux — étaient violés ; dans un reportage, on montrait un extrait de film subtilisé à l'ennemi dans lequel une baïonnette japonaise levait dans les airs ce qui semblait être la tête d'une femme, ses longs cheveux noirs poissés de sang.

« Je veux joindre les rangs de l'armée canadienne », dit Kiam.

Nous nous tournâmes tous vers père pour voir sa réaction.

« Tu n'es pas un citoyen du Canada, répondit-il calmement. Tu es enregistré à Victoria à titre de *résident étranger*. Nous avons déjà discuté de cette question. Quand le dominion dira que nous sommes canadiens, alors nous nous enrôlerons, tous ! »

Kiam referma son manuel de chimie. Je savais qu'il avait de nouveau parlé avec ses amis, et avec Jenny Chong. Père n'ajouterait rien. Il y avait de nombreux points sur lesquels lui et le père de Jenny Chong étaient en désaccord.

Le vendredi, trois jours avant que je ne commence à aller chez Mme Lim, troisième oncle nous rendit visite. Chaque fois qu'il venait, belle-mère parlait très peu pour éviter à père de perdre la face. Lorsque la discussion devenait trop enflammée parce que troisième oncle et père n'étaient jamais du même avis en ce qui concernait la politique dans l'ancienne Chine et la Chine moderne, belle-mère intervenait gentiment en offrant un autre bol de riz ou de potage, une autre tasse de thé. Il existait néanmoins une chose sur laquelle les deux hommes s'entendaient parfaitement : il fallait chasser les démons japonais du Royaume du Milieu. Troisième oncle et père collaboraient au manuscrit d'un opéra chinois pour vendre des bons de la victoire « Sauvons la Chine ».

Derrière toutes ces conversations d'adultes sur la guerre, mes chars d'assaut et mes avions rugissaient, abattant tous les Japonais à leur portée. J'absorbais la haine que Chinatown vouait aux Japonais, ces monstres aux dents de lapin dégoulinant de sang, au cou rentré, arborant d'épaisses lunettes comme le général Tojo. Je voulais tous les tuer.

À l'école, pendant la récréation, mes copains et moi lancions des regards torves à des Japonais et des Japonaises que nous ne connaissions pas. Quand le surveillant ne nous regardait pas, nous poussions les « yeux bridés » dans le dos ou leur donnions des coups de poing dans les bras. Évidemment, des gars d'une autre classe me prenaient parfois pour un Jap. Alfred Stevorsky et Joe Eng leur firent entendre raison. Mais nous devions prendre garde : les Japonais plus vieux rendaient les coups. Joe se retrouva avec un œil au beurre noir après un affrontement avec un garçon au nom germanique. Alfred se fit déchirer son meilleur blouson. Quant à moi, on m'enfonça une fois le visage dans la boue. Mais nous appliquions la loi du talion. Notre enseignante, Mlle Doyle, nous surveillait désormais de la fenêtre de la classe pendant la récréation. Si elle surprenait l'un d'entre nous à provoquer une bataille ou autre chose, elle se servait de la courroie contre le délinquant.

Les enfants japonais commencèrent à se tenir à l'écart ; même ceux de la classe de Mlle Doyle, avec qui nous avions toujours eu des rapports amicaux, s'éloignèrent de plus en plus de nous. Quelques garçons beaucoup plus vieux, blancs et asiatiques, se mirent à protéger les petits Japonais de ceux qui voulaient leur faire leur affaire. Certains restaient là, confus. Mais ce n'étaient que des histoires d'enfants. Entendre parler de la guerre qui se déroulait à l'étranger était une chose, mais je voulais commencer à voir de vrais combats au Canada. À Chinatown, la rumeur disait que c'était à la veille d'arriver, qu'il y aurait bientôt des victimes.

Chaque jour, je regardais le ciel et j'attendais que tombent les bombes. Je pensais à Singapour et à Londres et j'aurais voulu être là.

Les Japonais attaquèrent la Thaïlande, Bornéo et les Philippines. On parlait de plus en plus de sous-marins ennemis — surtout japonais — rôdant dans les eaux côtières de la Colombie-Britannique ; il y avait un sentiment croissant de colère, de peur et de haine à l'égard de tous les Japonais.

Après l'école, je devais me contenter de regarder les autres garçons aller jouer à la guerre au parc MacLean, tandis que je rentrais directement chez moi où je rongeais mon frein en ruminant mon principal sujet d'inquiétude : mes propres jeux de guerre et si j'aurais la permission d'y jouer dans le donjon — la cabane en ruine de Mme Lim. Là, il n'y aurait pas de bande de garçons, je serais seul, caché derrière un rempart de roses. Seul avec mon ennemie par excellence : la vieille, grosse et autoritaire Mme Lim.

Je me sentais possédé par quelque chose de sombre. Pourquoi ne pouvais-je faire ce que je voulais ? Pourquoi tout le monde me trouvait-il indigne de confiance ? La guerre était là, et les garçons devaient s'entraîner aux arts de la guerre. Il n'y avait personne de mon côté. J'étais entouré de traîtres et d'ennemis. Avant d'être condamné à être enfermé chez Mme Lim, j'avais goûté à la liberté, et maintenant, elle s'était envolée. Ce premier été qui avait suivi la mort de grand-maman, j'avais botté des ballons de football et épuisé mes frères aînés ; j'avais enfilé des gants de boxe et perdu des batailles ; j'avais craché du sang ; j'avais lancé à ma sœur jurons et menaces ; j'avais mis le feu aux montagnes de la Birmanie, j'avais livré cent combats contre les Japonais et je les avais tous gagnés.

Mme Lim n'avait aucune chance.

Quatorze

Le sort en fut jeté dès la première semaine d'octobre : il m'était dorénavant interdit de rencontrer mes amis après l'école ; je ne devais parler à aucun d'entre eux, particulièrement ceux qui avaient été expulsés de l'école chinoise. Au lieu de cela, je devais me rendre directement chez Mme Lim.

Père jura que si j'arrivais ne fût-ce qu'une seconde en retard chez Mme Lim, il décapiterait tous mes soldats jouets avec le couperet de la cuisine, il piétinerait mes cinq chars d'assaut et les transformerait en assiettes à tarte. Il jura qu'il irait ensuite au parc MacLean et donnerait mes précieux avions de combat au premier garçon — blanc, noir, brun ou jaune — qui passerait par là. « *Même si c'est un Jap* », éructa-t-il.

Il demanderait ensuite au révérend père Chan de m'expédier à l'orphelinat des mauvais garçons, où des frères chrétiens, la tête encapuchonnée comme la Mort elle-même, isolaient les jeunes fiers-à-bras dans mon genre, les fouettaient, puis jetaient la clé du cachot. Je serais le seul gamin de Chinatown dans cet établissement. La honte rejaillirait sur tous les Chinois de la terre.

Pour dire la vérité, je ne pris pas un seul instant au sérieux la menace concernant l'orphelinat des mauvais garçons. Après tout, nous n'étions pas catholiques. En classe, Mlle Doyle nous avait déjà expliqué que les familles catholiques allaient aux endroits catholiques, et que les familles protestantes allaient aux endroits protestants. La même chose s'appliquait aux juifs. Aux hindous et aux bouddhistes aussi. Tous les gens du monde appartenaient à des familles et devaient rester avec elles.

Mais quand père leva son pied botté au-dessus de ma boîte de jouets de guerre, l'air déterminé à écrabouiller sur-le-champ tout ce qui s'y trouvait, je me sentis parcouru d'un frisson. Les yeux de père lançaient des étincelles ; il parlait d'une voix étranglée. Après l'école, je me hâtai donc afin de respecter l'échéance de quinze minutes sur laquelle père et Mme Lim avaient scellé leur entente par une poignée de main. J'avais vu les mains de père serrer les doigts boudinés de Mme Lim. Le marché ainsi conclu avait été suivi par une litanie d'adages chinois d'un ennui mortel, trop anciens pour mes oreilles *mo no*, déclamés au rythme d'un roulement de tambour traditionnel. J'entendais siffler des serpents et rugir des lions.

Au sortir de l'école Strathcona, après avoir parcouru cinq rues au pas de course, je m'arrêtai, hors d'haleine, et levai les yeux vers la tanière de Mme Lim, perchée sur ses pilotis de bois au sommet d'un escarpement rocheux. Deux escaliers branlants, séparés à mi-chemin par un palier d'aspect encore plus précaire, montaient en droite ligne vers un perron de bois protubérant.

M. O'Connor, notre voisin, raconta à premier frère Kiam que cette drôle de cabane avait naguère appartenu à un certain Jamieson, ouvrier du moulin à scie, qui, en 1895, avait déboursé la somme de vingt-cinq dollars pour ce terrain minable. Les gens s'étaient moqués de lui, mais il avait juré qu'un homme pouvait faire son chez-lui là où il l'entendait. Jamieson enfonça des rivets métalliques à des intervalles de trois pieds dans la paroi rocheuse et, avec des planches récupérées à la scierie et un ingénieux système de poulies, il construisit pour commencer les deux escaliers anguleux en bois d'érable, reliés par des chaînes. Une fois achevés, les escaliers tressautaient à chaque pas, mais, comme l'affirmait M. O'Connor, ils étaient « bâtis assez solides pour survivre au siècle. » Aidé par un frère cadet, Jamieson transporta ensuite chacune des planches auxquelles il fixa les deux volées de marches, puis il établit des fondations de piliers et de pilotis, égalisa la surface raboteuse du terrain avec du ciment de Portland et des poches de terre noire compacte. D'une saison à l'autre au chantier, les deux frères continuèrent de rapporter du bois de construction et, après des années de labeur acharné, ils terminèrent la cabane.

Presque aussitôt, une dispute éclata entre les Jamieson. Il s'agissait peut-être de dettes de jeu ou peut-être d'une femme. Trop d'alcool, peut-être. Les voisins entendirent des cris, ce soir-là. Puis, plus rien. L'un des frères poussa l'autre par-dessus la balustrade du perron. On retrouva l'aîné au pied de l'escalier, le cou rompu. Le survivant avait disparu. Des années plus tard, la ville mit la maison en vente à des enchères publiques. Seul un imbécile de Chinois borgne leva la main et offrit la somme minimale demandée, deux cents dollars, pour cette propriété sans valeur. C'était M. Lim, bien sûr. Il emprunta la moitié de l'argent à son association Tong et il devait encore une partie de sa taxe d'entrée. Un ancien avertit M. Lim que la maison ne lui porterait peut-être pas chance.

« Un pauvre homme peut-il se permettre une maison chanceuse ? » rétorqua M. Lim.

En 1933, M. Lim trouva la mort dans la scierie où les frères Jamieson avaient travaillé autrefois. Une pile de planches dégringola et, comme l'incident se produisit de son côté aveugle, il fut écrabouillé. En présence d'un avocat, la veuve traça un X sur une feuille de papier et, à partir de ce jour, de l'argent fut versé chaque mois sur son compte bancaire à Chinatown.

Comme Mme Lim le raconta à belle-mère, avant d'aller travailler ce jour fatal, « avec son unique œil, mon mari a vu le fantôme de l'homme blanc étendu au bas de l'escalier. Mais moi, je ne voyais rien, et je l'ai renvoyé. “Si tu ne travailles pas, comment va-t-on manger ?” ai-je dit. »

Encore incrédule, Mme Lim se frotta les yeux de ses doigts potelés.

« Pourquoi l'ai-je laissé partir ? s'écria-t-elle. Les signes… je connais les signes… Pourquoi n'ai-je pas voulu l'écouter ? »

Et elle fondit en larmes.

M. Lim mourut avant ma naissance. Kiam se souvenait d'un homme bourru, dur d'oreille, qui parlait trop fort, comme de nombreux ouvriers chinois qui travaillaient à côté de machines impitoyables. Sur les pentes escarpées des montagnes, au milieu du vacarme assourdissant de l'eau, leurs voix devaient noyer le fracas des machines dans les conserveries de poisson, rivaliser avec le grincement de scies de huit pieds de haut dans les scieries. Dans leurs cœurs, disait père, ces hommes chantaient des chansons anciennes et pensaient à d'autres montagnes, à d'autres mers. Des hommes semblables avaient érigé la Grande Muraille, ils avaient traîné des navires dans les gorges du Chang Jiang, si hautes qu'elles perçaient les nuages, et ils n'avaient jamais abandonné.

« Jamais oublier: nous, Chinois. » Les anciens ne cessaient de nous le ressasser, à mes frères et à moi, tout en sirotant leur thé et en crachant leurs glaires. « Jamais oublier, *nous ensemble, Chinois.* »

J'étais chinois et je ne demanderais jamais grâce. J'avais dans ma poche mon canif Red Ryder avec sa lame de trois pouces, j'étais prêt à faire son affaire à Mme Lim si elle se montrait trop méchante.

Là, mon sort fixé, je devais grimper ces deux volées de marches branlantes et me faire garder par la vieille veuve obèse. Je n'avais pas le choix. J'hésitai pourtant: les planches paraissaient instables, sur le point de s'écrouler. Je me demandai comment mes frères aînés avaient fait pour porter jusqu'en haut les sacs d'épicerie, les caisses de bois d'allumage, les poches de jute remplies de sciure, comment ils avaient négocié cette montée aussi abrupte que les falaises du Chang Jiang. *Ne jamais abandonner!* En regardant entre les planches épaisses, je vis, au niveau de mes yeux, les deux premiers assemblages de chaînes rivés à la structure de l'escalier, plantés dans la roche, tendus et humides, exhalant une odeur de fer. J'inspirai profondément.

« *Mme Lim! J'arrive!* »

J'aperçus au sommet la cabane grise et le mur impérial de rosiers jaunes plantés par Mme Lim le printemps où son mari était mort. Un rideau de roses tardives, chatoyantes, balançaient leur tête ; quelques pétales s'envolèrent dans la brise de ce début d'octobre. Brillantes comme des phares, ces fleurs faisaient l'orgueil de Mme Lim. Elles cachaient les piliers d'un côté et, du printemps à l'automne, leur parfum embaumait le petit balcon. Le perron était juste assez grand pour accueillir un vieux sofa de couleur foncée. Je supposai que, assise là, à épier le reste du monde depuis son refuge de roses, de feuilles et d'épines surplombant la rue, la grosse femme devait avoir l'impression d'être au paradis. Vu d'en bas, l'endroit ne payait toutefois pas de mine : avec sa façade grise, anguleuse, son muret jaune, on aurait dit un dépotoir cherchant à s'élever vers le ciel. Une brise fraîche souffla, et une nuée de pétales jaunes flottèrent dans l'escalier. L'un d'eux atterrit sur ma tête.

Je commençai à monter, précautionneusement, une marche à la fois, en m'efforçant de ne pas regarder en bas. De ne pas faire trembler l'escalier. Il tressautait et couinait sous mes pieds. Les chaînes cliquetaient. Je pensai à ce qu'on devait ressentir quand on était poussé par-dessus la balustrade du perron, comme l'un des frères Jamieson, et qu'on entendait son cou se rompre. Je continuai de monter.

Arrivé au palier, je décidai de faire une pause. Je m'assis sur une banquette qu'on avait construite là exprès. Je m'attardai un instant, le temps de jeter un coup d'œil aux alentours. Je devrais faire ça après chaque jour d'école, songeai-je avec amertume. Je regardai les maisons de l'autre côté de la rue, les maisons libres. L'une d'elles était la nôtre, suivait celle des O'Connor, puis celle des Chen, celle des…

Une voix éraillée cria mon nom : « *Sek-Lung !* »

Je levai les yeux juste à temps pour voir, sur le seuil de la porte, Mme Lim se tourner et rentrer à grands pas dans la cabane. La porte-moustiquaire claqua. Je savais quelle torture elle me réservait : dix mille proverbes chinois à mémoriser.

Je me rappelai qu'un pilote de l'armée de l'air royale canadienne pouvait relever tous les défis, qu'il ne craignait rien, comme James Cagney dans *Les Chevaliers du ciel*, comme Deuce Granville et ses *Jumping Jeep Men*, comme Terry et les pirates. Je fermai les yeux et gravis la dernière volée de marches, me hissant, une main après l'autre, tel un alpiniste aveugle. L'escalier rebondissait contre la paroi. Quand j'atterris sur le perron, la chose sembla se balancer, elle fit entendre un craquement sonore, puis elle se tut. Je pris soudain conscience que, pendant toutes ces années, l'escalier et le perron avaient supporté le poids de Mme Lim.

La brise fit bouger les feuilles et les fleurs. Les ombres des feuilles dansaient partout. L'air embaumait. Ruse de l'ennemi. À l'intérieur de la maison, Mme Lim allait appuyer son gros doigt sur un bouton secret ; instantanément, un ressort jaillirait de sous le porche et me propulserait dans les airs. Je voyais mon corps monter vers le ciel, je le voyais voler, puis redescendre en piqué jusqu'au pied du rocher. Mes parents me découvriraient plus tard, tout disloqué, le cou cassé. J'avançai prudemment de quelques pas. Mme Lim était-elle parfois essoufflée quand elle arrivait en haut ?

« … entre…, dit une voix dans le demi-jour du corridor. Entre. »

C'était une voix douce, haletante. Mme Lim avait peut-être épuisé ses réserves sonores quand elle avait vociféré mon nom.

Je regardai l'intérieur de la maison plongé dans la pénombre. Un poêle ventru doté d'un réceptacle pour la sciure reposait au milieu de l'entrée carrée. Je vis du bois d'allumage soigneusement empilé dans un seau de tôle galvanisée entre deux embrasures de portes que des rideaux masquaient en partie, des tas de bran de scie contre un mur. J'ouvris la porte grillagée et j'entrai. Le plancher couina.

Une porte était ouverte à ma gauche. À part l'odeur du bois humide, je décelai celle, suave, des herbes, à laquelle se mêlait l'arôme salé du chou mariné. J'entendis un bruit d'eau amenée à forte ébullition et, dans un angle, je vis un poêle noir en fer et des nuages de vapeur qui s'échappaient d'une casserole et d'une bouilloire. Au-dessus de ma tête, une ampoule protégée par un abat-jour de paille se balançait, projetant des ombres insolites sur le plafond et une chaude lumière sur les murs.

« Ici », dit une voix.

Vêtue d'un peignoir bleu marine, son visage impassible éclairé par les ampoules au-dessus d'elle, Mme Lim était assise à une grande table de cuisine. Ses gros bras étaient posés sur un panier de pois, et une triple rangée de pots attendaient sur le comptoir derrière elle. Je fus épouvanté. Je détestais laver quoi que ce soit, y compris moi-même. Mme Lim portait des bas noirs et des pantoufles ; à ses pieds, je vis d'autres paniers de pois attendant d'être écossés, des bottes de légumes feuillus terreux, des pyramides de poivrons rouges et verts poussiéreux. Je levai rapidement les yeux et je vis, sur le mur devant la table, des étagères recouvertes de papier journal supportant des paquets de bok choi séché au soleil à attacher avec du raphia, de petites caisses de racines tordues, des assiettes creuses remplies d'herbes et d'épices à l'odeur âcre, des champignons séchés, des piles d'écorces multicolores veloutées, des branches tailladées, le tout attendant d'être nettoyé, cuit, moulu ou haché menu. Toutes ces tâches qu'elle et grand-maman, belle-mère et Liang avaient l'habitude d'effectuer ensemble dans notre cuisine. Et voilà que j'avais hérité de ces corvées. J'allais passer l'éternité à écosser, laver, trier, émincer… sans plus jamais revoir la lumière du jour. Je ne mangerais plus que des pois amers, je ne boirais plus que des infusions d'herbes, je ne mâchouillerais plus que du chou salé. Ma bouche se dessécha ; mes dents prirent un goût de craie.

À gauche du coude de Mme Lim, une impeccable rangée d'ustensiles argentés attira mon regard. J'étouffai un cri. Un assortiment de couteaux affûtés et de couperets tranchants de tailles et de formes variées luisaient sur la nappe de calicot cirée étalée sur la table. Je comptai rapidement sept armes prêtes à être utilisées — chacune des lames plus longue et plus acérée que la précédente.

En me voyant ahuri devant les paniers, les caisses et l'évier du labeur féminin, Mme Lim fronça les sourcils. Elle continua d'écosser des pois à la vitesse de l'éclair. Elle était vraiment mesquine : elle ne m'offrait même pas quelque chose à manger.

« Ici », répéta une voix.

C'était incroyable. Les lèvres de Mme Lim n'avaient pas remué. Je la regardai de nouveau. Elle avait toujours les sourcils froncés, une expression désapprobatrice sur le visage — pour elle, je n'étais qu'un enfant gâté *mo no*.

« Derrière toi, Sekky. »

Je me tournai. C'était Meiying, la fille de Mme Lim. Ses longs cheveux tombaient sur ses épaules, et elle tenait à la main un grand foulard de soie moirée couleur d'automne.

« Allons-y », dit-elle, et elle ouvrit la porte dont la moustiquaire était déchirée.

La porte claqua. Meiying était partie.

Je regardai Mme Lim. Derrière moi, j'entendis les pas rapides de Meiying décroître dans l'escalier. Mme Lim me congédia d'un geste de la main.

Je pouvais sortir, je n'en revenais pas. Après avoir entendu un instant pour voir si Mme Lim allait saisir un couperet, je tournai le dos et j'ouvris la porte grillagée. J'imaginai un grand couteau qui sifflait à un cheveu de ma tête. Je commençai à descendre l'escalier avant même que la porte ne soit refermée. Mais l'escalier brinquebalant m'arrêta dans mon élan. J'agrippai la rampe et ne la lâchai pas. Les marches cognaient et cognaient contre la paroi rocheuse. Meiying dévalait le dernier escalier, sans craindre les marches qui tressautaient en tirant sur leurs chaînes.

Je retins mon souffle — si une fille n'avait pas peur ! — et je me mis à descendre l'escalier instable aussi vite que Meiying. Je sautai de la dernière marche branlante et m'arrêtai, haletant, devant elle. La poussière de la rue formait de petits nuages autour de mes bottillons Buster Brown rapiécés. Je me sentais comme Robert Preston au cou rouge brique quand il atterrit à Wake Island au son des rafales de mitraillettes.

L'escalier cogna une dernière fois. Je regardai la mince jeune fille devant moi. Meiying jeta le grand châle de soie sur ses épaules.

« On va au terrain de jeu, Sekky, dit-elle. Suis-moi. »

Elle s'élança ; elle était tellement plus grande que moi, ses jambes étaient tellement plus longues que les miennes, tellement plus rapides.

« Attends », dis-je, mais je revis les paniers de pois, le chou mariné et les sourcils à jamais froncés de Mme Lim dans la petite cuisine sans lumière, et je courus pour rattraper Meiying.

Entre mes halètements et le martèlement de mes bottillons sur l'asphalte, je sentais mes poumons se dilater, se contracter, se dilater encore et, tout à coup, je m'entendis hurler « ENCULÉÉÉE ! » exactement comme si j'avais été Alfie Stevorsky ou Joe Eng. C'était parce que Jung avait dit ce mot-là que père l'avait un jour giflé ; et je savais que si jamais je m'avisais de le prononcer, si même je *faisais semblant* de le dire, père me couperait la langue — Kiam m'en avait averti. Je vis le grand couteau de Mme Lim vibrer en s'enfonçant dans le mur.

Meiying courait toujours.

J'avais presque huit ans, et les filles étaient loin d'être mes êtres humains préférés. Mais Meiying ne ressemblait pas à la plupart des filles.

Meiying m'appelait Sekky plutôt que Sek-Lung, comme si j'étais son ami. Quand elle venait voir belle-mère, elle nous apportait toujours, à ma sœur Liang et à moi, des bonbons durs, de la gomme ou des Lifesavers aux cinq saveurs, et jamais, au grand jamais, elle ne nous posait des questions sur l'école. J'appréciais ce côté d'elle. Cela ne la dérangeait pas quand la langue me fourchait et que je l'appelais par son prénom anglais, May, même si père me grondait pour ça.

Je savais que belle-mère l'aimait bien ; il leur arrivait de passer quelques moments à bavarder ensemble en essayant des coiffures ou du maquillage. Mme Lim s'attardait parfois devant sa tasse de thé, tirant fierté de la popularité de sa fille adoptive auprès des femmes mariées de la collectivité.

Tout le monde aimait Meiying. Père déclara même que ma sœur Liang devrait la prendre pour modèle. Âgée de douze ans, avec ses dents légèrement avancées, Liang aurait voulu être aussi grande, élégante et brillante que Meiying. Mais Meiying avait dix-sept ans, elle avait depuis longtemps dépassé le stade du groupe d'amies ricanantes de ma sœur.

Avec ses cheveux frisés comme un mouton, Liang traînait son ennui, flottant dans ses chandails trop grands pour elle. Meiying, elle, marchait d'un pas vif, elle portait des cardigans aux couleurs profondes et ses longs cheveux noirs et lustrés cascadaient sur ses épaules.

Je voyais que Kiam aussi la trouvait jolie, mais il était rebuté par sa compétence dans de nombreux domaines. Meiying connaissait suffisamment de mandarin, par exemple, pour expliquer une expression ou deux à Kiam, qui étudiait le dialecte — père pressentait que celui-ci deviendrait la langue officielle de la nouvelle Chine « après la victoire du peuple ». Meiying avait appris un peu de mandarin avec sa mère qui, pendant des années, avait chanté dans le dialecte classique à l'opéra chinois local ; par la suite, elle s'était mise à boire et à jouer et elle avait donné Meiying à Mme Lim, lui laissant quelques vêtements et une poupée de l'opéra chinois d'un pied de haut avec un visage de lettré peint en blanc.

Et voilà que Meiying allait être ma gardienne ! Si je devais en avoir une, Meiying était certainement préférable à Mme Lim. Elle courait comme deuxième frère Jung, pensai-je, et cela me plut. J'aurais pu vraiment l'aimer si elle avait été un garçon. J'espérais seulement que nous ne tombions pas sur Alfred, Joe et les autres.

Elle ralentit et je pris mon élan pour la devancer d'un pas ou deux. Elle s'arrêta un moment pour reprendre son souffle, et je me sentis mieux.

« On va au parc, Sekky, dit-elle en anglais, mettant une main fine sur sa poitrine. Tu vas aimer ça parce qu'ils s'entraînent au baseball là-bas. »

Elle essaya de boutonner le col de ma chemise ; je repoussai sa main.

« Boutonne au moins ton blouson. »

Je le laissai ouvert. Je regrettai de ne pas avoir apporté mon casque d'aviateur en cuir. Cela m'aurait conféré une certaine autorité pour dire ce qui allait suivre.

« Il n'y a pas de baseball au parc MacLean. »

Je pensais au parc MacLean, où mes amis devaient être en train de creuser des tranchées miniatures avec des bâtonnets et d'abattre des bataillons entiers. Les garçons plus grands y jouaient au soccer, mais rarement au baseball.

« Il y en a là où nous allons, dit-elle. Tu verras. »

Arrivée à la rue Jackson, plutôt que de prendre la direction sud et de suivre la rue pavée jusqu'au parc MacLean, Meiying accéléra le pas et se dirigea vers le nord. Les montagnes au loin étaient déjà couvertes de neige, mais il y avait encore des fleurs dans les parterres de Vancouver. Nous nous éloignions du territoire familier, des limites de Chinatown. J'essayai d'attirer son attention. Qu'est-ce qu'elle faisait ?

Meiying tendit la main derrière elle pour prendre la mienne. Je l'évitai et la regardai de mon air implacable, celui qui était censé donner froid dans le dos, une expression que j'avais prise dans les films. Un sourcil tordu haussé — Charlie Chan fou —, l'autre formant une étroite ligne oblique. Elle m'ignora.

« Marche plus vite, m'ordonna-t-elle. Qu'est-ce que tu as dans ta poche ?

— Rien, répondis-je. Juste un de mes avions. Un Spitfire.

— Ils ont une excellente portée d'attaque », dit-elle.

Cause toujours, pensai-je.

« Des intercepteurs fatals, poursuivit-elle, s'arrêtant à peine pour constater mon étonnement. Les Messerschmitt à longue portée de la Luftwaffe n'ont aucune chance. »

Merde, pensai-je, *elle est même capable de prononcer les noms correctement.*

Elle fit semblant de larguer des bombes, puis elle plana au loin.

Du cockpit de mon Spitfire, je la mitraillai.

« Suis-moi », dit-elle. Son châle se souleva de ses épaules et ses bras étendus ressemblèrent à des ailes dans le vent. Je fis des bruits de mitraillette, mais elle tint bon.

Nous continuâmes de courir vers le nord (elle était maintenant un Stuka) et volâmes vers la rue Hastings. Elle finit par ralentir et poursuivit en marchant d'un pas vif. À force d'imiter des rafales de mitraillette, je n'avais plus de souffle. C'est alors que j'eus cette révélation : nous étions du mauvais côté de la rue Hastings. Les rails du tramway luisaient comme de l'étain.

On m'avait averti de ne pas m'aventurer de ce côté, celui des « truands ». Je laissai Meiying faire quelques pas de plus pour voir si elle se rendrait compte qu'elle allait dans la mauvaise direction. Au lieu de cela, elle accéléra. Elle traversa les rails à toute allure, sans se laisser intimider par le tramway qui venait vers elle en sonnant sa cloche.

« Attention ! » criai-je, mais elle continua de courir.

Le tramway passa en grondant, tandis que le conducteur agitait son poing. Je dus courir plus vite.

Je me jurai que si jamais nous tombions sur les jumeaux Han dans ce quartier, je la tuerais.

Les deux frères Han habitaient dans le *No Man's Land*, là où vivaient les rares *Haka* (« invités de la Chine ancienne ») sans classe, où traînaient les voyous, les ivrognes et, disait Jung, les « femmes de mauvaise vie sans endroit pour dormir ». Je fis encore quelques pas ; des hôtels, des bars et des échoppes avec des écriteaux écrits à la main en anglais se suivaient des deux côtés de la rue Hastings. Meiying tourna dans une rue transversale. Je touchai au canif rouillé dans la poche de mon blouson. Meiying s'arrêta, prit un petit miroir dans la poche de sa veste. Elle humecta ses lèvres et s'examina, lissa ses longs cheveux et drapa le châle autour de ses épaules.

« Comment je suis, Sekky ?

— Où sommes-nous ?

— Nous sommes presque arrivés. »

Elle m'indiqua d'un geste l'extrémité du pâté de maisons, où un petit groupe s'était rassemblé. Je compris alors où j'étais : le stade Powell. Le nom officiel était parc Oppenheimer, mais les Chinois et les Japonais trouvaient le nom difficile à prononcer. Et le parc Oppenheimer, le stade Powell, c'était le petit Tokyo — Japtown. Nous étions en territoire ennemi !

Meiying avançait toujours, remarquant à peine ma répugnance. Je pensai aux batailles aériennes au-dessus de la Birmanie, imaginai les Zéro, ces avions de combat japonais, descendant en flammes. *Banzaï !*

Le stade Powell avait un terrain de baseball miteux, poussiéreux, entouré d'une bande de gazon et de mauvaise herbe; je vis trois arbres dans un coin. De l'autre côté du terrain de jeu, des douzaines de magasins japonais, avec de grosses lanternes, des enseignes au néon et des noms peints en doré dans les vitrines, faisaient face à la rue Powell. Même de l'endroit où nous nous trouvions, je voyais comme les étalages dans les vitrines semblaient propres et ordonnés comparativement au fouillis des boutiques de Chinatown. Une grande école à deux étages, qui faisait penser à une église, se dressait dans un angle; des jardins et des maisons à charpente de bois, comme la nôtre, bordaient les rues.

Le soldat en moi comprit que Meiying avait commis une grave erreur; il fallait être une fille pour penser que tous les terrains de jeu s'équivalaient. Je me hâtai de la rejoindre derrière un petit groupe de spectateurs. Quelqu'un éclata de rire. J'entendis monter des voix qui parlaient avec des intonations brèves — un baragouin étranger.

Je m'efforçai de chuchoter discrètement à Meiying: «C'est Japtown... On ne doit pas être ici.

— Pourquoi?

— On n'est pas des Japs», expliquai-je. Les filles sont tellement obtuses.

«Tu n'as pas *peur*, n'est-ce pas, Sekky?»

Elle souleva un coin de son châle, comme pour me montrer le groupe de joueurs à chemise rayée à une centaine de pieds plus loin; certains tenaient des bâtons qu'ils balançaient en formant des arcs impressionnants. Quelques hommes jonglèrent avec des balles avant de les lancer, avec une précision cinglante, dans les gros gants de cuir de leurs coéquipiers. C'étaient tous des *Japs*. Des ennemis.

«Non, dis-je d'une voix forte, soldat aux aguets, les poings serrés. Je n'ai pas peur de quelques stupides Ja...»

Elle me couvrit la bouche de sa main. Puis, elle se pencha, saisit mon poing, le tint fermement. Très fermement. Au fond de la poche de mon blouson, mon autre main palpa le manche froid de mon canif Red Ryder. Je pensai à la collection de couteaux et de couperets de Mme Lim.

La foule était surtout composée de Japonais. Assises sur des couvertures de pique-nique, des femmes plus âgées fouillaient dans des paniers, déballaient de petits plateaux de nourriture ; des enfants gambadaient autour d'elles en riant. Trois Japonais se rapprochèrent de nous. Meiying fit semblant de ne pas les voir. La lame de trois pouces de mon canif, émoussée et rouillée, n'était peut-être pas très acérée, mais si on nous encerclait… si on nous attaquait… elle pourrait quand même trouer vilainement quelque… Les trois hommes nous dépassèrent. Personne ne semblait remarquer notre présence ; nous avions dû nous fondre dans la foule. Quelques femmes plus jeunes avaient des châles comme celui de Meiying. D'autres serraient leur cardigan autour d'elles. Les hommes paraissaient ordinaires, certains portaient un feutre mou et un pantalon large, d'autres, un veston de tweed comme celui de père. Je dus me rappeler qu'ils étaient l'ennemi.

Une voix derrière nous dit alors : « May ! »

Nous nous tournâmes. C'était un jeune Japonais ; son chandail de baseball arborait le mot ASAHI en lettres anglaises. Il était aussi grand que Meiying, et peut-être un peu plus vieux. Je me demandais qui c'était quand je la vis lui sourire. J'eus un choc. Elle laissa mon poing fermé et baissa les yeux. Les trois Japonais debout près de nous nous dévisagèrent, puis ils s'éloignèrent lentement. Ils n'avaient pas l'air content.

« C'est le garçon, May ? demanda-t-il quand il fut près de nous.

— Oui, c'est Sekky, répondit-elle. Il est OK. »

OK ? Qu'est-ce qu'elle voulait dire ?

Meiying mit ses mains sur mes épaules. Pour me protéger, pensai-je. Elle semblait à la fois joyeuse et confuse.

Il tourna la tête, un peu gêné d'avoir attiré l'attention. Il avait le front haut, des yeux d'un noir profond comme du charbon, les lèvres minces ; ses cheveux, enduits de brillantine, luisaient. Il ressemblait à un soldat de film chinois, à un « bon gars » d'un de ces films que nous avions vus à la fête donnée au profit de l'effort de guerre chinois. Sauf qu'il était japonais.

Il tendit la main, les bouts de ses doigts effleurèrent ceux de Meiying, ceux de Meiying se glissèrent entre les siens.

« C'est pire que jamais, May », dit-il.

Je le vis serrer les doigts de Meiying ; elle ne retira pas sa main, mais elle continua de l'écouter.

« De plus en plus, on nous traite d'ennemis. De traîtres. Le *Sun* a publié des lettres de lecteurs qui demandent de nous déporter. On parle de nous enregistrer…

— C'est idiot ! » s'écria-t-elle. Je décelai une intonation affolée dans sa voix. « Nous pouvons encore nous voir après l'école, Kaz. Nous pouvons nous rencontrer après la chorale. »

Mais il se détourna et je ne pus saisir que son dernier mot : *dangereux*.

Son autre main frotta le bras de Meiying. Elle se souvint tout à coup que j'étais là.

« Va là-bas, Sekky, dit-elle, jusqu'au banc à côté du premier arbre. » Elle lâcha sa main ; il fit un pas en arrière. « Tu seras bien. Nous te surveillerons, Kaz et moi. »

Je refusai de bouger.

« Va jouer avec le Spitfire que tu as apporté. Vas-y.

— Spitfire ? » Le Japonais élancé éclata de rire. « Tout le monde est en guerre ! Même… »

Stupide Jap, pensai-je.

« Vas-y, Sekky », répéta Meiying d'un ton suppliant.

Son ton désespéré m'incita à céder. Toutes sortes de pensées s'emmêlaient dans ma tête. L'endroit était trop éloigné pour me permettre d'entendre ce qu'ils disaient. J'essayais de comprendre ce qui se passait quand les joueurs sur le terrain entonnèrent une sorte de chant en japonais. Un joueur lança une balle directement vers le marbre, puis un autre joueur lança une balle au même receveur. En une fraction de seconde, le receveur l'attrapa au vol, attrapa la suivante, la projeta encore plus vite… et puis voilà que cinq, six, sept, huit balles étaient au jeu et que le terrain explosait de balles qui claquaient dans des gants de cuir pour être aussitôt relancées. Tous les joueurs se transformèrent en d'incroyables jongleurs qui scandaient un chant, qui attrapaient, lançaient, attrapaient. Je pensai qu'ils ne pouvaient attraper ou lancer une balle un quart de seconde plus vite, et c'est alors qu'ils poussèrent un cri à l'unisson et s'immobilisèrent brusquement. Ils étaient aussi doués que les joueurs étoiles de l'équipe de soccer à l'école chinoise, quand ils se passaient le ballon avec leur tête et avec leurs pieds, vite, plus vite, toujours plus vite. L'espace d'un instant, j'oubliai que je regardais l'ennemi. Et l'un des ennemis se tenait trop près de Meiying.

Le joueur au marbre ajusta ses lunettes avec son gant et regarda autour de lui. « Kazuo ! Kazuo ! » appela-t-il, sifflant et criant le nom de façon cocasse. Quand il l'aperçut si près de Meiying, son sourire se changea en une expression irritée. Sur le terrain, personne ne bougea.

Kazuo se détacha de Meiying et courut vers le terrain, ignorant les regards glacials fixés sur lui. Il se pencha lestement pour ramasser toutes les balles et, sans cesser de courir, il les lança l'une après l'autre d'un geste précis au garçon qui, debout à côté du monticule du lanceur, les attrapait infailliblement et les enfournait dans un sac de grosse toile. Tous deux coururent ensuite vers le marbre ; le plus petit, à peu près de ma taille mais plus costaud que moi, se mit à disposer l'équipement derrière la cage du receveur. Kazuo se pencha, prit un gros balai aux crins raides et nettoya le marbre. Un homme corpulent en blouson noir se dirigea, l'air menaçant, vers Kaz. Il se mit à vociférer, pointant le doigt vers Meiying, agitant son poing et crachant dans le sable. Quelques joueurs de l'équipe Asahi regardèrent alors Kaz, puis Meiying, debout là toute seule. Je courus la rejoindre.

Le receveur râblé s'approcha de nous et hurla en anglais, comme si nous étions sourds : « Laisse Kazuo tranquille, fillette ! Il a déjà suffisamment de problèmes avec sa famille à cause de toi ! »

L'homme en blouson noir criait toujours après Kazuo ; il gesticulait frénétiquement, il avait l'air de le menacer. Mais Kaz continuait de balayer le marbre, comme si de rien n'était. Rien ! Ses cheveux luisaient dans la lumière de l'après-midi.

Meiying se tourna vers moi et saisit ma main libre. Elle était moite. Quelques femmes assises sur les couvertures se parlèrent en nous montrant du doigt. Nous avions dépassé une limite. Personne n'aurait rien dit si Kazuo avait gardé ses distances, si nous avions gardé les nôtres. Personne n'aurait réagi si cette fille et ce garçon étaient demeurés des spectateurs, s'ils n'avaient pas violé un territoire.

Ils nous dévisageaient, dans l'expectative.

« On s'en va, Sekky », dit Meiying.

Elle se baissa.

« Marche lentement, chuchota-t-elle. Personne ne doit penser qu'on nous chasse. Ne regarde pas en arrière. »

Quand je tournai la tête un demi-pâté de maisons plus loin, je vis les lumières de la rangée de magasins s'éteindre à temps pour respecter le couvre-feu. Dans ces magasins-là, on vendait les produits japonais que tout le monde, à Vancouver, s'était mis à boycotter. Achetez leurs jouets, achetez leurs aliments, et c'est comme si vous achetiez une balle de revolver dirigée contre les Chinois. Père avait participé à un rassemblement tenu à Chinatown, au cours duquel on avait empilé tous nos objets de fabrication japonaise — vêtements, jouets, supports en bambou, jeux, vaisselle dépareillée de toute sorte — pour les écrabouiller ou les réduire en cendres.

Excité d'avoir rencontré l'ennemi, j'étais pourtant, malgré moi, encore tellement ébloui par ses prouesses au baseball que je ne savais plus quoi dire. Je commençais à parler, je m'interrompais, puis je recommençais.

Toute l'aventure était inexplicable et profondément exaltante. Je voulais hurler, pousser mon cri de Tarzan. Je m'étais attendu à me faire torturer par Mme Lim et, au lieu de cela, j'étais devenu un soldat et j'avais affronté l'ennemi.

Je savais, bien sûr, que Meiying était impliquée dans quelque chose de honteux, une sorte de trahison.

Tout le monde connaissait la loi tacite : *Ne trahis jamais ceux de ta race.* Meiying était chinoise, comme moi. Nous étions de la même race.

« Garde ton affaire dans ton pantalon », avait dit troisième oncle à Kiam quand celui-ci avait commencé à s'intéresser à une serveuse blanche du Blue Eagle qui aimait danser avec lui.

J'imaginais sans peine l'indignation de père si jamais il découvrait le pot aux roses, et je frémis en pensant à l'horreur qu'en ressentirait belle-mère : *Non, non, pas Meiying, pas la parfaite Meiying !*

C'était incontestable : elle devait connaître Kazuo depuis longtemps. Elle était une *traîtresse*. Elle sortait avec un Jap, un monstre, l'un des ces ennemis tapis dans l'ombre attendant leur heure pour nous détruire tous.

Bizarrement, je me sentais pourtant soulagé. Content, même. Puissant. Nous avions pénétré jusqu'au cœur du Petit Tokyo, un endroit où même Alfred Stevorsky et Joe Eng n'oseraient jamais aller, du moins sans être accompagnés de garçons beaucoup plus âgés. Je mourais d'envie de courir vers mes copains, même les frères Han, et de leur déballer toute l'histoire. Mais il n'y avait personne aux alentours.

Plus vite marchait Meiying, et plus mon esprit prenait conscience de mon nouveau pouvoir : *Moi, Sek-Lung, je pourrais la dénoncer.*

Je lui jetai un coup d'œil. Ses yeux semblaient briller ; il ventait peut-être trop fort.

« Ne pleure pas, May, dis-je. Je ne te dénoncerai pas.

— Promets-moi, dit-elle en refoulant ses larmes. Promets-moi que tu reviendras avec moi au stade Powell. »

Elle m'avait pris au dépourvu ; je m'entendis pourtant répondre : « C'est promis. »

J'envisageai d'emprunter clandestinement le grand couteau de scout de Jung. Après tout, il pouvait se révéler dangereux de retourner à Japtown ; c'était comme retourner dans une vraie zone de guerre. Quelques années auparavant, un soir d'Halloween, une bande de Blancs masqués, armés de bâtons, avaient envahi Japtown, fracassé les vitrines, enfoncé les portes à coups de pied et ils s'étaient emparés de tout ce qu'ils avaient pu.

Tout le monde à Chinatown en parlait encore.

Quelqu'un se rappelait qu'une autre nuit, des années avant ma naissance, on avait ainsi vandalisé Chinatown. « C'est arrivé il y a des années, nous avait dit troisième oncle. Vous auriez dû les voir tirer nos couettes de Chinetoques. Ils nous les tranchaient, juste comme ça ! » Des années auparavant, à San Francisco, une bande de voyous blancs avaient laissé, disait-on, trois Chinois, les membres et le cou brisé, pendus à des lampadaires.

Mais je me demandais pourquoi nous, Chinois, n'avions pas fait partie de la horde qui avait attaqué Japtown le soir de l'Halloween.

Je pourrais peut-être causer moi-même quelques dommages, pensai-je, affaiblir l'ennemi. La piéger, elle. Les piéger tous les deux. Je pourrais faire semblant d'être l'ami de Meiying : je pourrais être un espion. La dénoncer plus tard à l'association Tong ou à la GRC. Lui lieraient-ils les mains dans le dos, lui banderaient-ils les yeux, lui enfonceraient-il une *baïonnette* dans le corps ? J'avais vu des soldats japonais faire ça sur les photos de guerre que père avait rapportées d'un des journaux chinois. Kiam et Jung avaient vu la même chose aux actualités filmées. Les Japonais ligotaient les gens avec du fil barbelé et les suspendaient, cibles vivantes, pour s'entraîner au maniement de la baïonnette. Les soldats chinois, eux, donnaient leurs paquets de gomme à saveur de menthe et leurs conserves de nourriture aux réfugiés, et ils étaient acclamés partout où ils passaient.

Meiying me serra la main plus fort. Nous nous arrêtâmes au dépanneur et elle m'acheta un cornet de crème glacée au chocolat à deux boules, une bande dessinée du sergent Canuck et une autre du capitaine Marvel. Nous marchâmes jusqu'à la mission du Bon berger et nous assîmes sur une marche propre. Un marronnier chargé de fruits déployait ses branches au-dessus de nous. Je commençai par Canuck. Sergent dans la police de Colombie-Britannique, il combattait les espions et les traîtres. Assise à côté de moi, silencieuse, Meiying contemplait, l'air absent, les grandes ombres des feuilles sur le trottoir.

Le vent était presque trop fort pour me permettre de retenir les pages de mon magazine tout en léchant mon cornet de crème glacée, mais je parvins à les finir l'un et l'autre. J'ouvris ensuite mon autre bande dessinée. La première histoire montrait comment, après avoir crié « Shazam ! », Billy Batson se transformait en capitaine Marvel.

Levant les yeux, je vis combien Meiying était pâle et avec quel espoir elle me regardait. Je pensai aux moments que nous venions de passer ensemble. Nous étions tous deux allés à Japtown. En fait, j'avais compris dès le dernier pâté de maisons que nous nous dirigions vers le petit Tokyo. Je n'avais pourtant rien fait pour l'arrêter. Si je voulais être honnête, je devais admettre que j'avais, jusqu'au dernier moment, fait semblant de ne pas savoir ce qui était en train de se passer. Si elle était une traîtresse, qu'étais-je, moi ?

Je me rappelai comment Kazuo avait continué de balayer le marbre sans prêter attention au grand type qui fulminait devant lui. Meiying me surprit perdu dans mes pensées.

« À quoi tu penses ?

— Ce gars a les nerfs solides », dis-je.

Je voulais dire que j'aimais son sang-froid. Mais je suppose qu'elle comprit que je l'aimais, *lui*. Un sourire éclaira son visage, comme s'il venait de se passer quelque chose de merveilleux entre nous.

« Oh ! Sekky ! Si seulement tout le monde était comme toi ! »

Elle jeta ses bras autour de moi, me prenant totalement au dépourvu. Puis, elle relâcha rapidement son étreinte.

« Lis cette bande dessinée trois fois, Sekky, dit-elle. Ensuite, tu me raconteras toutes les histoires du capitaine Marvel. »

J'obéis. Meiying écouta sans me reprendre une seule fois, sans jamais me traiter d'idiot. J'inventai même quelques passages avec des espions, juste pour améliorer un peu les choses, pour résumer plusieurs histoires en une seule. Elle me montra à décoder le mot « SHAZAM ». Chacune des lettres symbolisait quelque chose comme « sang-froid », « héroïsme », « audace »... J'oubliai bientôt qu'elle n'était en réalité qu'une fille, ma gardienne. J'oubliai même la grosse Mme Lim. Le vent d'octobre soufflait fort, et quelques bouquets de marrons tombèrent sur le trottoir.

« Il se fait tard, dit-elle finalement. J'ai promis de te ramener chez toi maintenant. »

Nous nous levâmes. En descendant, je la frôlai ; je respirai une bouffée de parfum Trois fleurs mêlée à l'odeur du vent frais et de l'herbe sèche le long du trottoir. C'était le parfum que portait belle-mère, et je l'aimais. Je donnai des coups de pied à quelques marrons tombés. Elle rit et me les renvoya.

« Nous y retournerons demain, dit-elle. Je vais m'occuper de toi chaque jour après l'école. Maman a trop de travail avec ses conserves et ses herbes pour prendre soin de toi.

— Sûrement », répondis-je, désinvolte.

Le lendemain, Kazuo n'était pas là.

Il fut également absent le reste de la semaine. Mme Lim commença à se demander pourquoi nous aimions tant aller dehors.

« Sek-Lung a besoin d'exercice, répondit Meiying. C'est le médecin de l'école qui l'a dit.

— Pas bon, trop d'air frais, grogna Mme Lim en secouant la tête devant la folie des médecins blancs. Brûle ses poumons. »

Les jours de pluie, il n'y avait pas d'entraînement de baseball, et Meiying savait que Kazuo ne serait pas au parc. Nous restions alors à l'intérieur et, ensemble, nous aidions Mme Lim à effectuer ses tâches dans la cuisine. Elle disait que nous ne servions à rien, mais, dans l'ensemble, elle nous ignorait et laissait Meiying transformer ces corvées — laver, trier, hacher — en jeux. Ces jours-là, Mme Lim restait parfois assise à regarder Meiying me tendre avec confiance des légumes à laver avant de les sécher, ou me donner des graines à mettre dans de petits sachets de papier. Mme Lim vendait tout cela aux marchands de Chinatown : les légumes séchés aux dépanneurs locaux, les herbes aux herboristes dans les recoins sombres des boutiques. « Ne gaspillez pas les profits », ne cessait-elle de nous répéter.

Nous mangions une collation entre les lavages et buvions de petites tasses de thé. Mme Lim ouvrait une feuille de lotus repliée et cuite à la vapeur, farcie de riz collant délicieux. Avec une ficelle passée entre ses gros doigts, elle divisait le riz en trois parties, une pour chacun de nous. La personne chanceuse recevait la portion contenant un bout de saucisse rouge chinoise. Tout semblait paisible, et je m'étonnais des longs silences de Mme Lim. Ces après-midi-là, elle préférait s'asseoir sur le sofa du perron et regarder le vent d'octobre dépouiller ses rosiers de leurs pétales et de leurs feuilles, tout en écoutant nos voix qui chantaient dans la cuisine. Un jour, je m'aperçus que les rosiers étaient complètement nus. Ce qui restait ressemblait à un sournois enchevêtrement de fils barbelés, et je pensai aux champs de bataille et aux tranchées. Cela ranima nos jeux de guerre dans la cuisine.

Les jours de soleil, nous courions avec anxiété jusqu'au stade Powell pour voir si Kazuo pourrait rejoindre Meiying sur le banc sous les arbres. Meiying me racontait ce que Kazuo lui avait dit à l'école ce jour-là, comment il avait failli échouer à son examen d'histoire, comment il s'était battu avec des garçons qui le traitaient de « sale Jap ». Je ne répondais rien, mais j'imaginais mes soldats en train de tirer.

Désormais, tous les enfants japonais de Strathcona — ils formaient presque la moitié des élèves de toutes les classes — restaient ensemble. Ils s'efforçaient de ne pas se faire remarquer, parlaient peu, attendant seulement de voir qui serait la prochaine personne à se montrer méchante avec eux. À la sortie de l'école, Mlle Doyle et d'autres enseignants se tenaient près des portes pour s'assurer que personne n'allait les attaquer. Certains professeurs et quelques garçons plus âgés commencèrent à raccompagner les plus jeunes chez eux. De plus en plus de parents japonais conduisaient leurs enfants à l'école le matin et les attendaient anxieusement à la fin des classes.

Un jour, Jung vint nous chercher après l'école, Liang et moi, et me dit : « Que personne ne te prenne pour un Jap ! » Brandissant son poing devant Alfred Stevorsky et ses camarades, il commença à boxer à vide. « Ils vont avoir affaire à moi, ces enculés ! »

Jung conduisait Liang à l'école chinoise et il me suivait des yeux pendant que je courais jusque chez Mme Lim. Kiam travaillait comme gardien à l'entrepôt de troisième oncle, car les vols étaient de plus en plus fréquents. Les travailleurs que la Dépression avait réduits à la mendicité et qui squattaient à False Creek, en plein milieu de Chinatown, étaient chassés par la police. « Enrôlez-vous ! » disait-on aux plus jeunes.

À l'école secondaire fréquentée par Meiying et Kazuo, les garçons japonais rendaient les coups, me confia-t-elle, ils défendaient les leurs, défiaient quiconque de leur crier des insultes. « Kaz et moi, nous nous parlons encore, ajouta-t-elle.

— Pourquoi ? voulus-je savoir.

— Nous sommes des amis, Sekky, dit-elle. Les amis ont des alliances. Tu sais ce que c'est, un allié ?

— Oui », répondis-je, mais je savais qu'elle voulait dire qu'ils se voyaient en cachette.

Après avoir attendu une demi-heure, s'il n'apparaissait pas, Meiying faisait semblant de terminer la lecture de son livre.

« Kaz a dû aider ses frères au magasin, je suppose, disait-elle tristement. Ils sont sûrement très occupés, aujourd'hui. »

Nous quittions alors le stade Powell et nous décidions si nous allions faire tout le chemin en regardant les vitrines du centre-ville jusqu'au magasin Woodward's ou même Eaton's, ou nous arrêter à mi-chemin à la bibliothèque Carnegie à l'angle des rues Hastings et Main, juste un peu en dehors de Chinatown. Meiying me laissait dans la section réservée aux enfants avec une pile de livres à lire tout seul à une table. Elle allait à une autre section à l'étage, où je la retrouvais en train de feuilleter de gros albums illustrés sur le Japon. Ensuite, nous nous promenions dans Chinatown et regardions les jouets métalliques dans les vitrines des magasins, sans oublier de demander, de la part de Mme Lim, si de nouvelles livraisons de denrées rares étaient arrivées de Chine. Tout était de plus en plus difficile à trouver. On diluait même la sauce soya et le vin de cuisson. Le dernier jour d'octobre, les journaux annoncèrent que la fête d'Halloween était annulée.

Ce fut novembre, et il commença à faire noir beaucoup plus tôt dans les rues. Nous passions devant des maisons ; les rideaux du couvre-feu étaient pressés contre leurs fenêtres et les embrasures de leurs portes. Nous croisions des volontaires, hommes et femmes, qui examinaient toutes les portes et les fenêtres pour s'assurer que la loi était scrupuleusement respectée.

« Vous êtes des Japs ? » nous demanda un soir un homme en veston brun.

Meiying lui montra les boutons métalliques arborant fièrement le drapeau chinois épinglés sur le revers de nos manteaux. Kiam les avait pris pour nous à l'école chinoise. J'en avais également un sur lequel les mots « JE SUIS CHINOIS » étaient écrits.

« Rentrez chez vous, dit l'homme. Il va neiger. »

Nous nous éloignâmes sans nous presser. Meiying marchait comme si nous avions le droit absolu de marcher comme nous le faisions : lentement. Notre haleine formait de petits nuages devant notre bouche. Nous éclatâmes de rire. Le ciel était partiellement dégagé. Les étoiles brillaient à travers les nuages et nous aperçûmes un fragment de la lune du début de la nuit. Puis, les nuages s'amoncelèrent et la neige tomba. J'examinai le trottoir à la recherche de trésors d'enfants, des sous porte-bonheur, des jouets perdus, un marron intact.

Les marronniers avaient depuis longtemps laissé tomber leurs noix dures à la coquille brun foncé. Les frères Han clamaient sur tous les toits qu'ils avaient les châtaignes championnes. Partout, on voyait des garçons percer des trous dans des marrons, y faire passer une ficelle et les assener contre ceux des autres. Meiying me montra l'angle auquel projeter le mien, comme un Spitfire piquant dans le ciel pour tuer. Je vainquis ceux des deux jumeaux Han, les écrabouillant l'un après l'autre.

Quand j'arrivais à la maison avec Meiying, je me sentais heureux et épuisé. D'habitude, tout le monde était déjà rentré à ce moment-là. Préoccupé par la situation sur le front de la Chine, père était en train de déplier ses piles de journaux chinois ; il remuait dans son grand fauteuil, parlant d'une voix de plus en plus irritée, de plus en plus forte, de ces *dog-dung* de Japs envahisseurs. Belle-mère et Liang mettaient le couvert pour notre repas du soir, Jung tournait les boutons de notre radio RCA pour attraper les dernières nouvelles sportives. À l'étage, premier frère Kiam écoutait Artie Shaw ou Benny Goodman sur sa propre radio Philco. Son emploi à temps partiel à l'entrepôt de troisième oncle avait presque pris fin : aucune cargaison de marchandises importées n'atteignait plus le port de Vancouver.

À la maison, tout était comme avant, sauf que je savais que Meiying m'avait confié un secret de haute trahison. Si, avec ses loyautés villageoises profondément enracinées et ses superstitions héritées de la Chine ancienne, Mme Lim découvrait cette histoire avec Kazuo, elle cracherait sur Meiying, s'arracherait les cheveux et serait la deuxième mère à la renier.

Si Chinatown l'apprenait, Meiying serait maudite et publiquement humiliée en tant que traître ; elle serait sûrement battue, peut-être marquée au fer rouge jusqu'à ce que sa chair se mette à fumer et à grésiller. Dans les films de propagande chinois que belle-mère m'emmenait voir à l'occasion, il y avait de violentes démonstrations de ce qui arrivait aux traîtres.

Un après-midi de novembre, nous attendîmes Kaz plus longtemps que notre demi-heure habituelle. La neige était venue puis s'en était allée, même si les sommets des montagnes scintillaient, tout blancs. Il commença à faire trop noir pour rester assis sur ce banc de parc, trop noir pour que je voie mes soldats dans les tranchées que j'avais creusées dans la terre, trop noir pour que Meiying continue à faire semblant de lire son livre.

« Partons », dis-je avec impatience.

Une fois arrivés à la maison, Meiying s'arrêta un instant, frappa à la porte, prit un coin de son châle et se tamponna doucement les yeux.

« C'est juste une poussière, dit-elle. Est-ce que j'ai l'air bien maintenant, Sekky ? »

Je hochai la tête.

Belle-mère ouvrit la porte et nous fit entrer ; elle ne dit rien à Meiying. J'enlevai mon manteau, et il me sembla les voir se regarder un long moment. Puis, belle-mère la prit silencieusement dans ses bras. Après que la porte fut refermée, je regardai par la fenêtre du salon. Je suivis Meiying des yeux pendant qu'elle traversait la rue et montait rapidement l'escalier jusqu'à sa propre maison. Je vis la grosse Mme Lim dans l'embrasure de la porte, qui attendait sa fille. L'air impatiente, elle avait les bras croisés sur son tablier ; le vieux perron de bois semblait s'affaisser sous le poids de son corps obèse. J'entendis les cris qu'elle lança à Meiying. Sa stupide fille, elle-même fille d'une personne indigne, avait encore laissé la fenêtre de sa chambre ouverte. Elle, Mme Lim, n'avait-elle pas versé du bon argent, fait dix mille prières, pour que le moine bouddhiste vienne sceller les fenêtres contre le démon blanc au cou cassé ? La voix éraillée semblait physiquement assener des coups de marteau à la silhouette filiforme qui traversait le perron. Je vis un éclat rouge et or, puis Meiying fut avalée par l'obscurité.

Reculant du rebord étroit de la fenêtre, j'aperçus avec étonnement belle-mère toujours immobile, comme une statue, devant la porte close. Elle me vit la regarder.

« Accroche ton blouson », me dit-elle, puis elle se détourna vivement de moi.

Quinze

Décembre remplaça novembre, et belle-mère prit des dispositions pour que Meiying s'occupe de moi après l'école. Et comme Mme Lim n'aimait pas voir Meiying travailler à temps partiel au Blue Bird Café, où sa beauté attirait le même genre d'hommes que sa mère avait naguère connus — sauf qu'ils portaient maintenant des uniformes militaires —, tout le monde fut satisfait.

Certains jours, Meiying paraissait très heureuse. Je la regardais, dans sa chambre, attacher ses cheveux avec de longs foulards qui flottaient derrière elle — étoffes multicolores laissées par sa mère en cavale, et qui me faisaient penser à des étendards sur des champs de bataille ou à des bannières de guerrier. Les foulards étaient accrochés à côté d'une poupée d'opéra chinois d'un pied de haut, en costume rouge, appuyée contre le miroir de la commode. Certains jours, Meiying chantait et elle me laissait jouer avec la poupée.

Avec précaution, je glissais mon doigt à l'intérieur de sa petite tête sertie de pierres et j'actionnais ses bras de marionnette de façon à faire danser ses pieds chaussés de mules. Le visage délicatement dessiné et le somptueux manteau rouge évoquaient pour moi un prince de conte. Et, dans la lumière de la fin de l'après-midi, avec ses cheveux noirs tombant sur ses épaules tandis qu'elle ouvrait un autre livre, Meiying ressemblait à une princesse. Je comprenais pourquoi Kazuo l'aimait, mais je ne voyais toujours pas pourquoi elle l'aimait, lui.

Malgré l'air glacé, les premiers jours de décembre furent agréables. Meiying souriait si naturellement et riait si librement que je devinais qu'elle avait passé quelques moments avec Kazuo à l'école anglaise. Certains jours, ils se rencontraient également au stade Powell. Emmitouflé dans d'épais chandails, portant les gants et le foulard de laine que Meiying m'avait tricotés, je m'amusais avec mon canif pendant que, main dans la main, ils s'éloignaient de moi quelques instants. Ils disparaissaient toujours dans le vestibule désert de l'église méthodiste. Parfois, en sortant, Meiying reboutonnait son manteau. Il faisait évidemment très chaud dans cette église. Cela m'était égal. Après, je recevais toujours de nouveaux magazines illustrés, un bonbon ou un soda à la cerise. Un jour, Kazuo me donna une friandise japonaise qui goûtait les algues. Je pensais qu'elle était empoisonnée, mais ils en mangèrent tous les deux pour me prouver qu'elle était sans danger.

Une autre fois, Kaz me donna une balle de baseball, et nous nous la lançâmes. Il me montra comment cracher dessus et frotter les coutures avant de la lancer. Mon meilleur souvenir, c'est quand Kaz, qui était aussi grand que Kiam, se pencha pour boxer avec moi. Feintant un crochet de gauche, je réussis à le frapper fort à la mâchoire. Bien sûr, nous étions censés boxer à vide, comme Jung me l'avait enseigné l'été précédent. « Maudit ! » dit-il en se frottant le menton. Je continuai à le marteler de mes poings. Meiying me tira en arrière, mais il rit et me souleva dans les airs, me lança, toujours plus haut, puis il me rattrapa par les pieds et me fit tourner, encore et encore, de plus en plus haut. C'était étourdissant et excitant, et quand il s'arrêta, me rattrapant dans les airs, le monde tournait toujours. Je faillis vomir.

« À présent, nous sommes quittes », dit-il, et Meiying le poussa, le fit tomber et tomba par-dessus lui. Je me sentis tout de suite mieux et je les rejoignis. À la fin, nous nous roulions sur le sol en riant comme des fous.

C'était amusant, ce jour-là.

Pendant toute cette période, Meiying et moi ne discutâmes jamais ouvertement de ce sujet tabou : elle voyait clandestinement son petit ami. Il épinglait parfois le bouton « JE

SUIS CHINOIS » que Meiying avait trouvé pour lui, et nous nous rencontrions à la bibliothèque Carnegie à l'angle des rues Hastings et Main, entre les frontières de Chinatown et du petit Tokyo. La partie clandestine de l'affaire ne me dérangeait pas. C'était amusant.

Mais Kazuo était quand même toujours un Jap.

Et même si aucun étranger ne pouvait deviner qu'il était japonais quand il tenait la main de Meiying et nous raccompagnait une partie du chemin, je fus un jour certain que belle-mère, qui avait quitté son travail plus tôt pour aller chercher des pilules pour troisième oncle à la pharmacie de la rue Main, nous vit tous trois sortir de la bibliothèque. La bibliothèque se trouvait directement en face de la pharmacie.

Dès qu'elle reconnut le visage familier, Meiying repoussa Kazuo. Il lâcha vivement la main de Meiying, dévala l'escalier et s'en alla dans une autre direction. Meiying salua belle-mère et essuya sa main sur sa jupe. Elle remonta le col de son manteau pour se protéger du vent et commença à descendre les marches de la bibliothèque le plus naturellement possible. Je la suivis. Sans laisser à belle-mère le temps de poser une question, Meiying dit : « Tout va bien... Puis-je porter ceci ? » Je trouvai cela curieux. Belle-mère hocha la tête et lui tendit un sac à provisions en tissu.

« Tu t'es amusé à la bibliothèque, Sekky ? » me demanda Meiying, comme si nous n'étions pas plus tôt allés rencontrer Kazuo au stade Powell.

Sans comprendre pourquoi, je me sentis soudain obligé de mentir, moi aussi.

« C'était bien », répondis-je, et nous rentrâmes à la maison, distinguant à peine les montagnes de North Shore dans la lumière de l'après-midi.

À la maison, un soir, je succombai à ma curiosité. « Est-ce que tous les Japs sont nos ennemis, même ceux qui vivent au Canada ? » demandai-je à père.

Belle-mère se raidit ; ses quatre aiguilles à tricoter cessèrent leur cliquetis. Père froissa son journal d'un air autoritaire.

« Oui », dit-il, comme si cela réglait définitivement la question. Il regarda sévèrement belle-mère. « Tous les Japs sont des ennemis potentiels… même si belle-mère n'en a pas conscience.

— Eh bien, Sek-Lung, commença-t-elle, certaines personnes japonaises sont nées ici, et… »

Père fit claquer son journal. Kiam me lança un regard d'avertissement, m'incitant à me la fermer. Puis, s'efforçant de détendre l'atmosphère, il dit : « Ceux qui sont nés ici ne sont que des demi-ennemis. »

Liang éclata de rire et rejeta la tête en arrière. « C'est complètement stupide », dit-elle, osant défier premier frère.

« Non ! » m'écriai-je.

Belle-mère me regarda, stupéfaite, plus elle fit un grand sourire, l'air de comprendre quelque chose qui me dépassait. Elle reprit son tricot. Dans le silence, les longues aiguilles métalliques cliquetaient et fendaient l'air.

« Tu aimes bien que Meiying s'occupe de toi après l'école ? » me demanda-t-elle.

Le ton de sa voix me troubla, mais je pensai qu'elle voulait simplement changer le sujet de conversation, éviter les regards courroucés que père lançait dans sa direction.

« Oui, répondis-je. Beaucoup. »

C'était la vérité. Je m'amusais bien avec Meiying. La semaine précédente, nous étions tombés sur les frères Han, et elle nous avait tous emmenés prendre une boisson gazeuse au dépanneur en face du parc MacLean. Nous avions commandé des sodas à la cerise. Assis à l'unique table, nous avions écouté Meiying nous raconter, les yeux brillants, des histoires terrifiantes sur les fantômes de Chinatown. Il y avait le fantôme de l'opéra dont on pouvait soudain apercevoir la forme derrière le rideau de scène ; il y avait les fantômes des buandiers de la ruelle de Shanghai, morts de désespoir parce qu'ils n'avaient jamais revu leurs familles, et dont on entendait résonner les pas dans les étroits escaliers ; les fantômes de ceux qui étaient morts de faim, morts d'amour ; les fantômes aquatiques de False Creek qui gémissaient et mettaient les gens en garde. Ils étaient exactement comme les esprits et les démons des anciennes histoires de grand-maman.

« L'odeur d'un fantôme ressemble à celle de l'encens, au moment où la cendre touche le bois », nous déclara Meiying.

Nous étions sous le charme.

Quand elle fut fatiguée de raconter des histoires, Meiying nous laissa jouer à nos jeux de guerre sur la pelouse du parc MacLean quasi désert ; elle régla nos différends concernant l'efficacité des armes ou la puissance de tir des avions, nous recommanda d'attirer d'abord l'ennemi, puis de frapper. « Une tactique, dit-elle avec autorité, aussi vieille que celles de Robin des Bois dans la forêt de Sherwood. » Larry Han lui demanda comment elle savait tout ça.

« Ne sommes-nous pas tous en guerre ? » répondit-elle.

Quand les deux frères Jenson, Ronny et Rick, condescendirent à partager nos jeux, elle nous montra à former des alliances pour régler nos disputes. « Combattez un ennemi commun, dit-elle. C'est ce que font les amis. »

Pendant que nous jouions, Meiying restait souvent assise toute seule sur le banc, recroquevillée contre le froid, à regarder les livres de bibliothèque posés sur ses genoux, et dont les pages luisaient sous la lumière du réverbère. Le vent faisait parfois tourner les pages, mais elle ne s'en rendait pas compte.

Quand il pleuvait, nous restions dans sa petite chambre à gauche du poêle ventru.

Assise sur son lit, elle me lisait des histoires ou inventait des récits de guerre à partir des photos dramatiques que je découpais dans le magazine *Life*. Je lui demandais : « Raconte cette photo, May. » Elle m'aidait à positionner mes soldats et mes tanks derrière des livres disposés en « collines » et en « ponts » et regardait mes avions préférés combattre les bombardiers ennemis.

« Maintenant, m'ordonnait-elle quand je m'arrêtais et que je risquais d'interrompre sa lecture, protège ce pont. »

« Crois-tu que nous allons gagner la guerre, May ? » demandai-je.

Un char d'assaut grimpa en grondant sur un manuel de géographie ouvert.

« Je veux dire : allons-nous battre les Tojo ? »

Elle me lança un regard sombre.

« Allons-nous gagner contre les Japs ? insistai-je.

— Lundi le 15, c'est ton anniversaire, dit-elle, changeant de sujet. Tu auras huit ans dans quelques jours. Je te prépare une surprise. »

Un chandail, évidemment. Je le savais parce qu'elle m'avait déjà fait remarquer que les miens commençaient à être trop justes pour moi. Un cadeau insipide.

« Tu ne m'as pas répondu, May, repris-je. Les Japs se battent à Hong Kong maintenant. Le fils de M. O'Connor est là avec les troupes du Commonwealth. Mlle Doyle dit que nous sommes tous des alliés.

— Oui, répondit-elle. À Chinatown, tout le monde parle des Canadiens qui se battent là-bas. »

Je me rappelai la dernière visite du fils de M. O'Connor en octobre. Moi et d'autres garçons étions restés plantés là à l'admirer. Il avait fière allure dans son uniforme et son épais manteau militaire en lainage. Il était venu jusqu'à notre cour pour montrer à Kiam quelques photos de ses camarades. Kiam et lui avaient été dans la même classe, mais Jack O'Connor avait quitté l'école pour s'enrôler. J'admirais ses grosses bottines militaires et les bandes molletières kaki fixées à son pantalon. Plus tard, M. et Mme O'Connor montèrent dans un taxi avec leur fils pour le conduire au quai.

Je pensai à Jack O'Connor qui fonçait dans Hong Kong avec ses copains de l'armée, à leurs fusils fumants.

« Est-ce que c'est nous, les bons gars, qui allons gagner la guerre, May ?

— Évidemment ! Mon Dieu, Sekky, nous avons formé de bonnes alliances !

— Et alors, tous les Japs seront tués ? »

Sous le choc, les yeux de Meiying s'écarquillèrent. J'avais violé notre code. Je regrettai d'avoir posé cette question, et je le regrettai encore plus en entendant la réponse qu'elle finit par me donner : « Oui, oui… Je… suppose que oui. »

Ce dimanche matin-là, Jung et moi fûmes réveillés par des coups frappés à la porte de devant. Jung jura et se leva de son lit. Toujours sous mes couvertures, j'ouvris un œil. Des bruits de voix ; des cris. Quelqu'un monta en courant l'escalier.

« Belle-mère ! Belle-mère ! entendis-je père crier. Les Américains vont devoir combattre les Japonais ! »

Il redescendit à la même vitesse.

Jung et moi enfilâmes nos kimonos et nous nous ruâmes au rez-de-chaussée. Troisième oncle, encore dans son manteau d'hiver, était debout à la porte du salon et demandait impatiemment à Kiam d'« ouvrir » la radio. « Ouvre-la ! Ouvre ! »

La lampe à l'avant de l'appareil se réchauffa ; je vis luire sa pointe derrière la bordure du gros cadran. Puis, le bourdonnement familier, une odeur d'électricité statique, un bruit de friture… et une voix qui disait : « … Pearl Harbor a été bombardé… »

« Qu'est-ce qui se passe ? demanda Liang.

— C'est le retour de la marée, dit père. Les États-Unis vont devenir les alliés de la Chine.

— Salauds de Japs ! s'écria Jung.

— Père, dit Kiam, je veux m'enrôler dans l'armée canadienne.

— Oui, oui », répondit père, oubliant les innombrables fois où il avait dit à Kiam de renoncer à ce projet ridicule.

Troisième oncle et père étaient survoltés. Jung prit une pose de boxeur et se mit à boxer à vide. Kiam s'approcha encore plus près de la radio. L'air inquiète, belle-mère serra sa robe de chambre sur elle. Elle était debout derrière moi et je voyais son visage dans le miroir sur le mur. Elle posa les mains sur mes épaules et les étreignit doucement.

Je pensai au stade Powell et au garçon élancé qui tenait la main de Meiying et riait de mon Spitfire.

La deuxième semaine de décembre, nous adoptâmes une nouvelle routine. Meiying me dit que nous allions nous retrouver chez moi. « Comme ça, tu ne seras pas obligé de te dépêcher à rentrer, dit-elle. Je ne me sens pas encore assez bien pour être de bonne compagnie. »

Quand je rentrais de l'école, Meiying était dans la chambre de belle-mère à l'étage. Toutes deux bavardaient tranquillement pendant que belle-mère se préparait à aller travailler à la filature de laine.

Elles parlaient parfois dans un dialecte officiel et leur conversation était animée ; on me disait alors de rester en bas et de manger quelque chose. Je me rends compte maintenant que la cuisine était la pièce la plus éloignée de la chambre.

Ensuite, Meiying m'accompagnait au parc MacLean où je jouais avec mes amis. Elle s'asseyait sur un banc, emmitouflée dans son manteau foncé, son livre fermé sur ses genoux.

Un jour, Meiying vint me chercher à l'école Strathcona. Il y avait des ecchymoses sur son visage, une petite coupure au-dessus de son œil gauche. Ce n'était rien, me dit-elle. Une bagarre avait éclaté à l'école et elle avait dû se défendre. Tout irait bien. Elle pâlit, comme prise d'un malaise, et dit qu'elle avait mal au cœur. Je bus mon soda à la cerise en silence et la regardai agripper son verre d'eau, les yeux rivés sur le comptoir vide.

Le lundi de la deuxième semaine de décembre, belle-mère devait aller travailler et Meiying était en retard.

Je me souviens du jour parce que c'était le 15 décembre, date officielle de mon anniversaire. Meiying m'avait promis une surprise. La veille, premier dimanche après Pearl Harbor, on m'avait offert un festin familial avec un gâteau de fête en faux chocolat acheté chez Woodward's, sur lequel mon nom — « Sekee » — était écrit. Père avait acheté un poulet fraîchement tué chez le marchand de volailles de la rue Keefer, et mère avait préparé mon mets préféré : de la tendre poitrine de poulet braisée avec des haricots noirs salés et des champignons noirs chinois.

J'avais attendu que Meiying m'apporte ma surprise, mais elle n'était pas venue. Quand j'avais demandé de ses nouvelles, belle-mère avait répondu que Meiying avait un genre de grippe ; elle avait oublié de me le dire.

Je reçus de mes parents une paire de chaussettes, un précieux assortiment de bonbons importés d'Angleterre, un peu d'argent porte-bonheur et une paire de bretelles avec un badge de shérif sur chacune des bandes. Kiam me donna deux nouvelles jeeps Dinky Toy. Jung m'avait fabriqué un ensemble de chars Sherman avec des boîtes de Spam vides et de gros élastiques. Chacun produisait un claquement sonore quand on le poussait sur le sol. Liang avait raccourci les cheveux blonds d'une de ses plus petites poupées, lui avait teint les cheveux en noir avec de l'encre de Chine et l'avait revêtue d'un uniforme de pilote de Flying Tiger que belle-mère l'avait aidée à coudre — sauf que la poupée avait les yeux bleus et qu'il lui manquait un casque d'aviateur.

« J'y travaille », m'avait dit Liang.

Meiying me manquait. J'avais demandé la permission de traverser la rue pour lui apporter un morceau de gâteau d'anniversaire, mais belle-mère avait répondu qu'il valait mieux la laisser se reposer.

« Mme Lim dit que May vomit beaucoup, avait ajouté Liang. Garde-lui un morceau pour demain. »

Voilà, c'était lundi, l'école était finie et, normalement, Meiying venait me garder, mais elle était en retard. Belle-mère devait être à son travail dix minutes plus tard, mais elle refusait de quitter la maison et de me laisser attendre tout seul. Elle resta à la fenêtre avant et regarda la rue.

« Tu es allé au parc MacLean avec Meiying ?

— Oui.

— Toujours ?

— Des fois, on va à Chinatown ou chez Woodward's ou bien à la bibliothèque, répondis-je. Mais, d'habitude, on va au parc MacLean. On achète un soda à la cerise, ou de la crème glacée ou une nouvelle bande dessinée.

— Pas d'autres parcs ? »

Belle-mère était trop curieuse, me sembla-t-il.

Je n'hésitai pas.

« Non. »

Belle-mère soupira. Au moment où elle se retournait vers la fenêtre, on frappa à la porte ; c'était Meiying. Elle avait mis le foulard que je préférais, le rouge et noir avec des papillons ambrés qui flottait sur son manteau d'hiver bleu marine. Mais, cette fois, elle ne l'avait noué autour de sa tête. Comme ses cheveux, la longue étoffe de soie tombait librement sur ses épaules. « Tout va bien », dit-elle à belle-mère, et elles montèrent rapidement l'escalier. Elles refermèrent la porte de la chambre, mais j'entendais quand même leurs chuchotements. Quand elles redescendirent, les cheveux de Meiying étaient peignés et le foulard, soigneusement noué. Elles marchaient le dos raide. Je trouvai leur conduite curieuse, mais je l'attribuai au fait que c'était mon anniversaire et qu'elles devaient conspirer pour me faire une surprise. Je supposai que nous irions voir le film de John Wayne, ou peut-être examiner les nouveaux jouets de guerre chez Eaton's, au rayon des jouets. Je recevrais peut-être un nouvel avion de combat de mon choix plutôt qu'un stupide chandail. Meiying, les mains vides, m'effleura en passant. Je reconnus l'odeur du parfum Trois fleurs.

« On va à l'Odeon ? » demandai-je, mais ni l'une ni l'autre ne me prêtèrent aucune attention. Belle-mère m'enfila mon manteau, qu'elle boutonna jusqu'au cou. Elle me tendit mon casque d'aviateur sans même m'accorder un regard. Les sourcils froncés, elle regarda plutôt sévèrement Meiying et dit : « Que ce soit la dernière fois. »

Elles utilisaient un langage codé, comme des amies secrètes, des alliées, de la même façon que je le faisais avec les frères Han quand, en complotant en chinois, nous pouvions tromper, vaincre les garçons blancs qui jouaient parfois avec nous. Belle-mère me regarda sortir de la maison avec Meiying. À l'intersection, nous nous dirigeâmes vers le nord, et je sus quelle était notre destination. Je descendis les rabats de mon casque et je les attachai sous mon menton. J'étais prêt pour le combat.

Meiying marchait vite et je suivais son rythme. Elle paraissait trop faible pour marcher si rapidement.

« Dépêche-toi, Sekky. Ils sont en train de démanteler l'équipe Asahi. »

Le mot « démanteler » me fit penser à la guerre, aux combats et aux victoires. Nous croisâmes des soldats et des matelots qui marchaient dans la rue Hastings, puis le stade Powell fut devant nous. Meiying s'arrêta, sortit son petit miroir et se recoiffa. Quand elle parla, ce fut comme si chaque mot était arraché d'elle. Elle tira sur mon bras.

« Kaz a quitté l'école, alors je ne l'ai pas vu. Vite, Sekky ! »

Nous parcourûmes au pas de course le dernier pâté de maisons.

Pendant que je courais avec Meiying, mes bottillons martelant le trottoir, j'entendais la voix de troisième oncle, ses vociférations couvrant les mots de la radio RCA du salon : « Les salauds de Japs ! Les bâtards ! Les hypocrites ! Les fils de pute ! » Quelques instants plus tard, nous étions au milieu du stade Powell.

Meiying et moi étions de retour en territoire ennemi.

Il y avait quelques hommes dans le parc. Chaque fois que quelqu'un apparaissait, un autre homme se précipitait vers lui, et bientôt, l'un ou l'autre, ou les deux, s'en allaient. Je reconnus le receveur de l'équipe Asahi. C'était la première journée vraiment froide de décembre ; des nuages de neige menaçaient dans le ciel. Les arbres étaient des squelettes. Une voix nous cria soudain, d'abord en japonais, puis en anglais : « Pas venir ici aujourd'hui ! Tout fini ! Rentrer chez vous ! »

Mais Meiying me prit la main et nous ne bougeâmes pas. Nous dûmes rester là vingt minutes à regarder des hommes aller et venir, des fragments de foule commencer à se rassembler pour disparaître aussitôt. Le vent était chargé d'humidité. Une Japonaise se mit à pleurer, puis elle retourna rapidement à sa voiture avec deux enfants. Derrière elle, je voyais les vitrines des magasins décorées pour Noël. Une grue géante en papier rouge flottait au milieu d'une vitrine, drapée de guirlandes. Des lumières clignotantes l'entouraient. Un homme agita la main vers un groupe et tout le monde se rua à l'intérieur d'un édifice, en criant des mots en japonais. Les lumières commencèrent à s'éteindre le long des rues Powell et Jackson et, bientôt, les fenêtres ne reflétèrent plus que le ciel gris. Dans les rues, des gens apparurent soudain comme des fantômes, disparurent, puis réapparurent bruyamment.

Puis, à l'autre bout du parc, Kazuo arriva en courant vers nous ; un garçon presque aussi grand que moi le suivait à au moins dix pieds. Ce garçon avait l'air ébahi de devoir courir vers le côté du stade où nous étions.

« May, tu n'aurais pas dû venir, dit Kazuo en reprenant son souffle. M. Barclay ne t'a pas donné ma lettre ? Il m'a dit qu'il avait voulu bien faire quand il nous a présentés la première fois. Il est désolé…

— Désolé ? » balbutia Meiying, comme si elle était en train de s'étouffer.

Elle tendit les bras et attira Kazuo contre elle. Je ne les avais jamais vus aussi proches l'un de l'autre. Je regardai le garçon trapu derrière Kazuo, le mettant au défi de passer un commentaire.

« Où iras-tu, Kaz ? » La voix de Meiying était triste. Ils étaient blottis dans les bras l'un de l'autre.

Elle enfouit sa tête contre son épaule et se mit à pleurer. Je songeai que les filles étaient vraiment faibles, comme tout le monde le disait. Je commençai à me concentrer sur l'ennemi en face de moi. Il serrait les poings ; peut-être que, lui non plus, ne supportait pas de voir une fille pleurer. J'aurais voulu avoir l'audace nécessaire pour dire « Jap » à voix haute, comme père l'aurait dit. Je regardai le garçon dans les yeux jusqu'à ce qu'il me rende mon regard. Mes lèvres formèrent le mot :

Jap !

Trapu ne broncha pas.

Il plissa ses lèvres qui formèrent un autre mot.

Chinetoque !

Je serrai plus fort les poings, prêt à faire saigner ses yeux stupides.

Soudain, Meiying se détacha de Kaz.

« Prends ça, Kazuo. »

Elle leva les bras, un foulard de soie vola contre l'immensité du ciel, et ses longs cheveux se mirent à flotter dans le vent.

Elle plia l'étoffe avec ses papillons dansants et la pressa contre lui.

« Garde ce foulard en souvenir de nous.

— Je t'en prie, May, dit-il. Ne me rends pas les choses si difficiles. »

Elle se détourna et se mit à courir en criant : « Sekky, il faut rentrer à la maison ! »

Je lançai un dernier regard assassin au garçon, mon meilleur regard de dur à cuire. Je voulus regarder Kazuo de la même façon, mais il avait l'air de pleurer. Je fus interloqué : comment un homme adulte pouvait-il *pleurer* pour une fille ?

Quand je fis volte-face pour suivre Meiying, elle était déjà loin, ses cheveux flottant derrière elle. « Attends ! Attends ! » criai-je.

Elle s'arrêta. Nous jetâmes un dernier regard à son ami, la grande ombre avec un petit fantôme à côté d'elle.

Sur le chemin du retour, nous passâmes devant la mission du Bon berger et les feuilles mortes crissaient sous nos pas ; nous étions silencieux, perdus dans nos pensées. Les pavés étaient glissants, traîtres, quand nous traversions les ruelles et les trottoirs. Nous finîmes par arriver au pied de notre escalier. Meiying fouilla dans sa poche et en sortit un petit paquet dans un emballage-cadeau qu'elle pressa dans ma main. Après avoir chuchoté « *Bon anniversaire, Sekky* » d'une voix presque inaudible, avec le plus léger des sourires, elle me quitta.

Je regardai le petit paquet dans ma main et déchirai l'emballage. Le papier rouge se sépara et un calepin bleu grand comme ma main émergea, le genre de calepin qu'on trouve encore au Cinq-Dix-Quinze. Je l'ouvris. Sur la première page, mon nom et le titre étaient écrits en lettres chinoises et anglaises. « LES AVENTURES D'UN PILOTE — UNE HISTOIRE POUR MON AMI SEK-LUNG ».

Une enveloppe rouge était glissée entre les pages. C'était mon argent porte-bonheur. Je soulevai le rabat. Il y avait cinq dollars. Même troisième oncle ne m'avait pas donné autant d'argent.

Je ne vis pas Meiying du reste de la semaine. Belle-mère n'alla pas travailler et me dit que Meiying avait une très grosse grippe. Elle m'expliqua que, à la filature, l'équipe supplémentaire avait été temporairement mise à pied. Les fournitures étaient rares ou elles n'étaient pas encore arrivées.

Chaque fois que nous étions seuls ensemble, belle-mère me harcelait par ses questions.

« Où alliez-vous jouer ?

— Au parc.

— C'était toujours le parc MacLean ?

— Des fois, on lisait des bandes dessinées au restaurant du coin.

— Non, je parle du parc.

— Le parc MacLean, mentais-je, toujours le même. »

Quand un soldat avait promis de se taire, il ne trahissait jamais sa promesse.

Mes réponses eurent l'air de la satisfaire. Elle le savait toujours quand je mentais, mais, cette fois, j'avais réussi à la tromper.

« Des fois, on restait chez Mme Lim, ajoutai-je pour faire bonne mesure, dans la chambre de May, à lire ou à faire des trucs.

— Oui, dit belle-mère. Rappelle-toi de dire la même chose à père si jamais il te pose des questions. »

Ce fut Noël, mais la fête passa presque inaperçue parce que, ce jour-là, Hong Kong tomba aux mains des Japonais. Les soldats canadiens qui s'y trouvaient furent déclarés tués ou faits prisonniers. Père alla frapper à la porte des O'Connor avec une petite boîte de caramels anglais ; il dit à quel point toute notre famille était désolée et que Jack finirait par revenir, ce n'était qu'une question de temps. Frank O'Connor approuva et remercia père. Mme O'Connor ne sourit même pas, dit père, mais elle prit la petite boîte de bonbons et referma doucement la porte. À partir de ce jour, jour et nuit, les rideaux du couvre-feu restèrent tirés chez les O'Connor.

Ce fut le jour de l'An. On fit éclater quelques pétards dans Chinatown et les enfants reçurent des paquets porte-bonheur avec des sous, mais tout le monde se demandait si la prochaine année n'allait pas être encore plus sombre.

Cette première semaine de janvier 1942, père rentra en nous annonçant qu'on expulsait les Japonais. On construisait des camps pour eux. Les gens de Chinatown apprirent que Japtown serait saisi et vendu aux enchères aux plus offrants. Même les hommes d'affaires chinois seraient autorisés à miser sur les immeubles et la marchandise ; il y avait des magasins et des maisons, des bateaux de pêche et des voitures, des radios et des pianos, tout ce qu'on pouvait imaginer. Troisième oncle voulait miser et il se précipita à l'association Tong pour emprunter l'argent nécessaire. Père fit remarquer qu'il y avait une justice dans tout ceci. « Regarde tous les immeubles qu'ils prennent en Chine…

— Nous n'en voulons pas, dit belle-mère en déposant son tricot sur la table devant le portrait encadré de grand-maman. Nous ne voulons rien de ça.

— Vraiment ! s'écria père d'un ton méprisant. Comme si tu avais l'argent pour acheter quoi que ce soit !

— Et si je l'avais…

— Tu aurais choisi un homme mauditement plus riche que moi !

— *Choisi ?* J'ai été *achetée* ! » dit belle-mère incapable, tout à coup, de se contrôler. Elle se leva, comme malgré sa volonté. « Même Jook-Liang et Sek-Lung — mes deux *propres* enfants — m'appellent *belle-mère* !

— Ç'a été la décision de l'Aïeule, dit père. *Elle* a décidé, *tu* as accepté ! »

Mon cœur s'affolait dans sa cage ; ils se disputaient rarement de cette façon.

« Si tu détestais ça, pourquoi n'as-tu rien dit ? demanda père, élevant la voix, ses yeux exprimant une souffrance muette. Vous étiez d'accord toutes les deux. »

Belle-mère se rassit. Elle le fit lentement, de son propre chef.

« Mon amour, murmura-t-elle, si bas que je l'entendis à peine, et pendant toutes ces années, *où était la langue de mon mari ?* »

Quand j'arrêtai de jouer avec mes chars Sherman pour écouter ce qu'ils disaient, ils se turent.

Le pinceau de Kiam resta suspendu dans les airs ; Jung, qui descendait l'escalier, s'arrêta ; Liang pencha la tête sur son livre. Belle-mère reprit son tricot. Le cliquetis des aiguilles commença à scander les secondes. Père regarda le portrait de grand-maman.

« Que l'un de vous aille faire du thé », dit-il, l'air absent.

Kiam hésita, puis il se leva de sa chaise et alla à la cuisine.

« Liang, viens ici, dit belle-mère. Il est temps que je t'apprenne une nouvelle maille. »

Père me regarda lever mon Spitfire au-dessus des blindés Sherman. Je mimai un écrasement et fis des bruits spectaculaires. De l'entrée, Jung cria que les frères Han étaient à la porte et qu'ils m'attendaient. Nous allions rejoindre d'autres garçons pour former des alliances et jouer à la guerre. Il venait de neiger. Nous allions pouvoir faire des montagnes et les bombarder, faire des grottes et y cacher des tireurs isolés.

« Sek-Lung, dit belle-mère d'un ton encourageant, va jouer dehors.

— Un instant, dit père. Où vas-tu avec les Han ?

— Au parc MacLean, répondis-je. Juste au bout de la rue.

— Je sais où ça se trouve, dit père. C'est le seul parc où tu vas jouer ?

— Toujours. »

Je choisis quelques avions, me ruai vers Jung, qui avait mon manteau à la main, je pris mon casque et sortis en courant de la maison. Pendant que, boutonnant mon manteau et coiffant mon casque d'aviateur, je dévalais l'escalier pour rejoindre les jumeaux Han, je vis Mme Lim traverser la rue sur ses jambes obèses. Les yeux écarquillés, le corps tremblant, elle semblait être en état de choc. Elle agita frénétiquement la main pour m'indiquer de retourner chez moi. Je bondis sur le perron et frappai à coups redoublés à la porte en appelant belle-mère. Quelque chose de terrifiant dans la façon dont Mme Lim levait les bras me poussa à crier aussi le nom de père.

Jung était encore à la porte quand nos parents sortirent et descendirent l'escalier en courant. Mme Lim était au bord de l'effondrement. « *Dans sa chambre ! Meiying !* » bafouilla-t-elle.

Je fus envahi par un sentiment d'exaltation morbide. Je me précipitai de l'autre côté de la rue, et je suivis belle-mère qui montait aussi vite qu'elle le pouvait l'escalier branlant. Elle entra dans la maison. Je restai sur le seuil de la porte. Il y avait une immobilité, un immense silence et je crus que le monde s'était arrêté pour toujours. J'entendis belle-mère gémir : « *Aiiihyaah ! Aiiihyaah ! Lim Meiying ! Lim Meiying !* »

J'avançai lentement dans le corridor, passai à côté du poêle ventru, tournai à gauche et m'arrêtai devant la chambre de Meiying. Je continuai d'avancer entre la porte et belle-mère. Elle était trop bouleversée pour m'arrêter. Je baissai les yeux, guidé à demi par le regard de belle-mère, et je vis Meiying.

Elle était recroquevillée en position fœtale à côté de son lit, sa chevelure en désordre comme un enchevêtrement de fils de soie, ses yeux fermés serrés contre une douleur paralysante, son corps mince formant un angle sur le linoléum usé. Entre ses jambes, un bras semblait flotter sur une mare de sang qui continuait de se répandre.

Retrouvant ses esprits, belle-mère se mit à me pousser hors de la pièce.

« Une ambulance ! Dis à M. O'Connor d'appeler une ambulance ! Vite ! »

Glissant sur une mince ligne de sang, je trébuchai, tombai. Belle-mère me releva, son étreinte ferme comme de l'acier, et me repoussa furieusement. Au milieu de ces poussées, quelque chose attira mon regard : deux longues aiguilles à tricoter qui luisaient entre les jambes de Meiying.

« Cours, Sekky, cria belle-mère. Dépêche-toi ! »

Je dévalai l'escalier en sautant à demi chaque planche comme Meiying m'avait montré à le faire, sans avoir peur. M. O'Connor demanda à la voix métallique dans son téléphone d'envoyer une ambulance dans notre rue. Il donna l'adresse de Mme Lim, le nom de Mme Lim. Puis, il referma la porte derrière lui. À la fenêtre, Mme O'Connor regardait par un interstice.

Nous attendîmes et attendîmes. L'ambulance mettait peut-être du temps à venir parce que c'était la guerre, mais j'entends encore Mme Lim dire, entre ses larmes : « Nous sommes des Chinois, ils ne sont pas pressés. »

Ils arrivèrent enfin.

L'un des ambulanciers avait l'air mécontent, comme si nous étions sales, comme s'il était complètement absurde de grimper ces deux volées de marches brinquebalantes. L'autre homme était poli et il parlait d'une voix bienveillante. Mais qu'importe ? Quand ils parvinrent à la chambre de Meiying, plus rien ne bougeait, sauf belle-mère qui hochait la tête.

Plus tard, belle-mère raconta qu'ils avaient mis une couverture sur Meiying ; celui qui parlait d'une voix gentille avait dit qu'il leur faudrait aller chercher d'autres courroies et une civière différente dans l'ambulance. Rien ne pressait, avait tranché l'autre. La police devait d'abord venir, puis, un médecin. Et, tout compte fait, ils n'avaient pas envie de se casser le cou dans ces escaliers dangereux.

Belle-mère descendit, elle me prit la main et me ramena à la maison. Mme Lim, en larmes, vint avec nous. Père la tenait par la main. Kiam avait conduit Liang et Jung chez troisième oncle à Chinatown.

Belle-mère monta à sa chambre.

Je me rappelai comment elle et Meiying avaient chuchoté dans cette pièce, assises devant le miroir de la commode, partageant le parfum Trois fleurs, bavardant, leurs voix légères comme des papillons de l'ambre le plus pâle, échangeant des potins.

Je montai à sa suite.

Elle se regardait dans le miroir de la commode, un vieux châle de soie drapé sur ses épaules. C'était le châle avec des fleurs dorées que son amie d'enfance lui avait donné dans la Chine ancienne quand elle n'était alors qu'une fillette, un châle que Meiying avait un jour admiré, comme toutes les filles. Je pensai, comme Meiying avait dû souvent le penser, qu'elle était si jolie. Ses yeux étaient humides.

« Mère, dis-je. Je suis là. »

Elle tendit la main vers moi. Je pris sa main et pressai dans sa paume le pendentif gravé que grand-maman, à sa mort, m'avait laissé.

Table

DANGER

LE PHOTOCOPILLAGE TUE LE LIVRE

PROTÉGEONS
NOS FORÊTS

Cet ouvrage
composé en Times corps 12 sur 14
a été achevé d'imprimer
en septembre deux mille sept
sur les presses de

Transcontinental

Imprimé au Canada par
Transcontinental Métrolitho